Margit Ruile · Dark Noise

Margit Ruile lernte das Geschichtenerzählen zuerst beim Film. Sie studierte und lehrte an der Münchner Filmhochschule, drehte Dokumentationen und arbeitete als Drehbuchlektorin. Später fand sie dann heraus, dass Schreiben sich anfühlt wie im Schneideraum zu sitzen - mit dem riesengroßen Vorteil, dass man die fehlenden Szenen nicht nachdrehen muss, sondern einfach erfinden kann.

Bisher von Margit Ruile im Loewe Verlag erschienen:

Dark Noise

God's Kitchen

Margit Ruile

DARK NOISE

Loewe

FSC
www.fsc.org
MIX
Papier aus verantwortungsvollen Quellen
FSC® C014496

ISBN 978-3-7432-0237-5
1. Auflage 2018 als Loewe Taschenbuch

Redaktion: Susanne Bertels
Umschlagmotive: Sawasdinaka/shutterstock (Tiefgarage)
Umschlaggestaltung: Michael Dietrich
Printed in Germany

www.loewe-verlag.de

1

Ich liebe die Dunkelheit. Ich habe sie schon immer geliebt.

Solange ich meinen Laptop mitnehmen kann, bin ich überall zu Hause.

Der Ort, an dem dies alles geschieht, spielt deshalb auch keine Rolle. Es könnte überall auf der Welt sein. Ich sehe die gleichen Einkaufszentren, die gleichen Lichter in der Nacht, die gleichen Coffeeshops mit ihren Pappbechern und der schwachen Brühe, die alle trinken, zusammen mit den Turnschuhen und den T-Shirts, die jeder trägt.

U-Bahnen rauschen unter der Erde, Tunnel verzweigen sich unter den Straßen, Dunstschwaden steigen aus Gullydeckeln.

Sie treffen sich dort, ich weiß es. An geheimen Punkten.

Es gibt verschiedene Arten zu verschwinden. Die eine ist wie das Auslöschen einer Kerze. Ein Flackern, der letzte Kampf einer zuckenden Flamme, und dann steigt der Rauch aus einem schwarzen Docht empor und kräuselt sich unter der Decke. Das Problem mit dieser Art des Verschwindens ist, dass man am Ende nicht mehr da ist.

Ich bevorzuge die andere Art. Ich bin unsichtbar. Weg und doch da. An mehreren Orten zugleich.

Wo ich jetzt bin?

Es ist einer von diesen Punkten, auf die man vom Weltraum aus Zugriff hat, ich zoome auf mich selbst hinunter, Wolken,

Erde, eine Stadt, klicke auf das Zappelmännchen und setze es in eine Straße. Ja, hier bin ich.

Ich werde nicht erzählen, wo, denn ich muss meine Spuren verwischen. Immer wenn man philosophisch wird, will man nur seine Spuren verwischen. Untergehen in diesem großen Rauschen.

Das mache ich jetzt. Ich bin – unsichtbar –

und tippe diese Buchstaben in meinen Rechner:

L-A-U-R-I-N

Stille.

Der Trick sind die Schatten. Schatten machen die Figur dreidimensional. Erst mit einem Schatten wirst du ein Mensch.

Es ist schwieriger als Mensch.

2

Ich fange nicht mit mir an. Das kann ich nicht. Denn dieses Ich, das ich jetzt bin, wundert sich über die Figur, die sie war. Die beiden sind nicht deckungsgleich. Ich drehe mich um und schaue zurück auf jemanden, den ich gut kenne. Sehr gut kenne. Nennen wir ihn – Zafer.

Zafer wohnte also in einer Stadt, die ich nicht verrate. Darin eine Straße, unweit einer großen U-Bahn-Station. Die Nummer 12 lag am Ende einer Sackgasse. Bäume und Büsche verstellten den Blick auf die Stadtautobahn. Das Haus war ein schmuckloses Gebäude mit vier Stockwerken, das vor vielen Jahren einmal mit blutroter Farbe gestrichen wurde und nun einen schmutzig braunen Ton angenommen hatte.

Ging man durch die türkisfarbene Tür, die rechts und links von zwei verwitterten Steinlöwen bewacht wurde, kam man an zwei weiteren Gebäuden vorbei, nur um dann im zweiten Hinterhof auf ein drittes Haus zu stoßen. Der Hinterhof vom Hinterhof. Dort gab es eine Erdgeschosswohnung mit drei hohen Fenstern. Einem zur Küche, einem zum winzigen Schlafzimmer und einem zum Wohnzimmer, in dem ein großer Kachelofen stand. Von außen konnte man das alles nicht sehen. Auch nicht bei Licht. Die Scheiben der Fenster waren einfach zu verschmutzt. Innen war es immer dunkel, selbst im Hochsommer. Das lag an den Hinterhofhäusern, die so hoch waren, dass sie keinen Sonnenstrahl in die Erdgeschosswohnung durchließen. Es gab einen Winkel, von dem aus man den Himmel sehen konnte. Man musste das Fenster öffnen, sich auf das Bett legen und mit dem Kopf ganz nah an den Ofen rücken. Einmal lag Zafer so auf der Lauer, um zwischen den aufragenden Mauern den Blick auf eine Wolke erhaschen zu können.

Eine echte Wolke. Kaum nachzubauen.

Kam man durch den Hausflur mit gesprungenen Fliesen und eingedellten Briefkästen in die Wohnung, so stolperte man als Erstes über einen Kabelstrang im Gang. Die Kabel durchliefen den vorderen Teil des Wohnzimmers, vorbei an einer Zimmerpflanze mit ledrigen grünen Blättern, die später noch eine Rolle spielen wird, und Pizzaschachteln, die kunstvoll übereinandergestapelt waren zu einem schiefen Turm, der fast bis zur Decke reichte. Neben dem alten Kachelofen stand – den Lattenrost auf vier Bierkästen gestützt – ein ungemachtes Bett; die blauen Überzüge mit Fußbällen bedruckt und vom vielen Waschen ausgebleicht. Die Kabel führten in einem breiten Bogen um die Kästen herum und landeten schließlich im Zentrum der Welt. Dem Rechner.

Hier wurden Dinge geschaffen, Welten verändert, neue Kreaturen geboren. Und mitten drin saß der Schöpfer – Zafer, leicht gebückt, mit Nackenschmerzen.

Noch wenige Wochen zuvor hatte er mit einem Heer anderer Retuscheure in Schneideräumen geschuftet, deren Fenster mit schwarzer Folie verklebt waren. Stundenlang konnte man nichts anderes als das leise Klicken der Maustasten hören. Mittags gab es immer einen, der sich an die Herdplatte der Küchenzeile stellte und kochte. Zafer schlang dankbar die Nudeln in sich hinein, vermied es aber, Dinge aus den verschimmelten Kühlschränken zu essen oder den geschäumten Milchkaffee aus den leicht säuerlich riechenden Kaffeemaschinen zu trinken. Er vermied es auch, sich zu den anderen zu setzen, die zusammen vor den Rechnern aßen, über Programme sprachen oder sich neue Spiele zeigten, bevor sie sich wieder ihren Filmsequenzen zuwandten. Er konnte nicht von seinen Monstern sprechen. Er hatte sie noch niemandem gezeigt. Sie könnten sie ihm klauen.

Es war zu früh. Noch war es zu früh.

Sobald sich auf seinem Konto ein bisschen Geld angehäuft hatte, war er froh, dass er den großen Schneideräumen entfliehen konnte. Er kaufte sich einen schnelleren Rechner und eigene Programme und baute alles in seiner Wohnung auf, die er nun nicht mehr zu verlassen brauchte. Die Aufträge bekam er per E-Mail zugeschickt, mit einem Link zu den Sequenzen. Er lud sich die Szenen auf die Festplatte, bearbeitete sie und schickte sie wieder zurück.

Er wusste nicht, ob seine Auftraggeber zufrieden waren, denn man gab ihm nie eine Rückmeldung. Nur die Zahlungen gingen mehr oder weniger pünktlich auf seinem Konto ein und er bekam immer neue Links zugeschickt, sodass er annahm, dass man seine Arbeit in Ordnung fand.

Anfangs hatte er noch vor, um elf Uhr vormittags mit der Arbeit zu beginnen, aber das verschob er jeden Tag ein wenig nach hinten. Je kürzer die Tage wurden, desto später fing er an. Kaum noch verließ er das Haus bei Tageslicht. Manchmal blieb er auch tagelang zu Hause. Er hasste die Straßen mit den vielen Menschen, die U-Bahnen, das Gedrängel. So viele Details, so viele Kleinigkeiten. Ohren, Augen, Körper, Bewegungen, Haare. Perfekt erschaffen. Wie sollte er das jemals nachahmen? Manchmal ertappte er sich dabei, dass er sich wünschte, die Szene in der U-Bahn anzuhalten, um sie sich etwas genauer anzusehen. Einen Haarschopf, ein Tattoo, perlendes Wasser auf den Mänteln, die Augen eines Hundes. Doch alles lief unerbittlich in Echtzeit weiter in einer verwirrenden Geschwindigkeit.

Nur vor seinem Rechner war er sicher. Hier konnte er alles tun, die Zeit verlangsamen, sich in ihr vor- und zurückbewegen, und vor allem konnte er den Rechner in den Ruhezustand versetzen, wann immer er wollte.

Seit Wochen schon bearbeitete er Sequenzen aus *Wahre Liebe*, einer vor Jahren hastig produzierten Soap um drei Mädchen Mitte zwanzig, die ihr Glück in der Großstadt versuchten. Zafers Auftrag war es, Produktnamen und Schriftzüge von Zeitschriften, Flaschen, Shampoos und Damenbindenschachteln in den Filmszenen wegzuretuschieren. Was einmal sehr sorgfältig und scheinbar zufällig in der Filmkulisse platziert worden war, verhinderte nun die Ausstrahlung der Serie, da die Nebenverdienste der Produzenten plötzlich jemandem aufgefallen waren, der das all die Jahre vorher scheinbar nicht bemerkt hatte. Man nannte es Schleichwerbung. Und die musste nun entfernt werden.

Zafer war es egal, was er tat. Ihn interessierte die Arbeit an sich, und nachdem er zuvor monatelang Mikrofone und Lampenkabel aus Bildern herausgenommen hatte, empfand er es nun zumindest als kleine Herausforderung, Produkte umzubenennen oder sie gleich ganz logofrei zu machen. So verbrachte er Stunden mit den Szenen und schon nach ein paar Tagen fühlte er sich als Teil der Soap. Und obwohl er der Handlung nicht richtig folgen konnte, da er immer nur einzelne Szenen bearbeitete, glaubte er bald, die Figuren so gut zu kennen, als sei er ihnen im wirklichen Leben schon einmal begegnet.

Später konnte er nicht mehr sagen, wann er das Monster zuerst eingebaut hatte. Es musste zwischen Folge 2435 und 2438 gewesen sein.

Eine der Hauptfiguren aß Gurken aus einem Glas. (Es war die Vorbereitung für die Enthüllung ihrer Schwangerschaft, zwei Folgen später.) Zafer hatte gerade den Schriftzug der Gurkenherstellerfirma getilgt und stattdessen eine weitere Gurke hineingeschmuggelt, die durch das Glas hindurchschien – in Flüssigkeit – ganz schwierig, vor allem wegen der Lichtbrechung –, als er plötzlich eine Idee hatte. Das Glas stand die restliche Szene über unbeachtet rechts hinten auf dem Küchenbord und er gab seiner neu erschaffenen Gurke Augen, einen Mund und ließ sie schließlich mit zwei kleinen Flügeln schlagen.

Zafer schickte die Szene zurück und wartete den ganzen Tag auf eine Reaktion. Unwahrscheinlich, dass sie den neuen Statisten im Hintergrund nicht bemerkten. Hatten sie Humor? Wohl eher nicht, denn diese Soap war, soweit Zafer das beurteilen konnte, eine todernste Angelegenheit und noch dazu handelte es sich bei dieser Szene um den Cliffhanger.

Er wartete. Einen Tag, zwei Tage. Doch es kam nichts zurück. Eine Woche später hatte er das Geld auf dem Konto. Keinem schien die flügelschlagende Gurke aufgefallen zu sein und Zafer fühlte eine angenehme Aufregung in sich aufsteigen. Er hatte nicht nur retuschiert, er hatte etwas hinterlassen, er, Zafer, hatte sich für eine Sekunde, 25 Frames, in der wirklichen Welt sichtbar gemacht.

Er speicherte die Gurke auf einer externen Festplatte, die auch andere derartige Kreaturen beherbergte. Monster. Kleine und große, komische und solche, denen man lieber nicht begegnen würde. Es war ein ganzer Zoo von Geschöpfen, darunter Drachen, fleischfressende Pflanzen und riesige Insektenwesen.

Nachdem die Sache mit der Gurke unentdeckt blieb, fasste Zafer Mut und fügte seine Kreaturen noch anderen Szenen hinzu. Dabei ging er äußerst vorsichtig vor. Mal ließ er einen Reptilienschwanz aus einem Cocktailglas hängen, dann tauchte plötzlich ein lederner Flügel aus einer Kleenexschachtel auf. Besonders stolz war Zafer auf einen Drachenkopf, den er auf ein Familienfoto im Hintergrund montierte. Um sich nicht verdächtig zu machen, achtete er genau darauf, seine Geschöpfe gleichmäßig zu verteilen und zwischen ihren einzelnen Hintergrundauftritten ein paar Folgen verstreichen zu lassen.

Obwohl er froh darüber war, dass seine Aktivitäten seinen Auftraggebern bisher verborgen geblieben waren, begann er sich im Stillen zu ärgern, dass sie sonst von noch niemandem bemerkt worden waren. Er fing an, die Internetforen zu *Wahre Liebe* zu durchstöbern, aber niemand schrieb etwas über ungewöhnliche Figuren im Hintergrund. Nur eine »stupsi21« postete etwas von einem »irgendwie putzigen« Familienbild und hüpfende gelbe Smileys mit allen Gesichtsausdrücken unterstrichen ihren Post.

So verbrachte Zafer den Herbst. Nachdem ihm klar wurde, dass er nun zwar sichtbar war, aber trotzdem niemandem auffiel, hatte er das Gefühl, wieder in die Dämmerung zurückzufallen. Er gehörte dem Zwielicht und war ohne Schatten.

Bis zu einem Abend im November.

Dieser November war nicht kalt, eher nass. Seit Tagen trommelte der Regen gegen die Scheibe von Zafers Wohnzimmer. In den Tropfen spiegelte sich, auf den Kopf gestellt, der Hinterhof und Zafer überlegte, ob er etwas davon in die Wassertropfen auf dem Sektkübel, den er gerade bearbeitete, einfügen sollte.

Um 17:13 Uhr schreckte ihn ein Pfeifen aus seiner Arbeit hoch. Eine E-Mail. Vielleicht eine Nachfrage zu seiner Pizzabestellung? Aber was sollten sie schon nachfragen? Er bestellte eigentlich immer Pizza Salami, schon seit mindestens zwei Wochen.

Nein, es war etwas anderes. Die Mail brauchte eine Weile, denn sie hatte einen Anhang, der sich schleppend durchs Netz quälte –, und eine merkwürdige Betreffzeile.

»Wie schnell bist du, Zafer?«

Wie schnell?

Zafer hatte den Absender noch nie gesehen. Er kannte alle seine Auftraggeber, hatte zumindest einmal in ihren Büros gestanden und irgendwelche Verträge über Urheberrechte unterschrieben. Es gab niemanden, der sich Laurin nannte. L-A-U-R-I-N.

Komisch. Sicher Spam. Er ließ seinen Virenscanner über die Mail laufen. Sauber. Er kopierte den Domainnamen. Es gab keine entsprechende Website. Seltsam.

Dann klickte er darauf. Es war nur eine kurze Nachricht.

lass die nummer verschwinden. du hast eine stunde. keine sekunde länger. keine speicherung, keine kopien. du wirst deinen lohn bekommen.
laurin

Über der Nachricht war der Anhang. Eine Filmdatei. 4242 Kilobyte. Nicht gerade viel. Warum hatte dieser Laurin sie als Anhang geschickt und nicht hinterlegt? Zafer spürte eine leichte Unruhe in sich aufkommen. Er wartete kurz, dann doppelklickte er auf die Datei. Gestochen scharfe Farbaufnahmen mit Datum und Uhrzeit am oberen rechten Rand. Man sah nichts als ein Auto, das aus einer Tiefgarage fuhr. Für einen Moment war deutlich das Nummernschild zu erkennen. Dann wischte es am Bildrand vorbei.

Zafer lehnte sich zurück.

Es war das Video einer Überwachungskamera.

3

Eine Stunde! Eine Stunde war lächerlich viel. Zafer hatte das Ganze in weniger als 30 Minuten erledigt. Erst schnitt er eine weiße Pixelfläche des Nummernschilds aus, legte sie über die schwarze Schrift und radierte damit die Nummer einfach weg. Allerdings – das war zu billig. Jetzt war es einfach ein Auto mit einem weißen Nummernschild. Nicht sehr glaubwürdig. Es musste einen Grund geben, warum die Nummer nicht zu sehen war.

Er probierte fünf Minuten mit einem Feuerlöscher herum, den er so platzierte, dass er das Schild verdeckte. Aber auch das sah letzten Endes zu künstlich aus. Wie hingeklebt. Schließlich ließ er die Buchstaben und Nummern stehen, veränderte sie aber geringfügig, machte aus einem A ein F und aus dem H ein B, und zog anschließend eine durchgehende Schmutzkruste darüber. Schließlich war er Spezialist für Schmutz. Schmutz war sogar etwas kniffliger, als nur die Zahlen verschwinden zu lassen. Unter der Kruste ließen sich dann noch die Nummern erahnen. Die falschen Nummern. Falls also jemand etwas entdecken wollte, würde er das Falsche entdecken. Zafer arbeitete sich Bild für Bild und Pixel für Pixel vor, bis es realistisch aussah.

ERLEDIGT schrieb er in die Betreffzeile und beendete die E-Mail mit: »Beste Grüße, danke für den Auftrag« und seiner Bankverbindung. Er überlegte kurz, dann löschte er »danke für den Auftrag« wieder weg und schließlich auch noch »Beste Grüße«. Nur die Bankverbindung ließ er stehen.

35 Minuten vor der Zeit schickte er die E-Mail ab.

Er stand auf, rieb sich den Nacken und trank ein bisschen Multivitaminsaft, um sich fit zu halten. Zwei Flaschen Multivitaminsaft – jeden Tag. In seiner Küche standen schon unzählige leere verstaubte Flaschen mit klebrigen Hälsen, die er irgendwann einmal zum Glascontainer bringen musste. Allein von ihrem Anblick wurde er müde.

Er hatte Hunger, seine Pizza war nicht gekommen und er sah auf der Website von *Pizza Elegante* nach. Wieso hatten sie nie diesen Service, bei dem man sehen konnte, wo sich die Pizza gerade befand? Alles, was er sah, war eine Telefonnummer. Sie zwangen einen geradezu, ein Telefongespräch zu führen. Er hasste es zu telefonieren. Er hasste die Gesprächspausen, er hasste es, nach Wörtern zu suchen, den Satz zuerst in seinem Kopf zu hören und ihn dann nachsprechen zu müssen. Ihm wäre es lieber gewesen, er könnte die Wörter eintippen und eine elektronische Stimme würde seine Stimme nachbilden wie bei Stephen Hawking. Gab es das? Und wenn ja – vielleicht sollte er sich so was mal herunterladen?

Schließlich war der Aufruhr in seinem Magen größer als sein Unbehagen und er tippte die Nummer in sein Telefon, woraufhin sich eine genervte Frauenstimme meldete. Nein, von ihm läge heute keine Bestellung vor. Onlinebestellungen würden heute eh nicht bearbeitet, da sie keinen Zugriff auf die Seite mehr hätten, was sicher an den vielen Bestellungen liegen würde. Am Schluss hatte Zafer das Gefühl, irgendwie am Zusammenbruch des Pizzalieferdienstes schuld zu sein, und am Ende entschuldigte er sich sogar hastig. Das war knapp bevor die Stimme »Danke für Ihren Anruf« sagte – was ungefähr so klang wie »Fahr zur Hölle!« – und die Leitung jäh unterbrochen wurde.

Er sah in den Kühlschrank. Außer einem vergammelten

Käsestück war hier nichts zu finden. Aus dem Tiefkühlfach starrte ihm eine arktische Winterlandschaft entgegen mit Höhlen, Stalaktiten und Kristallen, die im Licht der Küchenglühbirne böse glitzerten. Er löste eine Eisscholle heraus, die sich nach kurzem Abputzen als gefrorenes Backhähnchen entpuppte, und schmiss sie nach einem kurzen Blick auf das Haltbarkeitsdatum gleich wieder zurück, um dann schnell das Eisfach wieder zu schließen.

Es half nichts. Er musste nach draußen.

Schon als er den zweiten Hinterhof verließ, wusste er, dass er zu wenig anhatte. Der Nieselregen hatte sich in seiner Jacke verhangen und ein eisiger Wind pfiff ihm um die Haare. Es war einer von den gemeinen Winden, die eine kalte feuchte Luft mit sich führten. Zafer steckte die Hände in die Taschen seiner dünnen Jeansjacke und spürte darin das Münzgeld, das er sich vorher aus einer Kaffeedose zusammengeklaubt hatte. Viele Fünf- und Zehn-Cent-Stücke, die nun seine Taschen ausbeulten und sie lächerlich nach unten hängen ließen. Er würde sich einen Imbiss suchen, etwas Dampfendes mit viel Fett essen und danach, wenn er endlich wieder sicher vor dem Rechner saß, würde er irgendetwas mit der Website des Pizzaunternehmens anstellen. Er war sich sicher, dass sie nicht besonders gut geschützt war. Er könnte sie umbenennen wie die Produkte in seiner Soap. Von *Pizza Elegante* in *Pizza Mutante* zusammen mit einer verschimmelten Salamischeibe im Logo. Die Aussicht auf diesen Rachefeldzug ließ ihn die Kälte vergessen, und während er auf der Straße gegen den Wind ankämpfte, überlegte er, ob und wie gut der Käse in seinem Kühlschrank als Vorlage für den Schimmel taugte. Kreisrunde graublaue Flecken mit weißen Rändern.

Das Rauschen der Stadtautobahn war lauter als je zuvor. Der Wind bog die Bäume und kleine Zweige flogen vor Zafer auf den Gehweg. Er trat in eine Pfütze und seine Turnschuhe sogen sich voll. Die nasse Straße war übergossen mit Farben. Grün und rot. Das flackernde Blau eines Krankenwagens. Verschwimmendes Licht im Wasser. Leicht zu imitieren.

Sein Weg führte Zafer über eine Brücke, unter der die S-Bahnen fuhren. Nasse Gleise glänzten und verloren sich in der Stadt hinter ihm. Der Wind auf der Brücke wurde stärker und zerrte Zafer vorwärts, vorbei am Eingang zur S-Bahn, der ihm grün entgegenleuchtete. Graffiti waren hastig an die Wände gesprayt. Wörter in verschnörkelten Buchstaben, die für Zafer erst viel später einen Sinn ergeben würden.

Einen Sinn. Zafer, mein Zafer, geistert noch durch das Nichts. Aber hier läuft er schon über die Brücke in sein neues Leben und ich fange an, die Szenerie zu bevölkern. Mit Dingen. Mit Menschen. Statisten und Requisiten. Dinge, an denen Zafer jetzt vorbeigeht, wie dieser Zeitungsständer an dem S-Bahn-Eingang, von dem ihm später die Wahrheit entgegenspringen sollte und den er später, noch viel später eintreten würde, aus Schmerz und Liebeskummer, das einzige Ding, das er je wissentlich zerstören wird. Das heißt, das einzige Ding, dessen Zerstörung er wirklich sehen und begreifen wird. Aber das wusste er zu diesem Zeitpunkt noch nicht. Zu diesem Zeitpunkt, jetzt auf der Brücke vor der S-Bahn, war es nur ein Zeitungsständer. Ein völlig unbedeutendes Requisit.

Die Straße, in die Zafer nun einbog, bestand aus zusammengewürfelten Geschäften und war erst seit ein oder zwei Jahren hip. Vorher war sie ein Sammelsurium an Existenzen gewesen.

Hier gab es einen Nähladen, in dem auch Torten verkauft wurden, dann etwas mit Frozen Joghurt, eine Bio-Backstube und irgendwo weiter vorne war Zafers Ziel. Dort krümmten sich Neonbuchstaben zu einer Schrift wie kleine Würmchen und es roch nach ranzigem Frittierfett. Doch zuvor ragte der Betonklotz eines Kaufhauses unter den alten Gründerzeitbauten hervor. Wäre nicht in Leuchtschrift ein Name darübergeschrieben, dessen Buchstaben Zafer in Gedanken sofort umgruppierte, man hätte es eher für ein Gefängnis gehalten. Oder für den Eingang zu einem unterirdischen Bunker, dazu gedacht, harmlose Fußgänger vor der fallenden Atombombe zu schützen. Hinter der Schaufensterscheibe standen nackte Puppen. »Wir dekorieren um.« Die Scheibe war bis zur Hälfte zugeklebt, als ob sich die Puppen dahinter umziehen müssten und nicht dabei gestört werden durften. Um den Eingang zum Kaufhaus stand eine Gruppe von Menschen, die unter dem Dach vor dem Regen Schutz suchten.

Da war Musik. Jemand spielte Gitarre.

Er hörte sie, bevor er sie sah. Ihre Stimme. Rau und tief.

Sie.

Er würde nicht stehen bleiben, schließlich war ihm kalt und er hatte noch nie Interesse an Straßenkünstlern gehabt. Vor allem wollte er sich nicht in die Menge stellen und womöglich angestarrt werden. Schlimmstenfalls würde noch sein Gang imitiert oder er müsste vortreten und Geld in einen umgedrehten Zylinder werfen.

Er blieb doch stehen und versteckte sich hinter einer Betonsäule.

Hello Darkness, my old friend

Eine Ovation, 12-saitig, die ihr mit einem Tragriemen um die Schultern hing.

I've come to talk to you again

Eine Wollmütze. Beige. Gehäkelt. Eine schwarze Daunenjacke, die ihr zu groß war und die sie noch schmaler erscheinen ließ. Ein knallroter Wollschal. Ihr Gesicht war spitz und blass. Sie hatte große Augen, an denen etwas merkwürdig war, und die Haare, die unter der Wollmütze hervorstachen, waren schwarz und kurz geschnitten. Regen prasselte auf das Glasdach des Eingangs. Sie sang in ein Mikrofon. Neben dem Verstärker stand ein großer solider geöffneter Gitarrenkoffer, in dem die Münzen funkelten.

Er war nicht ihr einziger Zuhörer, aber er hatte das Gefühl, sie würde nur für ihn singen. Die anderen waren nur Statisten. Statisten, die die Hauptfigur noch heller leuchten ließen. Eine alte Frau mit einer Einkaufstüte, ein Vater, der sein Baby in einem Tragetuch langsam in den Schlaf wiegte, indem er zu der Musik von einem Bein auf das andere trat. Die beiden Jungs, die mit dem Fahrrad unterwegs waren und eigentlich schon längst zu Hause sein sollten. Zafer fragte sich, wie lange sie wohl da schon stand. Wie lange sie schon gegen den Regen ansang, der auf das Glasdach des Eingangs trommelte. Aber er gehörte dazu, dieser Regen. Wie eine Begleitmusik.

Because a vision softly creeping
Left its seeds while I was sleeping

Er kannte das Lied. Die Dunkelheit, die einen umschlang und in der man sicher war. Es war richtig, dass sie es sang. In ihrer

Stimme lag die Dunkelheit und dieser unbestimmte Schmerz, der mit ihr einherging. Und plötzlich wusste er es. Sie war – wie er – ein Kind des Schattens. Und er hatte plötzlich dieses überwältigende Gefühl, sie beschützen zu müssen. Vor der Sonne, vor dem grellen Licht. Er spürte etwas, von dem ihm vorher gar nicht klar war, dass es existierte. Etwas, das er nicht zu benennen wusste. Ein Brennen zwischen den Rippen, im Solarplexus. Heiß und schmerzhaft.

And the vision that was planted in my brain
Still remains
Within the Sound of Silence

Zafer wagte sich nicht hinter seiner Säule hervor. Sie würde ihn entdecken. Sie würde ihn erkennen. Er würde einfach stehen bleiben, warten, bis sie mit ihrem Lied zu Ende war, und dann schnell in der Menge untertauchen und weggehen. Je weiter er weggehen würde, desto schneller würde auch dieses neue unbekannte Gefühl verschwinden, wie ein Akkord, der noch eine Weile in der Luft schwebte und sich dann verflüchtigte wie dünner Rauch.

Dann ein Misston. Als würde eine Saite der Gitarre reißen, ein durch und durch falscher Akkord. Das Mädchen sah auf und durch die Zuschauer hindurch. Es war ein kurzer alarmierter Blick, sodass auch Zafer sich umwandte. Auf der Straße hinter ihnen fuhr ein Auto langsam vorbei und Zafer konnte darin zwei Männer ausmachen. Der Fahrer rief aus dem geöffneten Fenster und starrte dumpf auf das Mädchen. Eine kalte Berechnung und eine Wut in seinem Blick. Das Auto verschwand, aber Zafer hatte das Gefühl, dass die Männer wiederkommen würden.

Der Gesang verstummte und der letzte schräge Akkord verklang zwischen dem Beton. »Danke«, sagte das Mädchen mit rauer Stimme. Sie lächelte unbestimmt und baute dann eilig ihr Mikrofon ab. Die Statisten klatschten, manche warfen Münzen in den Gitarrenkoffer, dann drehten sie sich um und verschwanden im Regen. Nur Zafer verharrte hinter der Säule.

Er warf einen kurzen Blick auf sein Spiegelbild in der Schaufensterscheibe und fand, dass er dastand wie ein Idiot. Das Wasser lief ihm in den Kragen und die Taschen seiner Jacke waren mit Kleingeld ausgebeult.

Sollte er sie ansprechen? Ihm fiel kein Satz ein, kein einziger.

Das Mädchen beeilte sich inzwischen, das Kabel aus dem Verstärker auszustöpseln, und rollte es auf.

Zafer nahm all seinen Mut zusammen, gab sein Versteck auf, trat aus dem Dunkel und warf hastig und mit Schwung sein ganzes Geld in den Gitarrenkoffer. Es war viel zu laut. Ein Klirren und Klingeln, dessen Hall von den Betonwänden hin- und hergeworfen wurde. Zafer schämte sich. Es musste so aussehen, als hätte er nur eine günstige Gelegenheit abgewartet, das überschüssige Kleingeld loszuwerden.

Er wollte gerade weglaufen, verschwinden für immer, schnell, nur schnell diese Sequenz verlassen, als er hinter sich eine Stimme hörte. Ihre Stimme.

»Warte!« Er blieb stehen und drehte sich um. Sie ging auf ihn zu. Jetzt in der Nähe war sie viel kleiner. Er sah zu ihr hinab. Ein Regentropfen rann ihr über das Gesicht, das angespannt und gehetzt aussah.

»Du musst mir helfen!«

4

Zeit für die Werbepause. Ich halte den Film an. Ihr könnt aufs Klo gehen oder die Chips holen. Oder mir zuhören, denn ich versuche, inzwischen ein paar Fragen zu beantworten. Zum Beispiel »War Zafer einsam?« oder »War er glücklich?«.

Hätte man ihn noch eine Stunde zuvor gefragt, hätte er sicher erwidert, dass er zufrieden sei. Niemand kam ihm zu nahe, niemand wollte etwas von ihm, er durfte sein, wie er war. Er hatte sich immer gewünscht, einfach in Ruhe gelassen zu werden, nicht belästigt mit Freundschaft oder Liebe oder ähnlichen Dingen, die ihm in Wirklichkeit unheimlich waren. Er wollte nicht in etwas hineingezogen werden und plötzlich etwas entscheiden oder gar handeln müssen. Er war froh, keine Leidenschaften zu haben, aufzustehen, wann er Lust hatte, essen zu können, was er wollte, und ab und zu an seinen Monstern zu basteln. Er sah sich jeden Tag die Gefühle der Schauspieler in der Serie an. Sie zappelten wie die Fliegen in einem unsichtbaren Netz. Ihre Leben erschienen ihm endlos kompliziert und hoffnungslos verstrickt. Sie stritten sich ständig und versöhnten sich tränenreich und er war froh, dass ein Monitor zwischen ihnen und ihm war und sie nicht in seine Welt hinüberkommen konnten. Doch nicht nur vor seinem Rechner hielt er die Bilder auf Distanz, es hatte sich auch eine Glasscheibe zwischen ihn und die wirkliche Welt geschoben.

Jetzt sah er das Mädchen vor sich und fragte sich, ob er selbst in einen Film geraten war. Vielleicht saß jemand an einem anderen Computer und lenkte seine Geschicke? Wenn ja, dann sollte er ihn bitten, eine kleine Mauer zwischen sich und dem Mädchen aufzuziehen. Eine solide Mauer, über die er gerade noch schauen, hinter der er sich aber genauso gut auch wegducken konnte.

Schon als Kind hatte er sich versteckt und aus einem sicheren Schutz den anderen zugesehen. Er sah sie staunend in der Welt agieren und manchmal empfand er so etwas wie Neid darüber, wie selbstverständlich sie sich benahmen, mit welcher Sicherheit sie vom Sprungturm im Schwimmbad kopfüber ins Wasser sprangen, wie sie miteinander sprachen und lockere Witze rissen. Er stand im gefleckten Dickicht der Bäume und beobachtete sie. Die Welt bestand aus verwirrend vielen Details und er wunderte sich, wie die anderen es schafften, sich davon nicht ablenken zu lassen. Spinnweben, in denen das Sonnenlicht sich verfing, das Licht in den Pfützen, Eiskristalle, die nur für Sekunden existierten. Ihm, Zafer, bot sich eine Welt an, die so vielfältig und bunt war, dass sie in seinen Augen schmerzte. Er konnte das versteckte Leuchten in allen Dingen sehen, und dieses Leuchten flößte ihm Furcht ein. Er war Midas, der in Gedanken alles in Gold verwandelte und zugleich Angst hatte, dass es sich in Luft auflösen würde, sobald er es berührte.

So zog er sich zurück und war froh damit, sich seine eigenen Welten zu erschaffen. Da war nur manchmal dieses schale Gefühl, mit dem er nichts anzufangen wusste. Eine Ödnis, ein Grau, eine lichtlose Sonne. Es war – ungelebtes Leben. So als stellte das helle Licht gewisse Forderungen an ihn, die er nicht erfüllen konnte. Er fühlte sich nicht gut genug für den strahlenden Himmel, für die blendende, grausame Schönheit um ihn herum.

Irgendwann hatte er sich damit abgefunden, nicht dazuzugehören. Diese Welt, die da im Licht lag, und alle, die sich in ihr vergnügten, waren nicht für ihn bestimmt. Und dieser Abstand zwischen ihm und der Welt war eine Wunde, die sich nie schloss. Es gab niemanden, mit dem er je darüber gesprochen hatte, denn all das war schwer in Worte zu fassen. Und bis vor wenigen Minuten hatte es auch niemanden gegeben, von dem er glaubte, er würde es verstehen.

Zafer suchte den Blick des Mädchens und wusste – mit einer plötzlichen Gewissheit –, dass nichts mehr so sein würde wie zuvor.

Es war ein seltsamer Blick, den sie auf ihn richtete. Es sah so aus, als schielte sie oder sähe an ihm vorbei, doch dann wurde ihm klar, dass er in zwei Augen von unterschiedlicher Farbe blickte. Eines war braun und eines blau. Beide hatten einen hellen Hof um die Pupille.

»Hey!« Sie wischte den Tropfen an ihrer Wange ab und drückte ihm den Verstärker in die Hand. »Du musst mir den gleich über den Zaun reichen, okay?«

Zafer nahm widerspruchslos die Verstärkerbox an dem schwarzen Griff und wunderte sich einen Moment lang darüber, wie schwer sie war. Das Mädchen schulterte die Gitarre und war schon vor ihm in der Dunkelheit verschwunden. Nur der Gitarrenkasten glänzte noch blau auf ihrem Rücken. »Komm, schnell!« Er hörte ihre Stimme in einer schmalen Gasse, die sich zwischen dem Kaufhausbunker und dem angrenzenden Haus befand, und folgte ihr. Nach einer Weile in der engen Dunkelheit, in der er nur ihre Umrisse vor sich erkennen konnte, tat sich vor ihnen eine Baulücke auf. Ein großer Platz mit einem Baukran, an dessen Spitze ein grünes

Licht leuchtete. Der Wind peitschte den Regen gegen einen Holzzaun, an dem halb zerfetzte Plakate hingen. »Hilf mir rüber«, sagte das Mädchen. Zafer verstand sie zunächst nicht, doch dann ging er in die Hocke und verschränkte die Hände so, dass sie hineinsteigen konnte. Sie trug rote Schuhe, fest, aus Leder, und war nicht besonders schwer, auch nicht mit Gitarre. Er hievte sie hoch. Sie zog sich am Zaun entlang nach oben und stützte sich auf. »Gib mir den Verstärker!« Zafer reichte ihn ihr. Sie nahm ihn und schwang sich über den Zaun auf die andere Seite. Er hörte erst einen, dann zwei dumpfe Aufschläge.

»Bist du okay?« Das war das Erste, was er überhaupt sagen konnte. Er sprach es in die Holzwand.

»Alles gut!« Sie klang erleichtert. Er wartete darauf, Schritte zu hören, doch sie lief nicht weg. Er ging den Zaun entlang, bis er zu einem kleinen Spalt zwischen zwei Holzlatten kam, durch den er noch einen Blick auf sie werfen konnte. Dann sah er ihr Gesicht. Sie musste darauf gewartet haben, dass er noch einmal zurücksah, und blickte ihn an. Am liebsten wäre er weggelaufen. Aber nein, er blieb.

»Wie heißt du?«

»Zafer.«

»Danke, Zafer!«

Sein Herz klopfte. Er sagte nichts. Das unterschied ihn von denen in der Sonne, die so lässig den Kopfsprung machten.

»Ich muss zurück!«, sagte er schließlich.

»Wohin zurück?«, fragte das Mädchen. Ihre seltsamen Augen glänzten im Schein der Baulaterne.

»Zu meinen Monstern«, sagte Zafer.

Das Mädchen lächelte.

»Das muss ich auch!«

Gleich würde sie sich umdrehen. Aber sie ging noch nicht, warum eigentlich?

»Spielst du wieder hier?«, fragte Zafer.

Das Mädchen zögerte, dann schüttelte es den Kopf.

»Ich glaube nicht.« Sie hob die Verstärkerbox von dem schlammigen Boden auf. Zafer hinter dem Holzzaun hoffte, dass sie nicht so schnell weggehen würde. Sie fuhr sich über die Mütze und überlegte. Schließlich sah sie auf.

»Du findest mich überall, wenn du die Augen offen hältst.«

Sie blickten sich noch einmal an, dann, als hätte sie schon zu viel verraten, drehte sie sich schnell um.

Vielleicht hätte Zafer noch eine Chance gehabt, wenn er sofort das Weite gesucht hätte. Aber er blieb stehen und sah ihr nach, wie sie zwischen den Containern mit Bauschutt verschwand. Dann machte er den zweiten Fehler und lief nicht am Zaun entlang, sondern über die Gasse zurück zum Kaufhaus. Der Regen hatte zugenommen und trommelte auf das Glasdach. Und zwischen dem Trommeln hörte Zafer plötzlich Schritte, Stimmen und laute Rufe. Er lief schneller. Jemand musste hinter ihm sein, dicht hinter ihm. Vor Zafer wurde es hell, das orangefarbige Licht der Straßenlaternen drang in die Gasse, gleich wäre er wieder auf dem Platz vor dem Kaufhaus. Da tauchte plötzlich ein kompakter Schatten vor ihm auf. Ein Mann – nicht besonders groß, dafür umso breiter. Er trug eine Bikerjacke mit schrägem Reißverschluss und roch unangenehm nach billigem Leder und Schweiß. Zafer spürte seine Wut durch die Hand, die ihn gepackt hatte. Er drehte blitzschnell seinen Arm zurück, stieß dem Mann mit dem Ellenbogen in den Magen und sprintete weiter die enge Gasse entlang. Doch er sollte nicht zu dem Kaufhaus kommen, denn er wurde von hinten herumgerissen und ein Schlag traf ihn. Es war ein harter Schlag mit der Faust, direkt in Zafers Gesicht. Das heißt, genau auf die Nase.

Zafer beugte sich nach vorne und schützte sein Gesicht mit beiden Händen. Komischerweise hatte er keine Angst. Eher spürte er, wie sich eine Gleichgültigkeit in ihm ausbreitete. Als wäre sein Kopf so betäubt wie seine Nase und Oberlippe, die nun völlig gefühllos waren und an denen eine merkwürdig fremde Flüssigkeit vorbeirann.

»Ich hab ihn noch nie bei ihnen gesehen«, sagte der Mann. Er hatte eine viel zu hohe Stimme für seine Statur und wandte sich an eine andere Gestalt, die sich nicht weit entfernt gegen die Mauer lehnte.

»Aber er passt gut dazu, so wie er aussieht.«

Sie starrten Zafer an und er blinzelte verwirrt zurück. Vor ihm standen zwei Männer, die sich vollständig glichen, zumindest sah es in der Dunkelheit so aus. Sie trugen die gleiche schwarze Lederjacke, einen dünnen Kinnbart und hatten das gleiche fliehende Kinn mit dem fleischigen Mund.

Der rechte der Männer ging auf ihn zu und packte Zafer am Kragen. »Bald haben wir euch alle. Ihr habt keine Chance.«

Er grinste ihn an.

»Dark Noise ist tot. Sag das deiner Freundin, wenn du sie das nächste Mal siehst!« Er ließ los, sah Zafer noch einmal abschätzig an und ging dann mit seinem Zwilling die Gasse hinunter.

Eine Lüftung unter dem Kaufhaus wirbelte über ein Gitter Styroporkügelchen auf, die in der warmen abgestandenen Luft tanzten.

Zafer putzte sich die Nase. Das Blut war schwer zu stoppen.

Es lief über seine Hand. Eine Unmenge von Blut, die nun in das Lüftungsgitter tropfte. Mühsam rappelte er sich hoch, wankte die Gasse entlang zurück zu dem Kaufhaus und hielt sich mit den Händen an der bröckeligen Mauer fest.

Eine Autotür klappte. Er blickte um die Ecke, die Straße hinunter.

Das Auto war weiß und unauffällig und kam ihm irgendwie bekannt vor, aber sein Gehirn weigerte sich, darüber nachzudenken, von woher.

5

Das Blöde war, er hatte immer noch Hunger. Er schleppte sich nach Hause, Regenwasser in den Schuhen, die Nase geschwollen, Blut auf seinem Ärmel, auf seiner Jeansjacke, kein Geld, um sich etwas zu essen zu kaufen.

Keine gute Idee, überhaupt keine gute Idee, in die wirkliche Welt zu gehen. Wäre er nur zu Hause geblieben! Er hielt sich am Brückengeländer fest und sah einer der fahrenden S-Bahnen hinterher. Die roten Lichter wurden unscharf und verschwanden dann im Schimmern der Stadt auf der anderen Seite der Brücke.

Da brachte ihm der Wind ihr Lied. Als hätten sich die Luftpartikel mit ihrer Stimme vollgesogen und schwebten um ihn herum und hüllten ihn ein. Ein beruhigendes wattiges Gefühl, das seinem Schmerz die Schärfe nahm. Ihre Stimme war überall. In den Lichtern, in jeder Ampel, in jedem Regentropfen, in jedem Scheinwerfer, der sein streifendes Licht über den Asphalt warf.

Er hörte sie und nahm sie mit auf jedem Schritt, der ihn nun zurück zum alten Mittelpunkt seiner Welt brachte. Er sperrte die Tür zu seiner Wohnung auf, wobei er sich einen Moment lang wunderte, warum sie sich bereits nach einer Drehung des Schlüssels öffnete. Er hätte geschworen, beim Verlassen der Wohnung zweimal abgesperrt zu haben. Es war ein kurzer Gedanke, der ihm durch den Kopf schoss. Etwas, das anders war, aber scheinbar so unwichtig, dass man es gleich wieder vergessen konnte. Es war auch nicht das Einzige, das verändert war.

Seine Wohnung kam ihm plötzlich staubig und schmutzig vor. Ein seltsam säuerlicher Geruch von Einsamkeit hatte sich in die dunklen Zimmer geschlichen und verband sich mit dem Metallgeschmack in seinem Mund. Er beugte sich im Bad über das Waschbecken und beobachtete die Blutschlieren, die sich mit dem Wasser vermischten. Ein Strudel rot und durchsichtig, hellrosa, der im weißen glatten Waschbecken nach unten quirlte. Wenn er die Augen schloss, sah er helle Blitze. Kleine, irr umherkreisende Glühwürmchen.

»Dark Noise ist tot.«

Dark Noise. Er kannte White Noise. Das weiße Rauschen. Pink Noise. Rosa Rauschen. Beides klang wie lang anhaltender Regen. Oder das Störgeräusch eines Fernsehers, griseliges Grau, winzige weiße und schwarze Punkte, die sich vermischten. Zafer wischte sich mit seinem Handtuch das Gesicht ab und ging zu seinem Rechner. Keine Mails. Er starrte auf den Monitor und gab dann die zwei Wörter in die Suchmaske ein.

Dark Noise

»Dunkelstrom«, las er. »Ein geringes, durch Wärme entstandenes Rauschen auf digitalen Bildern.«

Zafer starrte einige Minuten auf die Definition. Was hatte das Mädchen mit Dark Noise zu tun? Dann spürte er Müdigkeit. Und einen wild hin und her tanzenden Schmerzteufel, der sich in seiner Nase breitgemacht hatte. Schließlich legte er sich auf sein Bett, zog die nassen Socken aus und fiel innerhalb von wenigen Sekunden in einen tiefen Schlaf.

Zafer erwachte von einem Scheppern. Er rückte mit seinem Kopf an die Wand. Seine Haare waren immer noch feucht. Der Himmel durch die verstaubte Scheibe glänzte milchig, ein gedämpftes freundliches Licht, das allem weiche Konturen gab.

Krsch … krschh …

Das Scheppern ging nun in ungeduldiges Schnarren über und ertönte in immer kürzeren Abständen. Es dauerte lange, bis Zafer begriff, dass jemand draußen auf den Klingelknopf drückte. Er schälte sich aus den Decken mit den bedruckten Fußbällen und schlurfte zur Tür.

»Aufmachen, Polizei!« Eine junge Stimme, die versuchte, älter zu klingen.

»Wir wissen, dass Sie dort drin sind! Gleich trete ich die Tür ein.«

Zafer sah durch den Spion. Er seufzte und öffnete die Tür einen Spaltbreit.

Draußen stand Charis. Rundlich, kräftig und einen Kopf kleiner als Zafer. Sie strich sich über die stoppelkurzen dunklen Haare und sah zu ihrem großen Bruder auf.

»Drogenkontrolle!«

Zafer schob die Kette zurück und öffnete die Tür. Charis schlüpfte herein und schnüffelte. Ihr Schulranzen leuchtete orange und wetteiferte mit einer giftgrünen Regenjacke.

»Puh, was für ein Gestank!« Sie ging zum Küchenfenster und versuchte, es zu öffnen, was gar nicht so einfach war. Sie musste dazu auf einen Stuhl steigen. Und dafür erst Zafers Klamotten von der Lehne herunterwerfen. Sie rüttelte an dem Fensterhebel und es gelang ihr schließlich, die eine Hälfte aufzuziehen.

»Hast du das schon jemals aufgemacht?«

»Äh, ich glaub nicht.« Zafer kratzte sich am Kopf. Ein kühler Luftzug ging durchs Zimmer. Es roch nach Auspuffgasen und Kohlsuppe. Das war also die Frischluft.

Charis starrte ihn von oben an.

»Du siehst echt furchtbar aus.«

Zafer fasste sich an die Nase und spürte eine Blutkruste. Der Schmerz war noch da, aber den Springteufel musste jemand in eine Zwangsjacke gebunden haben. Langsam krabbelte auch wieder dieses komische Gefühl von Einsamkeit in ihm hoch, das sich jetzt noch verstärkte, als er sah, wie Charis ihn besorgt musterte. Für einen Moment war er froh, selbst nicht zu wissen, wie er aussah. Er konnte es eigentlich nur an dem erschrockenen Blick seiner Schwester erraten.

»Is' sie gebrochen?«, fragte sie schließlich.

Zafer zuckte mit den Achseln. »Keine Ahnung!«, erwiderte er wahrheitsgemäß.

Charis schüttelte den Kopf und blickte sich um. Für einen Moment sah Zafer seine Wohnung mit ihren Augen. Die verstaubten Flaschen hinter dem Kühlschrank. Die Kabel, die sich wie Schlangen über den Boden zogen, die Jacken, die an einem Nagel an der Wand hingen. Im Gang stand als Ablagefläche ein alter Spiegelschrank, der eigentlich in das Bad gehört hätte, aber es bis dahin nicht geschafft hatte und jetzt mit Bergen von ungeöffneten Briefen bedeckt war.

»Hast du irgendwie Ärger?«

Zafer schüttelte den Kopf.

»Warum kommst du dann nie?«

Zafer wusste es selbst nicht. Oder vielleicht … Aber er konnte ihr nicht sagen, dass er sich davor fürchtete, nach draußen zu gehen. Dass er nur hier sicher war. Sie würde ihn ansehen wie ein Alien.

»Ich hatte … zu tun.« Zafer hoffte, dass sie sich mit dieser einfachen Erklärung zufriedengeben würde.

Charis blickte ihn an, dann sprang sie zu Boden und schleppte den Stuhl, immer den Kabeln folgend, neben Zafers Hocker vor den Rechner.

»Zeigst du mir was?«

Er kratzte sich am Kopf. »Müsstest du eigentlich nicht in der Schule sein oder so?«

Charis lächelte nachsichtig. »Es ist schon nachmittags.«

»Oh«, sagte Zafer. Er setzte sich neben sie.

»Du hast Post!«, Charis deutete auf das E-Mail-Programm.

Zafer zögerte. »Schau ich mir später an.«

Dann klickte er schnell auf den Ordner mit den Soapsequenzen. Der Sektkübel. Easy. Das Paar in dem Café. Sie feierten irgendwas mit Sekt. Er hatte die riesige Schrift auf dem Kübel gelöscht und noch einen Wassertropfen hinzugefügt, der langsam über die glänzende Oberfläche hinunterrann. Er erklärte Charis, wie er vorgegangen war, und sie sah sich das Ganze mit der Vergrößerungsfunktion an.

Es sah sehr echt aus und er hatte sogar die ganze Umgebung verzerrt in dem winzigen Tropfen eingefangen, wie Charis bemerkte.

Jetzt bewegte sie sich auf der Timeline hin und her und ließ die Schauspielerin in Zeitlupe den Mund auf- und zuklappen.

»Hässliche Zähne!«

»Die sind nicht von mir!«

»Schade.« Charis grinste und bewegte sich weiter in der Szene. Sie blickte kurz auf. Ein Blitzen in ihren Augen.

»Wo hast du es versteckt?«

Zafer beobachtete Charis. Sie klickte routiniert auf das Ende der Sequenz, zoomte auf den Hintergrund – eine Wand, der man nun ansah, dass sie nur eine Kulisse war – hin und zurück.

»Da wirst du es nicht finden«, sagte er.

»Wo dann?«

»Weiter vorne. Bei den Mänteln an der Garderobe.«

Charis scrollte zurück und legte dann konzentriert das Vergrößerungsglas über das Bild. Dann grinste sie plötzlich.

»Da! Da hat sich was bewegt!« Sie zoomte näher auf einen blauen Mantel, und das Bild einer riesigen Raupe, die auf dem Ärmel herumkrabbelte, füllte den Monitor.

»Das is' 'ne Makroaufnahme. Ich habe sie gefunden und dann ein bisschen bearbeitet«, erklärte Zafer.

Die Raupe hatte einen kahlen Kopf, aus dem vereinzelte Haarborsten herauslugten. Sie starrte Charis und Zafer aus winzigen Augen an, die wie schmale Stöcke aus ihrem Kopf hervorstaken, und winkte ihnen dann mit einem ihrer vielen Beinchen zu, an dessen Ende sich spitze Krallen befanden. »Eine Seidenspinnerraupe.«

»Krass«, sagte Charis. »Von Weitem sieht sie schön und harmlos aus.«

Sie deutete auf den Kopf der Raupe. »Und je näher du ihr kommst, desto gruseliger wird sie.«

»So ist es viel spannender, als wenn man sich von Anfang an vor ihr fürchten müsste«, sagte Zafer. Keine Ahnung, woher er den Gedanken nahm, aber er dachte einen kurzen verlorenen Moment lang an das unterschiedliche Augenpaar, in das er gestern Abend geblickt hatte. Es schwebte kurz im Raum, gesichtslos, wie das Lächeln der Grinsekatze im nächtlichen Himmel.

Oh, die Grinsekatze. Müsste mich jemand beschreiben, dann wäre ich genau das. Ein Phantom. Ein Paradoxon. Tot und lebendig zugleich. Hier und zugleich woanders. Ah, ich halte besser die Klappe, sonst könntet ihr nun Zafers Magenknurren nicht hören.

Es war laut. Sehr laut.

Charis sah ihn an. »Wann hast du eigentlich zum letzten Mal etwas gegessen?«

»Mhmm. Gestern. Irgendwann.«

»Warum holst du dir nichts?«

»Ich habe kein Geld«, sagte Zafer leise.

»Ich dachte, sie bezahlen dich gut?«

Zafer schüttelte den Kopf. »Ich meine … kein Bargeld.«

Charis sah ihn verwirrt an.

»Meine Bankkarte ist weg.« Zafer rutschte auf seinem Hocker herum.

»Kann man da nicht eine neue bestellen?«

»Ja, vielleicht.« Er kratzte sich am Kopf. »Ich … hab's vergessen!«

»Jesus!«, sagte Charis. Sie zog einen kleinen neonfarbenen Geldbeutel aus ihrer Hosentasche und wühlte darin herum.

»Also … ich hab noch acht Euro.«

Sie legte die Silbermünzen neben die Tastatur.

Zafer schüttelte den Kopf. »Das ist dein Taschengeld.«

Charis sah ihn an. »Du holst auch was für mich und ich darf dafür noch ein paar Monster schauen. Okay?«

Ein Deal. Zafer sah seine Schwester an. Sie hatte den Kopf schief gelegt.

»Du kannst es mir ja zurückzahlen!«, sagte sie. »Mit Zinsen natürlich!«

Er wollte ihr nichts abschlagen. Und – ja, er hatte natürlich immer noch Hunger. Unfassbaren Hunger.

»Okay«, sagte er. »Lösch mir nichts, ja?«

»Klar!«, sagte Charis.

Kurz darauf fiel die Tür ins Schloss und er ließ seine kleine Schwester vor dem Rechner allein.

Als er wenig später mit Brötchen und Schokolade wieder zurückkam (Es war eine Qual gewesen einzukaufen. Dabei hatte er noch Glück gehabt und einer wortkargen Verkäuferin gegenübergestanden. Jede Konversation hätte ihn völlig überfordert. Hätte er Charis das sagen können? Sie hätte ihn noch für weit verrückter gehalten, als sie das jetzt ohnehin schon tat. Charis war der dünne Faden, der ihn noch mit der Realität verband.), als er also gerade zur Tür hereinkam, sah er, wie sie eine Datei hastig wieder schloss. Sie beschäftigte sich wieder mit der Raupe, aber Zafer bemerkte, wie ein flüchtiger Schatten über ihr Gesicht huschte.

Er stellte die Essentüte auf den Tisch.

»Was war das?«

»Nichts.«

Er schob sie weg und klickte auf die Datei. Die beiden starrten auf den Monitor. Das Auto in der Überwachungskamera rollte langsam auf sie zu.

»Es sieht anders aus als die anderen Sequenzen«, stellte Charis fest.

»Mhmm.« Zafer schwieg.

»Was hast du daran gemacht?«

»Nicht viel. Da war eine Delle im Kotflügel, die hat ihnen nicht gefallen.«

Die Lüge kam ihm mit einer Geschwindigkeit über die Lippen, die ihn selbst erstaunte.

»War das für die Soap?«, fragte Charis vorsichtig.

»Mhmm. So ähnlich«, murmelte Zafer.

Etwas machte ihn nervös, sehr nervös.

Das Auto. Jetzt wusste er, warum ihm das Auto gestern so bekannt vorgekommen war. Das Auto, in das die Zwillinge eingestiegen waren, sah so aus wie in der Aufzeichnung. Ein weißer Golf. Es gab Hunderte von weißen Golfs. Ein komischer Zufall.

»Was hast du?«, Charis sah ihn neugierig an.

Er schloss mit einem schnellen Klick die Datei.

»Ich … ich muss jetzt weitermachen.«

»Du meinst, ich soll jetzt wieder verschwinden?« Enttäuschung schwang in Charis' Stimme. Sie stand auf und schulterte den Schulranzen.

Ihre Haare begannen sich bereits hinter den Ohren wieder zu ringeln. Er vermutete, dass sie mit dem neuen kurzen Haarschnitt wohl härter und älter aussehen wollte. Aber es gelang ihr nicht ganz.

»Ich habe dir ein Schokocroissant mitgebracht«, sagte Zafer und hielt ihr die Tüte hin.

Charis zog sich das Gebäck heraus und ging zur Tür.

»Ich ess es dann in der U-Bahn.« Sie sagte es leichthin und blickte an ihm vorbei.

»Okay«, sagte Zafer.

»Immerhin. Gut zu wissen, dass es dich noch gibt«, sagte Charis schließlich.

Die Wohnung war still und leer, nachdem sie gegangen war. Zafer schloss das Fenster, zog die Brötchen aus der knisternden Papiertüte und verschlang sie wie ein hungriges Tier. Zum ersten Mal kostete es ihn Überwindung, sich wieder vor den Rechner zu setzen. Er schob die Datei des Überwachungsvideos auf dem Bildschirm hin und her. Dann klickte er sie widerwillig an. Nein. Gestern, das Auto hatte anders ausgesehen. Sein Gedächtnis hatte ihm nur einen Streich gespielt. Das, was vor, und das, was hinter dem Rechner geschah, vermischt. Er sollte sich vorsehen, dass er nicht verrückt wurde.

Zafer lehnte sich erleichtert zurück und loggte sich bei seiner Bank ein. Ein Zahlungseingang. 5000 Euro. Die Zahl tanzte vor seinen Augen. Noch verwirrender war, was in der Zeile unter »Verwendungszweck« stand.

gute arbeit! du warst der schnellste! laurin

Zafer atmete tief durch.

Er musste noch einmal nachsehen, um sicherzugehen, dass er sich nicht getäuscht hatte. Ja, die drei Nullen waren richtig.

Er öffnete die Mail wieder, die er gestern bekommen hatte, und klickte auf *Antworten.* Das sanfte Klappern der Tasten hatte etwas Beruhigendes.

»Geld ist eingegangen.« Er zögerte kurz und überlegte. »Ich hoffe, die Summe ist so korrekt.« Was sollte er sonst schreiben? »Warum ist sie so hoch?« vielleicht? Quatsch. Er ließ den ersten Satz stehen, fügte »Vielen Dank für den Auftrag« hinzu und drückte auf *Senden.*

Dann versuchte er sich mit Makroaufnahmen von Würmern im Internet abzulenken. Aber aus irgendeinem Grund machte ihm das heute keine Freude.

Da kam ein Pfeifen. Zafer wechselte zum E-Mail-Programm. Seine Mail war zurückgeschickt worden. *Mailer Daemon not found.* Keine E-Mail-Adresse vorhanden.

Laurin war gelöscht.

6

Hey, Schrödingers Katze. Ihr kennt das, oder? Es ist ein Gedankenexperiment in der Quantenphysik. Dort, wo sich alle Dinge umdrehen, wenn wir ihnen nahe kommen. Etwas, das sich nur Naturwissenschaftler ausdenken können. Eine Katze wird in eine Kiste gesperrt. Dort befinden sich in einer Versuchsanordnung Atome. Sollte eines davon zerfallen, setzt es ein Giftgas frei, das die Katze tötet. Da es die Atome in zwei Zuständen gibt – als Welle und als Teilchen –, zerfallen sie und sie zerfallen auch nicht. Schrödingers Katze in der Kiste ist also lebendig und tot zugleich. Solange man nicht nachsieht. Erst das Nachsehen verändert den Zustand.

Was mich dabei immer gewundert hat: Keiner hat bisher die Geschichte vom Standpunkt der Katze aus erzählt. Wie es sich anfühlt, tot und lebendig zugleich zu sein. Oder wie es eben so ist, in einer winzigen Kiste mit dem Blausäuregas daneben.

Zurück zu Zafer, dem bei der ganzen Sache nicht mehr so richtig wohl war. Ob er es schon ahnte? Hätte er kurz innegehalten und wäre in Gedanken alles, was ihm letzte Nacht passiert war, noch einmal durchgegangen, er hätte es vielleicht gesehen. Oder wäre es ihm aufgefallen, wenn er die Datei noch einmal angeklickt hätte? Aber er war noch blind. Blind wie ein Maulwurf. Oder so blind wie Schrödingers Katze in der lichtlosen Kiste.

5000 Euro. Das war viel. Viel zu viel, und gerade der Gedanke an die Höhe der Summe bereitete ihm dieses unangenehme Gefühl im Magen. Warum nur hatte er den Auftrag angenommen? Weil er beweisen wollte, dass er es in weniger als einer Stunde schaffte? Weil er wusste, dass er schneller war als alle anderen und dass keiner die Dinge so echt erscheinen lassen konnte wie er? Er wusste es, aber er wollte es auch einmal gesagt bekommen. »Gute Arbeit«. Zwei Worte, die ihn wärmten. Aber was bedeutete »Du warst der Schnellste«? Damit hatte er sowieso gerechnet, aber es verwirrte ihn trotzdem. Hatte man den Auftrag an mehrere Bildbearbeiter vergeben? Und hatte dann jeder von ihnen die gleiche Summe erhalten?

Nun, er konnte Laurin, wer auch immer das war, nicht mehr fragen. Der Kontakt war abgebrochen. Gut so. Ob er die Datei jetzt einfach löschen sollte?

In einer Sache hatte er sich nämlich nicht an die Abmachung gehalten. Die Originaldatei war immer noch auf der Festplatte gespeichert. Er hatte sie nicht gelöscht.

Zafer zog das Dateisymbol in Richtung Papierkorb. Dann hielt er inne und klickte nur auf die weiße Leiste darunter. Nein, er würde die Datei nicht wegwerfen. Er überlegte kurz, löschte den alten Dateinamen und tippte stattdessen: *Seidenspinner.* Dann legte er die Datei in den Ordner auf seinem externen Speicher zwischen die Bilder seiner Raupen und gab sich den Rest des Tages über große Mühe, Laurin zu vergessen.

Es war ein kurzer Tag, denn bald schon brach die Novemberdämmerung herein. Das Leuchten des Monitors war Zafers einzige Lichtquelle und sein Gesicht glühte blau zwischen den Schatten. Er bearbeitete den Namen eines Supermarkts im Hintergrund einer Spielszene. Er musste ihn umbenennen und ließ über die Buchstaben ein neues Programm laufen, das er selbst geschrieben hatte. Zahlen und Buchstaben musste er so oft verändern, dass es sich lohnte, extra dafür ein Programm zu schreiben. Damit konnte er die Bearbeitung in wenigen Minuten erledigen, was er fast bedauerte. Er hätte gerne mehr zu tun gehabt. Irgendeinen schwierigen Auftrag, der seine ganze Aufmerksamkeit in Anspruch nehmen und ihn von seiner zunehmenden Nervosität ablenken würde. Denn sein Herz war in ihm eingesperrt und klopfte sich frei. Elendes unruhiges Herz! Wie sehr er sich die ruhige sedierte Stimmung zurückwünschte, in der er immer gearbeitet hatte! Die Welt in mattem beruhigenden Zwielicht. Er schickte den umbenannten Supermarkt weg, probierte die Testversion eines neuen Programms aus, mit dem man Haut schneller bearbeiten konnte (nichts, was er nicht schon selbst geschrieben hätte, und das viel besser), und suchte sich dann weitere Vorlagen für seine Geschöpfe. Er klickte sich von Makroaufnahmen von Fliegen über geschlüpfte Eidechsen und die Seitenansicht von Gottesanbeterinnen.

Doch das Herz klopfte weiter.

Er stand auf und begann, in seinem dunklen Zimmer auf und ab zu laufen, bis er sich schließlich entschloss, einen Spaziergang zu unternehmen.

Ein *Spaziergang*! Was für ein seltsames Wort, das nicht zu ihm passte. Er nannte es Spaziergang, aber es war nicht die Nacht, die ihn nach draußen zog, oder gar das Bedürfnis, ein Bein vor das andere zu setzen. Nein, er ging nur nach draußen, um seinem unruhigen Herzen zu entfliehen. Ja, und auch das war nur die halbe Wahrheit.

Er musste sie suchen gehen. Er musste das Lied wiederfinden.

Seine Schuhe waren immer noch nass. Es quietschte, als er

über den Asphalt lief, und seine Jacke war starr vor Feuchtigkeit. Kein Regen heute, nur Kälte. Um die Straßenlaternen hing ein diesiger Schein. Zafer sah dem Atemhauch nach, der seinem Mund entwich, während er den Weg zum Kaufhausbunker einschlug. Doch schon als er die ersten Schritte tat, wusste er, dass sich nichts so einfach wiederholen ließ. Man konnte die Zeit nicht zurückspulen und dann die gleiche Szene noch einmal erleben. Man kann sich nur erinnern.

Unter der Überdachung, auf die gestern noch hell der Regen getropft war, war es menschenleer. Nur die Puppen hinter der Schaufensterscheibe waren nun angezogen und starrten Zafer nach, als er die schmale Gasse zwischen den Häusern zur Baustelle lief.

Wohin sie wohl gegangen war? Dort am Baukran vorbei, hinter den Containern. Warum hatte er ihr nicht länger nachgesehen? Warum war er ihr nicht einfach gefolgt? Es wäre so viel klüger gewesen, auch über den Zaun zu klettern. Zumindest wäre er dann den Zwillingen nicht in die Hände gefallen. Zafer fasste sich an seine lädierte Nase. Das Toben hatte im Lauf des Tages immer mehr nachgelassen. Doch jetzt wünschte er sich einen idiotischen Moment lang, es wäre wieder stärker. Vielleicht würde der Schmerz alles wieder zurückholen? Zumindest müsste er sich dann nur mit dem Schmerz in seiner Nase befassen und nicht mit dem, was da in seinem Inneren in ihm aufstieg. Eine Leere, die er lange nicht mehr gefühlt hatte. Eine so gewaltige Enttäuschung, dass sie ihn fast umgeworfen hätte.

Er sah auf die Lücke zwischen den Holzbrettern, dort, wo er in ihre zweifarbigen Augen geblickt hatte. Jemand hatte mit schwarzem Stift eine Kritzelei hinterlassen, die gestern noch nicht da war. Sonst war alles unverändert, nur merkwürdig still und leer.

Er lief zurück, gebückt, den Blick auf die Straße gerichtet, bis er vor den Eingang der S-Bahn kam. Alte Fahrräder waren hier mit dicken Schlössern an das Brückengitter gekettet. Und wieder lehnte er sich über die Brüstung und starrte auf die Gleise. Die Stadt vor ihm schimmerte, aber der Zauber, das Funkeln war ihr genommen. Er wartete auf ihr Lied. Nur die Atome um ihn herum weigerten sich, in Wellenform überzugehen. Ihr Lied war nirgendwo gespeichert. Es kam nicht. Nur eine S-Bahn rauschte ein und brachte ein Flüstern mit, das sich an sein Ohr drängte, ein Flüstern ohne Melodie: *The words of the prophets are written on the subway walls.*

The subway walls.

Er drehte sich um.

Ein paar Kinder in dicken Daunenjacken tobten die Treppen herauf. Ein Junge kickte eine Bierdose über das Pflaster. Die Dose klapperte über den Asphalt und schlug unter einem Schriftzug an der Mauer auf, die mit bunten Graffiti überzogen war. Der Schriftzug sah genauso aus wie die Kritzelei an der Holzwand. Nur ein *tag*, mit schwarzem wasserfesten Stift eilig hingezeichnet. Eine Verzierung. Zafer verfolgte mit seinen Augen die geschwungenen Linien. Einen Augenblick, dann noch einen. Der Junge sah Zafer provozierend an und wartete darauf, dass der etwas sagen würde. Er kickte die Dose mit Nachdruck ein zweites Mal, doch Zafer starrte nur auf die Wand.

Es war keine Verzierung. Es waren Buchstaben. Verschnörkelte Buchstaben. Ineinander verschlungen. Schwer zu entwirren. Doch wenn man die eine Linie verfolgte, dann war es ganz leicht und man konnte zwei Worte ausmachen:

Dark Noise

Das Geländer hinter ihm drückte sich kalt in Zafers Rücken. Er spürte sein Herz laut klopfen. Es klopfte in eine Stille, die er nicht kannte. Als würde die Stadt für einen Moment den Atem anhalten. Hatte er die Schrift nicht auch schon an ganz anderen Orten gesehen? Gestern? Die Tage zuvor? Wie hatte er all die Zeit nur so ahnungslos daran vorbeigehen können?

Er begann, durch die Straßen zu laufen. Ein Schritt vor den anderen, und er suchte die Mauern ab. Bröckelige Mauern, glatte Mauern, Straßenlaternen, Zäune. Es gab andere tags, tags, die so ähnlich aussahen, manche waren kürzer, einfacher, andere noch komplizierter und ausgefeilter. Er fand Dark Noise noch an drei Stellen. Einmal war es an den Mast einer Ampelsäule gezeichnet, dann an eine Mauer vor einer Imbissbude und schließlich nicht weit weg von der Straße, in der er wohnte, war es groß auf eine blau bemalte Jalousie gesprüht.

Zafer merkte sich jeden Ort, an dem er es sah.

»Du findest mich überall.«

Ja, überall.

Seine Beine schmerzten, als er wieder zu Hause ankam. Er wusste nicht, wie viele Stunden er unterwegs gewesen war. Erst als er wieder vor dem Rechner saß, spürte er, wie müde er war. Es war weit nach Mitternacht. 0:43 Uhr sagte die Zeitanzeige oben auf seinem Computer.

Er rief Google Maps auf und legte das gelbe Männchen auf die Straßen, durch die er eben gegangen war. Street View. Die Aufnahmen waren vor zwei Jahren entstanden. Dort an der S-Bahn gab es zwar Grafitti, aber keinen schwarzen *tag*, wie er ihn gesehen hatte. Gab es damals Dark Noise noch nicht?

Oder brauchten sie noch keine Zeichen? Er klickte die Street-View-Funktion gerade weg, als es klopfte.

Zafer fuhr hoch.

Tock. Tock Tock.

Nicht an der Tür, Zafer!
Daneben!

Klopfen auf Holz klang anders, dunkler. Zafer ging in die Küche. Er machte kein Licht.

Tock, Tock.

Ja, schau dich nur um, Zafer!

Das Klopfen kam vom Küchenfenster. Es war unregelmäßig. Zwischendrin eine kurze Pause. Aber dann klopfte es wieder. Hartnäckig. Zafer sah durch die verschmutzte Scheibe nach draußen. Im Dunklen unter seinem Fenster stand ein kleiner glatzköpfiger Mann. Er hatte einen Stock und klopfte mit dem Knauf gegen das Fenster. Zafer öffnete unter viel Gerüttel den Fensterflügel.

Der Mann sah zu ihm auf. Er grinste und Zafer bemerkte einen fehlenden Schneidezahn. Dann zog der Mann eine Pizzaschachtel aus der roten Styroporkiste, die neben ihm auf dem Boden stand.

Zafer starrte ihn verwirrt an. Eine Pizza? Nach Mitternacht?

»Ich habe nichts bestellt«, sagte er schließlich.

Das Grinsen des Mannes wurde breiter. »Ich weiß. Ist auch ein Geschenk.«

Er streckte sich und stellte die Schachtel auf das Fensterbrett. Ein Windhauch, und sie würde herunterkippen. Zafer hielt sie fest.

»Wann soll ich wiederkommen?«, fragte der Mann. Schweiß glänzte auf seiner Stirn.

Zafer sah ihn an. »Wiederkommen?«

Der Mann nickte. »Das gehört zum Geschenk. Dass ich wiederkomme.«

Zafer sagte nichts. Was sollte er auch sagen?

Der Mann sah ihn ernst an. »Gut, dann in zwei Stunden.« Er verneigte sich kurz, nahm seine Kiste und verschwand eilig in der Dunkelheit des Hinterhofs.

7

Die Schachtel war quadratisch und lag warm in Zafers Hand, als er langsam mit ihr zurück vor seinen Rechner ging. Das Logo von *Pizza Elegante* bildete einen Kreis um einen lächelnden Pizzabäcker mit schwarzem Schnauzbart, der Zafer den Daumen hochhielt.

Ein Geschenk? Von wem? Zafer hob den Karton hoch und sah auf den Boden. Nichts. Er schob die Tastatur von der zerkratzten Schreibtischoberfläche, stellte die Schachtel auf den Tisch und klappte den Deckel zurück. Pizza Salami. Wie immer. Sie roch gut und war sogar in handliche Portionen geschnitten. Dann fiel Zafers Blick auf die Innenseite des Deckels. Dort klebte ein Brief. Zafer zog den grauen Umschlag ab. Als er ihn öffnete, fiel eine SD-Karte herunter. Zafer suchte nach ihr in dem Flokatiteppich und legte sie dann neben sich auf den Schreibtisch. Dann entfaltete er den Brief. Das Papier hatte sich mit dem Fett der Pizza vollgesogen und an einigen Stellen war die Schrift darauf von durchsichtigen Flecken umgeben. Es waren schwarze Großbuchstaben, von unsicherer Hand aneinandergereiht. Sie liefen quer über das Papier, ziellos und ohne Punkt.

ZAFER! LÖSCHE DEN MANN AUF DEM GANG
ES SOLL NICHT ZU DEINEM SCHADEN SEIN

Ein neuer Auftrag. »Es soll nicht zu deinem Schaden sein.« Zafer starrte auf die Zeilen. Sie waren nicht unterschrieben, aber wer sollte es anders sein als Laurin. Er schien sich einen

Spaß daraus zu machen, ihm seine Aufträge auf geheimnisvollen Wegen zukommen zu lassen.

Nun, es gab genug Verrückte in der Branche. Und er – Zafer – musste es ja nicht tun. Keiner zwang ihn dazu.

Zafer lehnte sich zurück und starrte auf die SD-Karte. Und wenn er nur einen Blick darauf warf? Keiner würde es sehen.

Tu es nicht, Zafer! Verdammt, tu es nicht! Aber wer bin ich, dass ich das sagen könnte? Ich mache mich lächerlich. Ich erinnere mich, früher, als ich klein war, tauchte hinter dem Kasperl das Krokodil auf. Es hatte dieses dunkelrote Maul und weiße, nach unten baumelnde Stoffzähne, die mir riesig und gefährlich vorkamen. »Kasperl, dreh dich um!« Aber der arme Hanswurst mit der roten Kapuze hat mich nie gehört.

Die goldenen Kontakte blitzten kurz auf, als Zafer die SD-Karte in den Slot steckte. Auf dem Monitor erschien eine Filmdatei. Zafer klickte zuerst auf Information, doch außer der Angabe über die Dateigröße (60 760 KB) keine Metadaten, nichts. So als habe der Urheber der Datei damit gerechnet, dass er sich das zuerst anschauen würde. Dann öffnete er die Datei. Es war wieder ein Überwachungsvideo. Diesmal ein langer Korridor mit Türen. Plüschiger Teppichboden mit seltsamen geometrischen Mustern, Quadrate, die zu Dreiecken übergingen und dann wieder zum Schachbrett wurden. Die Türen zu beiden Seiten des Gangs hatten Nummern auf runden Schildern. Zafer zoomte auf eine Zahl. 901, 902, 903. Was war das? Ein Hotelflur vermutlich. Es musste ein Hotelflur sein. Die Türklinken waren in große rechteckige Kästen eingelassen, an denen man die elektronischen Karten vorbeiziehen konnte.

Am oberen rechten Bildrand liefen mit weißen dünnen Zahlen das Datum und die Uhrzeit. 13. November, 23:45:21 – 23:45:22 – 23:45:23. Zafer sah auf die Zeitanzeige oben an seinem Computer. 0:55. Die Aufnahme war nicht älter als eine Stunde.

Eine Stunde ... Zu der Zeit irrte er selbst noch durch die Straßen, auf der Suche nach Botschaften in verschlungenen Kritzeleien.

Auf dem Hotelflur war eine ganze Weile nichts zu sehen. Dann endlich öffnete sich etwas links im Hintergrund. Aufzugtüren! Ein Zimmermädchen in einem schwarzen Kleid mit einem Servierwagen trat heraus. Sie lief quer über den Gang und verschwand in dem zweiten Zimmer von vorne rechts. Nummer 902. Dann, unmittelbar nachdem das Mädchen mit dem Servierwagen nicht mehr zu sehen war, öffnete sich die Tür zu 903 auf der gegenüberliegenden Seite. Ein Mann trat auf den Flur. Er war nicht besonders groß und trug einen hellen Anzug ohne Krawatte. Zafer konnte sein Alter schlecht einschätzen. Er war noch nicht alt, vielleicht 30. Seine Bewegungen waren schnell und flüssig, nicht besonders aufgeregt, aber wachsam. Er sah sich um. Schloss dann langsam die Tür zur Nummer 903 und ging auf den Flur. Da, in der Mitte hatte er die Kamera entdeckt. Es gab einen Moment, in dem sein ganzes Gesicht zu sehen war. Eine Narbe zog sich über seine rechte Wange. Dann ging er schnell mit gesenktem Kopf nach hinten. Er nahm nicht den Aufzug, sondern öffnete eine Tür daneben und verschwand.

Kurz danach war das Video zu Ende.

Zafer lehnte sich zurück und legte das Pizzastück, das er gerade in der Hand hatte, auf den Karton zurück. Er scrollte den roten Zeiger der Timeline zurück zu der einzigen Aufnahme, die den Mann von vorne zeigte, und zoomte ihn an sich heran. Sein Kopf füllte den Monitor. Dunkle Haare, die sich um ein breites Gesicht lockten. Erstaunlich kleine Augen. Fast jeder hätte gesagt, dass er sympathisch aussah, das wusste Zafer. Für ihn sah er so aus wie die, die als Erste vom Sprungturm springen. Die furchtlos auf das Brett steigen, dann in der Sonne stehen bleiben, in dem Wissen, dass alle sie ansehen, den Moment genießen und dann nach unten springen. Doppelsalto. Perfekt. Nur wenig Wasser, das aufspritzt.

Es würde Spaß machen, ihn zu löschen.

Die Retusche selbst war eine leichte Übung. Für Zafer keine wirkliche Herausforderung. Er scrollte zurück zu der Aufnahme mit dem leeren Flur, machte sich davon eine Kopie, verlängerte sie und legte sie über die Aufnahme des Mannes. Probehalber. Nur um zu sehen, ob sie passte. Ja, das tat sie. Da war noch der Schatten der Tür, die das Zimmermädchen in dem Moment schloss, in dem der Mann die andere Tür öffnete. Zafer zoomte hin und retuschierte ein paar dunkle Pixel weg.

Blieben noch die Zahlen der Zeitanzeige. Die Nummern waren nun übereinandergelegt und doppelt. Zahlen retuschieren war eine einfache Sache, zumal nur hinten die Sekundenanzeige verändert war, er würde einfach sein Programm darüberlaufen lassen. Am Ende scrollte er den roten Zeitanzeiger ein bisschen hin und her, um zu überprüfen, ob sich die Nummern flüssig bewegten. Perfekt.

Zafer nahm sich das Pizzastück und schlang es hinunter.

Die Figur war Geschichte. Kein Mann mehr zu sehen. Es tat gut, ihn nicht mehr zu sehen. Ja, es gab die in der Sonne, zu denen alle aufsahen, aber es gab auch die im Schatten, die unbemerkt neue Welten schufen. Und er war einer von ihnen. Er war der Schöpfer, ein kleiner Gott an seinem Rechner, der die Geschicke der anderen lenkte, ganz allein, hier aus der Dunkelheit heraus. Er konnte eine Figur verschwinden lassen, so als wäre sie nie da gewesen. »Gute Arbeit«. Zafer spürte eine milde Euphorie in sich aufsteigen, fast wie immer, wenn er eine Arbeit zu Ende gebracht hatte. Gut zu Ende gebracht, denn die Aufnahme hatte keinen Makel und niemand würde mehr glauben, dass sie gefälscht war. Laurin wäre begeistert.

In Zafers Hochgefühl mischte sich allerdings leiser Zweifel. Da war eine Stimme, die ihm sagte, dass es etwas anderes war, Hintergründe in einer Soap zu verändern, als einen Mann aus einem Überwachungsvideo zu löschen. Aber letztlich waren beides nur Bilder. Für die Welt hinter der Scheibe seines Monitors galten andere Gesetze. Sie war veränderbar.

Er hatte den Flur auf dem Schirm. Zimmer 903. Das Zimmer, das der Mann verlassen hatte. Zafer zoomte näher, doch was er sah, waren letzten Endes nur Pixel. Auch wenn er etwas nah heranholen konnte, so konnte er es nicht durchsichtig machen. Einen Moment lange überlegte er, wie es wohl wäre, ein Programm zu erfinden, mit dem man hinter die Türen sehen konnte. So als wären die Bilder nur die Oberfläche, die man abkratzen musste, und dahinter käme wieder eine neue Oberfläche, die so tat, als wäre sie wirklich. Nur jetzt war da nichts hinter den Pixeln. Nahm man sie weg, war dahinter nur Rauschen. Dunkles Rauschen. Dark Noise. Wohin auch immer seine Gedanken spazieren gingen, sie kamen wieder auf den verschlungenen Schriftzug zurück. So als wären sie dort zu Hause.

Zafer schüttelte unwillig den Kopf und versuchte, sich auf die Zimmernummer zu konzentrieren, die nun ganz den Monitor füllte. An den Rändern war sie ausgefranst, denn die

Auflösung war schlecht. Die Ziffern glänzten. Vielleicht waren sie aus Messing auf schwarzem Holz. Undurchdringlich. Es gab kein Programm, das eine Tür unsichtbar machte, und letzten Endes brauchte er es auch nicht.

Denn – was auch immer in Zimmer 903 passiert war, es war nicht sein Problem. Er war nur der Retuscheur. Der, der die Bilder veränderte und nicht die Realität.

Er ging wieder in den Normalbildmodus und speicherte die geänderte Sequenz auf der SD-Karte. Die Pizza war mittlerweile kalt geworden und schmeckte aufgeweicht und fettig. Er zog die SD-Karte heraus und legte sie neben sich auf den Schreibtisch.

Er musste nicht lange warten. Es klopfte an der Scheibe, nicht so energisch wie das erste Mal, aber trotzdem laut genug, um Zafer in der Dunkelheit zusammenzucken zu lassen. Er ging über den finsteren Flur in die Küche, die mittlerweile völlig ausgekühlt war, weil das Fenster immer noch offen stand. Sollte er Licht anknipsen? Nein. Er würde den Boten im Dunkeln treffen.

Zafer lehnte sich über den Fenstersims, um in den Hinterhof zu sehen.

Der Pizzabote wirkte noch kleiner als das letzte Mal und umklammerte seinen Spazierstock. Er sah müde und gehetzt aus. Um seinen kahlen Kopf bildete sich ein Schein von der Laterne im Hinterhof. Zafer überlegte, ob er ihm noch einen Glanzpunkt in die Augen geben sollte. Aber – hier konnte er nichts dazurechnen. Er bräuchte dreidimensionale Pixel, die dann in der feuchtkalten Luft schwebten.

»Du lebst gefährlich«, murmelte der Mann und deutete mit dem Knauf auf einen der offenen Fensterflügel.

Zafer zuckte mit den Achseln.

»Bei mir gibt es nichts zu klauen«, sagte er nach einer Weile.

Der Bote verzog seinen Mund zu einem Grinsen und ließ Zafer wieder seinen fehlenden Schneidezahn sehen. »Das denken alle.«

Er streckte die Hand aus und in dem Moment, in dem Zafer ihm die SD-Karte in die Hand drückte, ließ er vor Erleichterung die hochgezogenen Schultern fallen. Zafer sah, wie der Mann die Karte in die Innentasche seiner Jacke gleiten ließ, und wünschte sich für einen Moment, er hätte sie nicht hergegeben. Und dann – er wusste nicht, woher der Gedanke kam, bereute er es, die Pizza gegessen zu haben. Ein Brennen stieg von der Speiseröhre in seinen Mund.

Tja, Zafer. Sobald du ihr Brot isst, gehörst du ihnen. Wie in diesen Märchen, die im Feenreich spielen. Du darfst nichts von den angebotenen Speisen essen, denn sonst musst du dort bleiben. Die Leute damals wussten genau, was damit gemeint war. Atme ihre Luft, iss ihr Brot und du gehörst nicht mehr dir selbst.

Zafer holte den leeren Pizzakarton und stopfte ihn in die Mülltüte neben der Küchentür. Oh, hätte er das Licht nicht angemacht, die Geschichte wäre anders verlaufen und ich würde sie nicht erzählen. Es sind immer die Kleinigkeiten, die den Lauf von Geschichten verändern. Die mikroskopischen Kleinigkeiten, diese Mikrosekunde zwischen Spermium und Eizelle, die zu unserer Existenz führt – warum ich und warum kein anderer? – Der Moment, in dem Zafer noch einmal auf das Fensterbrett blickte. Dort lag ein weißer zerknüllter Zettel.

8

Wusste der Pizzabote, dass er den Zettel liegen gelassen hatte? Hatte er es vielleicht absichtlich getan? Zafer konnte ihn nicht mehr fragen. Das silberne Klicken des Spazierstocks hatte sich zwischen den Häusern verloren. Vielleicht bog der Mann gerade in den zweiten Hinterhof ein und war noch nicht einmal auf der Straße. Hatte die türkisfarbene Tür mit den beiden Steinlöwen nach draußen noch nicht einmal geöffnet. Wann würde er bemerken, dass er etwas verloren hatte? Würde er es überhaupt bemerken? Noch könnte Zafer ihn einholen.

Zafer zögerte, dann schloss er das Fenster und bedauerte es zum ersten Mal, dass er keinen Vorhang hatte, den er zuziehen konnte. Er lehnte sich gegen die Spüle, in der sich Teller und Tassen mit eingekrusteten Rändern stapelten, und entfaltete den Zettel. Es war nur eine Quittung von *Pizza Elegante* über zwei Pizzen. Salami und Quattro Stagioni. 16,50 Euro. Die Quittung war entzweigerissen. Es stand noch die Lieferadresse darauf, aber nicht mehr der Auftraggeber.

Zwei Pizzen? Zafer drehte die Quittung um und fand dort seine eigene Adresse in krakeligen Buchstaben notiert. Jemand – der Bote? – hatte die Quittung als Notizzettel benutzt. Das heißt, die Pizza war nicht über die Zentrale ausgeliefert, sondern einfach weitergeschickt worden. Von wem?

Zafer ging zu seinem Rechner und gab die andere Adresse ein.

Ich sage euch nicht welche. Das einundzwanzigste Haus in einer namenlosen Straße. Jemand könnte auf die Idee kommen und dort hinfahren. Er würde nichts finden. Jetzt nicht mehr. Trotzdem. Es könnte denen, die dort wohnen, nicht gefallen. Sie hatten schließlich schon genug Ärger: Befragungen durch die Polizei, Verhöre, die leere angespannte Stille im Treppenhaus, wenn man an jener Wohnung vorbeiging. Jener Wohnung mit den Lampen, die wie Blumen aussahen. Schwülstigen, Unheil verkündenden Blumen, die von der Decke leuchteten und deren Licht sich in den gewienerten Tischplatten spiegelte. Manchmal hatten sie einen Blick in die Wohnung werfen können wie in die Kulisse eines Theaterstücks. Die Anwohner, sie wussten nichts. Dass man sie alle überprüfen würde, beobachten und abgleichen, sie konnten es gar nicht ahnen.

Warum ich nicht einfach einen Namen für die Straße erfinde? So wie es später die Zeitungen taten? Ich weiß es nicht. Vielleicht bin ich einfach nur des Versteckspiels müde.

Auf dem Monitor erschien ein großes graues Haus. Fünf Stockwerke, das Hochparterre mit eingerechnet. Links ein Zeitschriftenladen, dessen Tür offen stand. Rechts davon ein ausladender Alleebaum, der die Balkone des Jugendstilgebäudes verdeckte. Unten befand sich ein Imbiss mit Bierbänken und einer langen ausgezogenen Markise, die orange in der Sonne leuchtete. Unter der Überschrift »Grillhähnchen« brutzelte eine Batterie Hähnchen an Spießen auf einem Plakat. Zwei Männer standen breitbeinig in der geöffneten Tür, während ein gebräunter Mann in kurzem schwarzen T-Shirt und weißen Shorts auf der Bank saß und eine Bierflasche in der Hand hielt. Ihre Gesichter waren verpixelt. Zafer zoomte auf die Fenster. Die meisten hatten Gardinen, man konnte nicht nach innen sehen, es gab Blumen auf den kastenförmigen Balkonen und Zafer zählte drei Satellitenschüsseln, die weiß das grelle Sonnenlicht zurückwarfen. Auf die verglaste Eingangstür, um die sich ein schmiedeeisernes Gitter aus Rosen rankte, war ein Zettel geklebt, den Zafer nicht lesen konnte.

Das Haus war nicht weit weg von hier, laut Programm 30 Minuten für einen Fußgänger.

Zafer zerknüllte den Zettel und warf ihn in den Papiermülleimer zu seinen Füßen. Es war spät. Im Hinterhof hatte sich der Nebel zusammengezogen und verdeckte den Blick auf das Haus gegenüber. Er würde kaum etwas sehen, wenn er jetzt losging. Aber – auch er wäre ungesehen. Nichts weiter als ein Schatten.

Später, fast genau eine halbe Stunde und ein paar Straßen später, stand er vor dem Haus. Der Herbst hatte es nicht freundlicher gemacht. Die Markise war eingerollt, die Bierbänke überwinterten in irgendeiner Garage. Der Alleebaum war kahl und gab den Blick auf kunstvollen weißen Stuck frei. Nirgendwo brannte Licht in den Fenstern. Nichts, was er nicht auf der Google-Maps-Aufnahme gesehen hätte. Nein, sie hatten nur den Preis für die Grillhähnchen von 2 Euro auf 2,50 erhöht. Der geheimnisvolle Zettel an der Tür war längst entfernt.

Zafer steckte seine kalten Hände in die Hosentaschen und suchte die Klingelleiste nach Namen ab. Zwölf Mietparteien. Die Namen in kleinen Kästchen. Keiner der Namen sagte ihm was. Schließlich zog er sein Handy heraus und fotografierte sie. Das fiktive Kamerageräusch des Handys ratschte leise. Dann trat er einen Schritt zurück und fotografierte das ganze Haus. Er bedauerte es, dass draußen keine Mülleimer standen. Vielleicht hätte er da die Schachtel von *Pizza Elegante* gesehen.

Er wartete kurz, so als müsste noch etwas geschehen, aber das Haus wollte sein Geheimnis nicht preisgeben. Zafer kam sich lächerlich vor und drehte sich um. Der Nebel wurde noch dichter, als er die Straße zurücklief. Es war still, abgesehen von dem immer gleichen Rauschen der Stadt und dem leisen Quietschen seiner Turnschuhe.

Nach einer Weile kamen zwei Scheinwerfer auf ihn zu, die zu einem doppelstöckigen Nachtbus gehörten, der an der Haltestelle Zafer gegenüber hielt. Die Türen öffneten sich mit einem Zischen; eine Frau mit einem Kopftuch stieg aus, sie umklammerte ihre Handtasche und verschwand mit eiligen, hallenden Schritten im Nebel. Dann torkelten zwei Betrunkene aus der Tür. Zafer lief über die Straße, kramte sein letztes Geld, die Reste vom Silbergeld seiner Schwester, aus den Taschen seiner Jeans, legte es in die schwarze Plastikschale am Eingang beim Fahrer und stieg die schmale Treppe ins Oberdeck hoch.

Die Betrunkenen hatten ihren Schweiß und einen säuerlichen Geruch hinterlassen. Zafer drückte seine Stirn an das vibrierende Fenster und sah in den Nebel. Die Straßenlaternen umgab ein Lichthof wie ein Heiligenschein. Er überlegte sich einen Moment, warum er überhaupt hier war. Warum er nachts mit einem Bus herumfuhr und auf die leeren Straßen starrte.

Dann mit einem Mal war es ihm klar.

Du findest mich überall.

Draußen, ganz allein, wie eine Erscheinung, saß das Mädchen. Sie lehnte sich auf der Bank eines Bushäuschens zurück. Ihr roter Schal leuchtete aus der nebligen Dunkelheit.

9

Sie war es. Kein Zweifel. Er klopfte gegen die Scheibe, winkte. Würde sie doch nur hochsehen! Aber sie starrte nur vor sich hin. Oder hatte sie die Augen geschlossen? Zafer rannte die steile enge Treppe nach unten und versuchte zugleich, das Mädchen nicht aus dem Blick zu verlieren. Er schaffte es nicht, denn der Bus bog um die Ecke. Eine quälend lange Zeit fuhr er an einem struppigen Park vorbei, bis er endlich mit einem scharfen Ruck zum Stehen kam.

Zafer rannte nach draußen. Er sprintete an den kahlen Bäumen vorbei, nichts als zurück, zurück zur Hauptstraße!

Dann, wenige Meter vor dem Bushäuschen, kam er zum Stehen. Sein Herz hämmerte. Das Mädchen war verschwunden. War er einer Halluzination aufgesessen? Hatte er so intensiv an sie gedacht, dass sie schon begann, sich vor seinen Augen zu materialisieren und dann wieder zu verschwinden wie ein Trugbild? Er lief verzweifelt die Straße entlang, erst in die eine, dann in die andere Richtung. Der Nebel war dicht, doch dann, nachdem sein Mut schon gesunken war, sah er ein paar Häuser weiter ihre dunkle schmale Gestalt im Dunst. Sie lief schnell, aber ihre Schuhe machten kein Geräusch. Sie trug Turnschuhe, er erinnerte sich. Rote Turnschuhe.

»Hey«, er beschleunigte seine Schritte. Sie drehte sich um, beunruhigt, bereit zur Flucht. Als er sich ihr näherte, zog sich ein Schimmer des Wiedererkennens über ihr Gesicht, der Zafer froh machte. Sie hatte ihn erkannt. Und sie lächelte.

»Du bist es.«

Sie sah sehr klein aus, so wie sie vor ihm auf der Straße stand. Die Haare waren anders als vorgestern. Heller. Sie trug die gleiche Jacke und starrte ihn auf eine seltsame Art an. Er konnte nicht sagen, auf welche, denn er fühlte sich ihr so nahe, dass es ihn völlig verwirrte, sie auch nur anzusehen.

»Was hast du?«, fragte sie.

»Ich habe mir gerade überlegt, ob du echt bist«, sagte Zafer.

Sie zögerte. Ein Schatten schien über ihr Gesicht zu laufen. Dann lächelte sie. »Ich bin so echt wie du.«

Zafer kratzte sich am Kopf. »Wo … hast du deine Gitarre?«

»Zu Hause. Ich nehme sie nicht immer mit.«

Seltsamerweise warf ihn das um. Sie hatte ein Zuhause. Er hätte das nicht von ihr erwartet. Nicht erwartet, dass sie einen Platz irgendwo auf der Welt ihr Eigen nennen konnte. Er dachte, sie würde einfach erscheinen und dann verschwinden, so als habe sie nur in seiner Fantasie existiert. Es verwirrte ihn, dass es sie auch außerhalb seiner Gedanken gab. Aber er konnte ihr das natürlich nicht sagen. Genauso wenig wie, dass er seit gestern unablässig an sie denken musste.

Er war froh, dass sie schließlich die nächste Frage stellte.

»Was ist mit deiner Nase?«

Seine Nase? Ach ja. Seine Nase.

»Das ist nichts Schlimmes.«

»Mhmm. Okay.« Das Mädchen sah ihn zweifelnd an. Gleich würde sie sich wieder von ihm verabschieden und für immer im Nebel verschwinden. Zafer krallte die Hände in seine Taschen. Er überlegte sich verzweifelt, was er noch sagen könnte.

Doch wieder kam sie ihm zuvor.

»Kann ich dich in ein Café einladen?« Sie fing seinen verwirrten Blick auf. »Ich glaube, ich bin dir noch was schuldig.«

Zafer starrte sie verblüfft an. Ein Café. Hoffentlich war es auf der anderen Seite des Planeten, denn dann hatten sie weit zu gehen. Er sagte aber nichts, sondern nickte bloß, und so machten sich beide auf den Weg. Sie liefen nebeneinander und schwiegen. Die Stadt war schwarzgrau und still, nur vereinzelt leuchteten Lichter aus den Häusern wie Augen, die sie beide beobachteten. Zafer tat einen Schritt vor den anderen und wagte nicht, nach oben zu sehen. Sie ging neben ihm, nicht weit entfernt, und die Stille zwischen ihnen war nicht peinlich oder qualvoll. Eine freundliche Stille, in der Zafer um die ganze Welt hätte laufen können. Für einen Moment sah er sich und das Mädchen von oben. Zwei kleine Gestalten, Männchen, die sich in der Welt fortbewegten wie gelbe Stecknadelköpfe. Dann zoomte er sich schnell wieder zurück auf die Erde und war unendlich froh, hier zu sein.

Das Café, zu dem das Mädchen Zafer führte, war der einzig erleuchtete Ort in einer schmalen Nebenstraße. Hinter dem Ladenfenster befand sich ein enger Schlauch, an dessen hinterem Ende hohe graue Resopaltische mit schwarzen abgewetzten Hockern standen. Ein müder Junge tauchte hinter dem Tresen auf, als Zafer und das Mädchen den Laden betraten. Das Mädchen bestellte zwei Kaffee und der Junge stellte zwei hohe weiße Porzellantassen auf den Tresen. Sie waren die einzigen Gäste. Auf einem stumm geschalteten Fernseher liefen Nachrichten. Zafer setzte sich auf einen Hocker und schob einen Strauß Plastiklilien beiseite, damit sie die Kaffeetassen hinstellen konnte. Sie schwang sich auf den Hocker daneben und ließ die Beine baumeln. Erst jetzt, in dem hellen Licht der Neonröhren über ihnen, konnte er sehen, wie sehr sich ihre Augen voneinander unterschieden. Das eine war ganz blau und das andere braun. Es war ein Schmetterlingsblau und Zafer dachte an seine Raupen. Ein Schmetterlingsflügelblau, das sich zart im Sonnenlicht entfaltet. Was er nicht wusste: Er entfaltete sich selbst in diesem Augenblick. Er war auf eine sehr komplizierte und ernsthafte Weise dabei, sich aus der Verpuppung zu lösen und ein Mensch zu werden.

Sie schwiegen und rührten im Kaffee, Löffel klangen an das Porzellan.

»Wie geht es deinen Monstern?«, fragte sie schließlich.

»Aus deinen Augen könnte ich welche machen«, erwiderte er.

Sie lachte und strich ihre Haare zurück. Sie waren braun und eine einzelne rote Strähne leuchtete vorne zwischen ihnen hervor. Waren sie nicht gestern noch schwarz gewesen? »Ist das ein Kompliment?«

Zafer sah sie ernsthaft verblüfft an. »Keine Ahnung. Ist nur so.« Er nahm einen Schluck Kaffee. Er schmeckte bitter.

»Wieso kannst du aus meinen Augen Monster machen?«

Zafer zuckte mit den Achseln und stellte die Tasse wieder hin. Eine dunkle Kaffeepfütze bildete sich auf dem grauen Plastiktisch. Er zog mit ihr eine Linie. »Ich könnte aus allem etwas machen. Zum Beispiel ein Tier oder einen Menschen, der sich bückt. Oder vielleicht einen Käfer.« Er wischte mit seiner Serviette den Kaffee weg. »Und wenn ich sie geschaffen habe, dann existieren sie. Sie sind so lebendig wie all das hier.« Er deutete auf die Tische, den Jungen, die Kaffeetasse.

»Dann bist du also ein Gott?«, fragte das Mädchen. Es war keine Ironie in ihrer Stimme.

»Ich weiß nicht«, sagte Zafer ernst. »Vielleicht einer von den kleinen.«

Er schluckte. Wenn sie ihn nicht vorher schon für verrückt gehalten hatte, dann spätestens jetzt.

»Und was würdest du hier verändern?« Das Mädchen sah ihn aufmerksam an. Machte sie sich lustig über ihn? Irgendetwas sagte ihm, dass sie genau das nicht tat. Sie schien sich eben nicht über ihn lustig zu machen. Sie hörte ihm tatsächlich zu.

»Vielleicht ... es schöner machen«, sagte Zafer leise. »Also anders. Nicht so hässlich. Das Neonlicht würde ich wärmer machen.« Er nahm die Plastiklilien in die Hand. »Die könnten fleischfressend sein. Mit Zähnen – also Dornen, die so ineinandergreifen.« Er steckte die Finger ineinander, um es zu demonstrieren. »Ich würde die Tische grün werden lassen und auf den Boden schwarz-weiße Quadrate legen.«

Er sah sich um und überlegte. »Ich könnte vielleicht ein paar Schachfiguren dazuerfinden. Oder etwas, etwas ..., das du dir wünschst.«

»Was ich mir wünsche?«

Er nickte.

Sie schien zu überlegen.

»Du kannst alles so lassen, wenn du *mich* veränderst«, sagte sie. »Das wünsche ich mir am meisten.«

Sie sah ihn an und er blickte zurück. Ungewöhnlich lange für Zafer. Eine Ewigkeit fast. Er konnte den Blick halten und – seltsamerweise war sie es, die ihre Augen zuerst senkte.

»An dir würde ich gar nichts verändern«, sagte er schließlich und trank schnell einen Schluck Kaffee.

»Danke«, sagte sie leise. »Das sagst du aber nur, weil du mich nicht kennst.«

Zafer sah kurz verwirrt hoch und wusste nicht, was er darauf antworten sollte.

»Und wo veränderst du das alles?«, fragte das Mädchen. »Malst du?«

Ah, das fühlte sich plötzlich nach einem normalen Gespräch an. Das Problem war nur, dass Zafer normale Gespräche nicht beherrschte.

»Ich sitze vor einem Monitor und rechne das alles um«, sagte er nach längerer Zeit. »Ich retuschiere und mache andere Sachen. Also ich erfinde was dazu.« Plötzlich hatte er das Bedürfnis, ihr von Laurin zu erzählen. Von dem, was er getan hatte, von dem kahlköpfigen Mann, von seinem komischen Gefühl, von seiner Schwester, von der Pizza, die ihm so schwer im Magen lag, und von diesem neuartigen Gefühl, plötzlich beobachtet zu werden. Von der Angst, nach draußen zu gehen, und von der Angst vor dem Sonnenlicht. Er hätte es auch fast getan, hätte ihr alles verraten, ihr sein ganzes kleines langweiliges Leben zu Füßen gelegt, wäre sie nicht leicht, fast unmerklich zurückgezuckt. Ihre Pupillen wurden kleiner und der helle Ring in den Augen trat scharf und klar hervor. Nachdem er gesagt hatte, was er tat, schien sie beschlossen zu haben, wieder auf Abstand zu gehen. Wie eine Schnecke, die ihre Fühler zurückzieht. Sie musterte ihn, bewertete ihn, wägte etwas ab. Zafer spürte, dass plötzlich etwas anders war. Die Magie des Moments war vorbei und er beschloss, nichts zu sagen, und überlegte verzweifelt, ob er sie vielleicht verärgert hatte. Aber mit was?

Sie räusperte sich kurz, zog dann eine Serviette aus der silbernen Box neben den Plastikblumen, holte einen Kugelschreiber aus der Innenseite ihrer Daunenjacke und schrieb eine Handynummer darauf.

»Ruf mich an, ja?«

Dann nahm sie ihren Rucksack und stand schnell auf. Ohne

dass Zafer noch etwas sagen konnte, ging sie zur Tür. Eine silberne Klingel erklang, dann sah er sie nur noch hinter der Scheibe. Sie blieb einen kurzen Augenblick stehen, als hätte sie etwas vergessen, dann sah sie hoch und winkte ihm noch kurz zu, bevor sie von links nach rechts aus dem Bild lief.

10

Zafer überlegte einen Moment lang, ob das Mädchen echt gewesen war. Oder hatte er sie nur an seinem Computer zusammengebaut und das Fenster vor ihm war nichts als ein großer Monitor, aus dem sie eben verschwunden war in ein weißes Nichts? Er fragte sich oft, was seine Figuren taten, nachdem sie das Bild verlassen hatten, wohin sie dann gingen, welches Leben sie außerhalb der Kulissen führten. Er weigerte sich anzunehmen, dass sie dann einfach aufhörten zu existieren.

Der Junge hinter dem Tresen tippte auf eine Fernbedienung und aus dem Fernseher dröhnte die Titelmelodie einer Nachrichtensendung.

Plötzlich wurde Zafer klar, dass es einen entscheidenden Unterschied zwischen den Welten vor und hinter dem Monitor gab. Es ging um ihn. Er hatte nun die Gelegenheit mitzuspielen.

Die Frage war, ob er das wollte.

Der Junge kam und nahm die Tassen mit und Zafer verließ den Laden.

In den Straßen wurde es langsam hell. Die aufgehende Sonne schien durch den Nebel. Sie war kälter und härter als die Abendsonne.

Zafers Weg kreuzten Kehrmaschinen auf den Bürgersteigen. Es war kalt; an einer Ecke blieb er stehen, lehnte sich gegen eine Mauer und ließ sich von der Sonne bescheinen. Er schloss die Augen und legte den Kopf nach hinten. Hinter den Lidern war alles rot. Ein gelbliches warmes Rot. So musste es in ihm selbst aussehen. Das warme Rot breitete sich in ihm aus und er lief weiter, ohne an etwas anderes denken zu können als an das Café. Er veränderte es. Baute andere Hocker ein, hängte Spiegel und Bilder an die Wand, die dreidimensional waren und es erlaubten, in eine andere Welt zu gehen.

Kurz vor seiner Haustür, in der Sackgasse, die von der Stadtautobahn begrenzt wird, lassen wir einen Zeitungsausträger vor ihm herlaufen. Hinten in dem alten Kinderanhänger stapeln sich die Zeitungen mit einem Titelbild. Vielleicht wirft Zafer einen Blick darauf. Zufällig, als der Hänger fast über seine Füße fährt. Ein Hochhaus mit einem Schriftzug. ARGOS. Die Firma mit dem Auge bezieht eine neue Zentrale am Rande der Stadt.

Noch kannst du damit nichts anfangen, Zafer! Es sagt dir nichts. Warte nur. Du wirst schon sehen! Deine Fäden werden gerade geknüpft. Miteinander verbunden in dem Kreuz, das dich dreht.

Pass auf, hinter dir!

Jemand rempelte Zafer an. Ein dicker Mantel, blaue blitzende Augen hinter buschigen Brauen. »Ich warte schon ewig auf dich, du Penner!« Der Mann bellte es fast in Zafers Gesicht. Zafer wich zurück und starrte auf den Mann in dem zerschlissenen schwarzen Mantel, der noch etwas Unverständliches murmelte, sich dann umdrehte und weiterhumpelte, die Straße hinunter.

Kurz darauf, als Zafer wieder in seiner Wohnung war, Morgenlicht schien durch die Fenster, zog er seine Jacke aus und ein USB-Stick fiel auf den Boden. Er hob ihn auf, es war keiner von seinen eigenen. Er hatte ihn eben zugesteckt bekommen. Geschickt zugesteckt. Hatte der Mann deshalb auf ihn gewartet?

Oder war der Stick schon da gewesen, als Zafer sich nachts auf den Weg machte?

Zafer öffnete zum ersten Mal – ja, wirklich zum ersten Mal! – das Fenster in dem Raum, in dem der Rechner und sein Bett standen. Die Luft war frisch und kühl. Dann legte er den Stick ein und las die Textdatei, die als Erste in einer langen Reihe von Dateien gezeigt wurde.

Es war sein dritter Auftrag.

> *sehr gut zafer wir sind begeistert setze nun den mann in das parkhaus ein beeile dich lege den stick an dem ort ab den wir dir zeigen*

Zafer sah auf die Zeilen. Ein paar helle und aufregende Blitze in seinem Hirn pulverisierten alle dunklen und drängenden Bedenken. Er hatte schon zweimal Ja gesagt, warum nicht auch ein drittes Mal? Außerdem war es ein willkommener Grund dafür, wach zu bleiben. Denn an Schlafen war sowieso nicht zu denken.

Er klickte die erste Bilddatei an. Ein Parkhaus. Es hätte das gleiche Haus sein können wie im ersten Auftrag. Nur wurde diese Aufnahme nicht an der Ausfahrt gemacht, sondern im Inneren des Parkhauses. Die Kamera hing nicht hoch, denn die Decke war tief eingezogen. Nach hinten führten Betonstreben, die auf einen Fluchtpunkt zuliefen.

In der nächsten Datei sah er die Aufnahme eines Mannes. Er schien älter als Zafer zu sein, vielleicht drei, vier Jahre. Er war groß mit einem blassen schmalen Gesicht, einem Ziegenbart, hellen Locken und einer großen Umhängetasche mit einem hüpfenden Strichmännchen darauf. Die Aufnahme stammte aus einem anderen Überwachungsvideo, das an einer

U-Bahn-Haltestelle aufgenommen worden war. Der Mann verließ den Waggon und ging den Bahnsteig entlang.

Er hatte den Kopf gesenkt, telefonierte, nur einmal blickte er kurz hoch. Es sah so aus, als bemerkte er die Kamera. Er lächelte zerstreut, steckte sein Handy zurück in die Tasche und lief weiter.

Zafer rieb sich die Schläfen. Es würde schwierig werden, ihn genau so in die Tiefgarage zu transferieren, denn die Kamera in der U-Bahn hing viel höher und zeigte einen ganz anderen Blickwinkel. Laurin schien das zu wissen, denn unter dieser Datei befanden sich noch andere Bilddateien. Sie zeigten den Mann überall in der Stadt aus anderen Perspektiven. Einmal aus großer Höhe auf der Straße, dann in einem Park und schließlich fast auf Augenhöhe beim Abheben von Geld aus einem Automaten.

Es gab ein paar Dinge, über die sich Zafer wunderte. Der Mann trug immer das Gleiche und an der eingeblendeten Uhrzeit und dem Datum konnte Zafer erkennen, dass die Aufnahmen nicht älter als ein paar Stunden waren.

Dann – die Kameras waren sich alle ähnlich. Alle benutzten sie das gleiche Objektiv und die gleiche Auflösung. Zafer wusste, dass ihm das bei der Bearbeitung enorm helfen würde. Aber – wieso hatte Laurin Zugang zu all diesen Kameras?

Als er die letzte Bilddatei anklickte, zuckte Zafer zurück. Sie war eindeutig an dem Kaufhausbunker aufgenommen worden, vor dem das Mädchen gesungen hatte. Man konnte sogar in die leere Gasse sehen. Wahrscheinlich hatte diese Kamera auch das Mädchen aufgenommen. Und – ob wohl auf den Aufnahmen von vor zwei Tagen die Zwillinge zu sehen waren? Und er selbst?

Hier hielt er kurz inne und sein Freund, der leise Zweifel,

kroch wieder in ihm hoch. Er war zu schwach. Klopfte nur kurz an. Verschwand dann wieder.

Zafer schüttelte sich ein aufkommendes Unbehagen aus dem Kopf und konzentrierte sich auf die Arbeit. Es war wesentlich schwerer, einen Menschen in ein Bild einzufügen, als ihn herauszuretuschieren. Er dachte an die langweilige Arbeit der letzten Wochen: Sektkübel, Flaschenhälse, Tamponschachteln, Zeitungsüberschriften, Kaufhausnamen. Genug davon! Jetzt würde er einfach einen Menschen von einem zum anderen Ort transferieren. Endlich eine richtige Herausforderung!

Zafer klickte die Fluchtlinien des Parkhauses an. Er würde es dreidimsional nachbauen. Besser gesagt, ein Programm würde das für ihn tun. Es bot ihm eine Umrechnung an mit Horizontlinien und Fluchtpunkten, die er nur geringfügig verändern musste.

Dann sah er sich die Bilder von dem Mann an. Er blieb bei der U-Bahn-Aufnahme hängen. Der Mann war darin am besten zu sehen – und auch die Richtung wäre perfekt. Er lief von hinten nach vorne und dann von rechts nach links aus dem Bild.

Zafer würde diese Bewegungen als Vorlage für ein Gittermodell des Mannes nehmen. So wurde auch der Mann dreidimensional. Erst als Modell, dann legte Zafer eine Textur auf das Gitter und gab ihm damit eine Hülle.

Die Sonne war schon von seinem Fenster verschwunden und stand hoch über dem Haus, als Zafer anfing, den Mann in das Parkhaus einzusetzen. Das 3-D-Modell kam von hinten nach vorne, sah in die Kamera und verschwand vom Bildschirm. Trotzdem wirkte der Mann immer noch wie aufgeklebt. Zafer gab die Position für die Lampen ein und ließ den Computer nun die Lichtreflexe und den Schatten rechnen. Das würde dauern. Er lehnte sich zurück und fiel in einen kurzen Schlaf, aus dem ihn ein »Ping« des Computers wieder weckte.

Zafer sah sich das gerenderte Video an. Es war perfekt. Ein Meisterstück. Der Mann spazierte tatsächlich durch die Tiefgarage und keiner würde nachweisen können, dass er nie dort gewesen war. Zafer speicherte die Aufnahme zurück auf den Stick. Erst jetzt merkte er, wie müde er war. Er rieb sich die schmerzenden Augen und fröstelte, denn die Luft, die durch das Fenster zog, war kalt und feucht.

Schließlich klickte er auf die Datei, die ihm zeigte, wo er den Stick verstecken sollte. Ein Park, nicht weit weg von ihm. Eine Parkbank, weiß gestrichen vor einem See. Ein Pfeil war auf die abgewetzte rechte Seite gezeichnet. Dort war eine Vertiefung. Sehr einfach. Zafer überlegte sich kurz, ob er das Bild ausdrucken sollte, ließ es dann aber bleiben und zog sich die Schuhe an.

Es war hoher Nachmittag, als Zafer einen langen Kiesweg den Park entlanglief. Er fühlte sich wie in einem dieser großen durchsichtigen Ballons, in denen man über das Wasser laufen konnte. Eine Blase umgab ihn und pufferte die Welt von ihm ab und er rollte im milden Zwielicht über den Kies. Eine Gruppe von Kindern, denen man identische gelbe Mützen verpasst hatte, tobte an ihm vorbei. Zwei bunte Jogger und ein alter Mann, der seinen Hund spazieren führte, kamen ihm entgegen. Raben hüpften auf dem Kies herum und zogen Essensreste aus Mülleimern.

Die Bank stand am Rande eines kleinen Sees, auf dem Enten im brackigen grünen Uferwasser schwammen. Zafer wartete ein wenig, dann trat er aus dem Dickicht und setzte sich darauf. Das Holz war warm, der Lack blätterte an einigen Stellen ab und Zafer fuhr mit den Fingern über die splittrige Oberfläche. Es gab tatsächlich eine Ritze in der Bank. Genau an der Stelle, die in der Datei beschrieben war. Er sah sich um und versenkte dann vorsichtig den Stick. Hatte ihn jemand beobachtet? Nein, nur die Enten hoben ihre Köpfe. Erwartungsvoll. Doch er hatte kein Brot für sie. Auf den kahlen Bäumen sammelten sich die Raben.

Ihr Krächzen begleitete Zafer, als er – ohne sich noch einmal umzudrehen – sich auf den Weg zurück machte.

11

Was mache ich nun? Ich lasse ihn schlafen. Endlich. Nachdem ihn die unsichtbaren Fäden, an denen er hing, nach Hause dirigiert hatten. Ja, der freie Wille ist eine Illusion. Je lauter man über ihn spricht, desto stärker die Fäden.

Nachdem er also die Haustür aufgesperrt hatte, legte er sich hin und die Fäden erschlafften. Ich lasse sie fallen, sie kräuseln und kringeln sich über der Bettdecke mit den Fußbällen. Pscht! Er schläft. Zafer schläft. Lassen wir ihn kurz schlafen und träumen. Vielleicht von Bildern in Cafés, die plötzlich dreidimensional werden und die man betreten kann, um in andere unbekannte Welten zu kommen. Oder von einem Mädchen mit unterschiedlichen Augen, die sich in Schmetterlinge verwandeln und ihm vorausfliegen in die unbekannten Landschaften.

Als Zafer erwachte, war es stockdunkel und eiskalt. Für einen Moment war er völlig orientierungslos. Dann schloss er das Fenster, um den eisigen Luftzug zu stoppen, und weckte seinen Computer aus dem Ruhezustand. Es war fünf Uhr morgens. 05:11. Er hatte zwölf Stunden geschlafen. Drei neue E-Mails. Keine Nachricht von Laurin. Nichts. Nur Werbung.

Er loggte sich bei seiner Bank ein. Wartete und holte dann Luft. 20 000 Euro. Ein neuer Eingang. Gestern Nachmittag. Vielleicht eine Stunde, nachdem er den Stick an der vereinbarten Stelle versteckt hatte. Er schloss die Augen, denn einen Augenblick lang war ihm schwindelig. Er wünschte, es würde noch etwas in der Empfängerspalte stehen. »Gute Arbeit!«

oder »Danke, Zafer!«, aber dort war nichts als diese Zahl. Er sollte eigentlich jubeln. Aber er konnte mit der Zahl nichts anfangen. Es waren vier Nullen und sie fühlten sich schal an.

Er schlurfte in die Küche, um sich Kaffee zu machen. Eine Zahl. Es gab eine andere Zahl, die ihm weit mehr bedeutete. Etwas, das viel wichtiger war: die Telefonnummer. Wann konnte er sie anrufen? Irgendetwas sagte ihm, dass fünf Uhr zu früh wäre. Er würde warten müssen. Wie lange? Eine halbe Stunde? Länger? Während er die Krümel des Instantpulvers in eine Tasse rauschen ließ, überlegte er, was er ihr sagen sollte. Es sollte leichthin klingen, so als wäre ihm spontan eingefallen, sie schnell anzurufen, wie eine plötzliche Laune. Sie sollte nicht das Gefühl haben, dass er zu lange darüber nachgedacht hatte. Eigentlich, dass er die ganze Zeit darüber nachgedacht hatte. So probierte er eine Weile ein paar Sätze im Kopf, bis er sich lächerlich vorkam und zu ahnen begann, dass genau das zu einem Spiel gehörte, dessen Regeln er nicht beherrschte.

Es war eine ernüchternde Einsicht. Es war besser, sie nicht anzurufen. Er zerdrückte die Milchdose aus Plastik in seiner Hand, presste ein paar Tropfen daraus in den schwarzen Kaffee und sah zu, wie sie sich in einem weißen Strudel verteilten und dann ganz auflösten. Mehr als den Kaffee liebte er das Muster, das die Milch in ihm zeichnete. Flüssigkeiten, Farben, die sich mischten. Er sah hoch. Nahm einen Schluck. Die Milch hatte die Bitterkeit des Kaffees abgemildert. Nein, er würde sie nicht anrufen.

Er hatte keine Worte und er brauchte sie auch nicht.

Zafer ging an seinen Rechner, holte sich das Gittermodell eines Schmetterlings aus seinem Archiv und fing an, es zu bearbeiten. Er legte Textur und Farbe darauf. Er tat sich zunächst schwer, den richtigen Blau- und Braunton zu finden, aber nach vielem Herumprobieren gelang es ihm. Der helle Streif ihrer Iris zog sich als Muster über die verschiedenfarbigen Flügel. Als sich draußen – in der wirklichen Welt – die ersten Strahlen der Sonne durch den Herbstnebel kämpften, ließ Zafer den Schmetterling zart mit den Flügeln schlagen. Es sah aus wie ein Augenaufschlag. Ein Augenpaar, das in der Luft schwebte. Es war gut. Zafer schickte die Filmdatei per Bluetooth auf sein Handy. Er stellte sich vor, wie sie gleich den Film sehen würde, und sein Herz klopfte schnell bei dem Gedanken. Nicht mehr lange. Gleich würde er ihr die MMS schicken. Er brauchte nur noch die Nummer.

Er hob seine Jeans auf, die unter den verstreuten Klamotten neben seinem Bett lag. Komisch. Er dachte, er hätte die Serviette in die Jeans gesteckt. Nein. Anscheinend nicht. Zafer ging in den Gang, wo er am Nachmittag seine Jacke fallen gelassen hatte. Dann musste die Serviette hier sein. Nur wo? Er fuhr mit seinen Händen in die Taschen und wartete auf das harte Knistern der Serviette. Vergebens. Der Schreck durchzuckte ihn wie ein Stromschlag. Er nahm die Jacke, rannte zur Küchenspüle und schüttete den Inhalt der Taschen heraus – Kaugummipapiere, alte, zu kleinen Klumpen zerdrückte Taschentücher und zerknüllte Quittungen. Dann wendete er die Taschen nach außen. Nichts! Nur ein winzig zusammengefalteter Zehneuroschein fiel als Letztes auf das Metall. Zafers Hände zitterten. Er entfaltete sorgfältig die Quittungen und legte sie übereinander neben sich auf den Herd. Zerdrückte die Kaugummipapiere, entknüllte sogar die Taschentücher. Nichts. Dann, in seiner wachsenden Verzweiflung, ging er wieder zu seinem Bett, sah noch einmal in den Jeanstaschen nach und suchte den Boden auf allen vieren ab. Staub wirbelte auf und er musste niesen.

Nichts. Nichts. Nichts. Die Serviette, ein kleines hartes Stück Papier. Verschwunden. Weg. Als hätte es das Treffen in dem Café nie gegeben. Etwas kroch in ihm hoch, das er nicht wieder nach unten drücken konnte. Es war die pure Verzweiflung.

Eine Stunde später wühlte Zafer in einem Müllsack hinter dem Tresen des Cafés. Der Junge, es war der gleiche wie gestern, nur noch käsiger im Schein des Neondeckenlichts, hatte ihn Zafer auf sein Bitten mit einem Achselzucken hingestellt. Zafer zog zwischen feuchtem Kaffeepulver und Essensresten die Servietten hervor, entfaltete sie und warf sie in einen anderen Müllsack. Er machte sich hier komplett zum Narren. Der Junge sah ihm neugierig dabei zu und sparte nicht mit hilfreichen Kommentaren, was Zafers Laune nicht gerade hob.

»Ich könnte dir auch ein paar Handschuhe geben, wenn du willst.«

Zafer schüttelte nur den Kopf. Zu spät. Mit jeder aufgeklappten leeren Serviette schwand seine Hoffnung, die Nummer zu finden. Als er auch den zweiten Müllsack durchsucht hatte, wusste er, dass er verloren hatte. Er ging auf die Toilette, wusch sich die Hände und setzte sich an den Tresen. Er fühlte sich wie betäubt. Die Nummer war weg. Sie war nicht in seinen Taschen und nicht in den Müllsäcken. Er hatte es verbockt. Und zwar gründlich. Sie würde den Schmetterling nie sehen. Er würde sie nie wiedersehen, und wenn er an sie dachte, hatte er noch nicht einmal einen Namen. Warum hatte er sie nicht danach gefragt? Ein tiefes Gefühl der Sinnlosigkeit breitete sich in ihm aus.

Ein Klicken, die Kaffeemaschine brummte und der Junge befüllte eine Espressotasse. Hinter ihm lief wieder stumm die Nachrichtensendung.

Der Junge schob Zafer den Kaffee hinüber und platzte fast vor Neugier. »Sag mal. Diese Nummer. Is' die von der mit den zwei Augen?« Zafer sah zu ihm hoch und nickte. Der Junge zog die Augenbrauen hoch. »Die kenn ich … Die kommt öfter. Hat immer 'ne andere Haarfarbe. Und 'nen anderen Typen.« Er war stolz, diesen Satz loswerden zu können, und konnte nun beobachten, wie er in Zafer Wirkung entfaltete. Der Satz bohrte sich tatsächlich in Zafer ein. Er fühlte sich albern, austauschbar und immer mehr wie ein Idiot.

Er rührte in dem bitteren Kaffee, schlang zugleich ein Schokoladenhörnchen hinunter und starrte geistesabwesend auf den Fernseher. Eine Journalistin in einer engen kanariengelben Kostümjacke interviewte einen ernst aussehenden Mann im Anzug. Es schien irgendjemand Offizielles zu sein, der Blick hinter der randlosen Brille machtbewusst und genervt. Der Mann antwortete der Journalistin langsam und schien sich die Worte abzuringen. Jedenfalls war Zafer nach zwei Minuten klar, dass, was auch immer er sagte, es nicht die Wahrheit war. Lügen waren stumm besser zu sehen.

Unter dem Interview lief nun ein Liveticker. Weiße Buchstaben, die von rechts nach links vorbeizogen. JOURNALISTENMORD – VERDÄCHTIGER IM VISIER DER POLIZEI. Es folgten ein paar Zahlen. Aktienkurse oder Temperaturmeldungen. Hinter der Journalistin tauchte nun ein Hotel auf und nahm schließlich den ganzen Bildschirm ein.

Es sah teuer aus, hatte einen überdachten Eingang, eine dunkelbraune Dachhaube, daneben steckten an eleganten weißen Stangen Flaggen, die im Wind flatterten. Taxis hielten davor. Schnittbilder. Ein Krankenwagen wurde gezeigt und ein schlichter Blechsarg, der aus der Lobby getragen wurde. Daneben eine Meute von Fotografen, die sich um das beste Foto prügelten. Kein Bild vom Inneren des Hotels, was Zafer plötzlich bedauerte. Aus irgendeinem Grund hätte er gerne das Innere gesehen.

»Du kannst ja einfach hierbleiben. Irgendwann wird sie schon wieder auftauchen, meinst du nicht?« Der Junge klopfte geräuschvoll den Siebträger der Espressomaschine aus. Zafer zuckte mit den Schultern und starrte weiter auf das Fernsehbild. Eine weitere, sehr blonde Journalistin in einer Daunenjacke trat vor die Lobby und sprach in ein Mikrofon, das aussah wie ein zerzauster grauer Hund. Zafer kannte das. Man nannte es Mop, ein Fell, das man über das Mikro gestülpt hatte. Er hatte es schon zigmal aus Bildern rausretuschiert. Gar nicht einfach, wegen der unregelmäßigen felligen Ränder. Schnitt zurück auf die Journalistin im Studio. Sie hatten sie inzwischen neu frisiert, die Haare lagen auf der anderen Seite der Jacke. Während Zafer darüber nachdachte, ob er ihr vielleicht einen Afrolook verpassen könnte und wie sie damit aussehen würde, erschien ein neues Bild.

»Coole Tasche, hätte ich auch gerne«, sagte der Junge und deutete auf den Mann, der zu sehen war. Zafer stellte seine Tasse mit einem leisen Klirren zurück auf den Unterteller. Er kannte die Sequenz, die nun auf dem Fernseher lief. Der Mann mit den Locken sah sogar kurz einmal hoch, als würde er ihn anlächeln. Dann verschwand er hinter einem Auto in der Tiefgarage, was besonders schwer zu rechnen gewesen war. Selbst in der Riesenauflösung des Fernsehbildes war kein Fehler zu entdecken. Die Sequenz war gut gemacht, keine Frage. Es war Zafers Meisterstück. Die perfekte Fälschung.

Unten lief der Liveticker weiter. Mehr weiße Buchstaben. Sie quollen von rechts nach links über den Schirm.

VIDEO DES TATVERDÄCHTIGEN VON POLIZEI FREIGEGEBEN.

12

Und wenn wir alle nur Figuren in einem Spiel sind? Könnt ihr, die ihr das lest, euch so sicher sein, dass ihr das nicht seid? Wer weiß, vielleicht seid ihr ja auch nur von jemandem erfunden. Und nun lauft ihr herum und denkt, ihr lebt. Dabei schreibt einer euer Script. Tippt Tag für Tag und webt die Fäden eures Schicksals.

Manchmal ein bisschen Retusche wäre gut, nicht wahr? Auch ich habe manchmal ein paar Änderungsvorschläge. Ich greife dann nach dem unsichtbaren Faden über mir und ziehe zweimal daran. Vielleicht hört mich einer.

Ich.

Bald ist es Zeit, aus dem Dunkel zu kommen, in das Licht, das ich nie mochte. Das habe ich mit Zafer gemein. Das und viele, viele andere Dinge.

Aber ich will nicht abschweifen und von mir sprechen. Davon werdet ihr noch genug zu hören bekommen; ich kehre besser zurück zu Zafer in das unscheinbare Café, das für ihn plötzlich so bedeutend wurde. Hier hatte er das Mädchen getroffen und dann wieder verloren, verzweifelt in Müllsäcken gewühlt und hier war die Wirklichkeit hinter dem Fernseher mit unaufhaltsamer Wucht auf ihn zugerollt. Der schlaksige Junge mit der blassen, fast grünlich schimmernden Haut stand als ahnungsloser Zeuge daneben und polierte die Gläser. Er drückte das Handtuch in das Glas hinein und drehte es konzentriert herum, einmal, zweimal, dann stellte er das Glas zurück auf das Regal über dem Tresen. Zafer hielt sich an der

Bewegung fest wie ein Betrunkener, der gleich zu kippen glaubt. Nein, der Junge hatte nichts bemerkt. Seine Neugier war vorher schon abgeklungen, nachdem er bemerkt hatte, dass Zafer nicht wie gewünscht auf seine Stichelei reagierte.

Obwohl der Junge ihn nicht beachtete, fühlte sich Zafer allerdings mit einem Mal beobachtet. Als läge er auf einem Präsentierteller und alles, was er tat oder getan hatte, wäre klar in einem grausamen Neonlicht zu sehen. Er schielte zu dem Jungen, der sein Glas hoch ins Licht der runden Lampe hielt, um zu überprüfen, ob es makellos war. Ohne Flecken. Er schöpfte sicher keinen Verdacht. Warum sollte er auch? Wer konnte beweisen, dass Zafer das Video gefälscht hatte? Niemand wusste es. Niemand – außer Laurin.

Zafer warf einen Blick auf seine Hände, die nicht aufhören wollten zu zittern. Er wagte nicht, seine Tasse wieder anzufassen. Die Welt hinter dem Monitor war plötzlich in die echte Welt geschwappt. Am liebsten hätte er den Fernseher sofort ausgeschaltet. Aber er zwang sich, weiter hinzusehen. Es wurde zurückgeschnitten zu der Frau mit den unnatürlich blonden Haaren, die vor dem Hotel stand. Sie bewegte ihren Mund, ihre Augen glitten hin und her, sie schien ihren Text von einem Teleprompter abzulesen. Konzentriert, aber doch so, als würde er ihr eben gerade einfallen. Autos fuhren hinter ihr vorbei. Eines bog ab. Zafer sah genauer hin. Es war eine Tiefgarageneinfahrt. *Die* Einfahrt. Oben war die Markierung mit den diagonalen Streifen, rechts der Mülleimer. Zafer schnappte nach Luft. Sein Puls pochte. Harte schnelle Schläge im Inneren der Ohren.

Der Junge merkte auf. Er legte das Handtuch beiseite. Vielleicht war ihm Zafers Zittern aufgefallen? »Soll ich mal laut stellen?«, fragte er und drückte dann, ohne die Antwort abzuwarten, auf den Knopf der Fernbedienung.

»… nach ersten Hinweisen ist der Mann untergetaucht. Für sachdienliche Erkenntnisse, die zu seiner Ergreifung führen, ist eine Belohnung von …«

»Komische Sache«, sagte der Junge.

Das Bild des Verdächtigen war nun wieder zu sehen. Die Videoaufnahme war genau in dem Moment angehalten, in dem er in die Kamera blickte. Es war ein mokanter Blick, direkt in Zafers Gesicht, so als würde er sich über Zafer lustig machen.

»Der hat den Typ umgebracht. Wohl gestern Abend.«

»Gestern?«, fragte Zafer heiser.

»Mhmm ja. Gestern Nacht. Hey! Pass doch auf!« Zafer hatte die Kaffeetasse umgestoßen. Die braune Flüssigkeit tropfte auf den Boden, wie Blut, und Zafer sah vor seinen Augen kleine spitze weiße Punkte. »Tut mir leid«, murmelte er.

Der Junge schmiss ihm einen Lappen hinüber. »Hier, zum Aufputzen!« Zafer wischte ungeschickt den Kaffee auf und wrang den Lappen dann im Spülbecken aus, während der Junge die Nachrichten wieder auf stumm schaltete. Gott sei Dank, das Videobild war nicht mehr zu sehen.

Das Café erschien Zafer plötzlich als unerträglich eng und stickig und er hatte das Gefühl, nicht mehr genug Luft zu bekommen. Er zog den klein gefalteten Zehneuroschein aus seiner Hosentasche, legte ihn auf den Tresen und beeilte sich herauszukommen. Draußen traf ihn die kalte Luft und er sog sie tief ein. Als er schon fast hinter dem nächsten Häuserblock verschwunden war, trat hinter ihm der Junge aus der Tür.

»Dein Wechselgeld!«

Doch Zafer hörte ihn nicht mehr. Er rannte die Straße entlang. Der Morgennebel lichtete sich langsam und er sah Kinder mit großen Schulranzen. Schwatzend in kleinen Gruppen, manchmal angeführt von einem Elternteil. Müde Menschen verschwanden für den Tag in den U-Bahn-Schächten, aus denen ein modriger Geruch heraufstieg. Zafer hätte als Jogger durchgehen können. Nur seine Klamotten passten nicht. Sah man ihm ins Gesicht, dann war klar, dass er auf der Flucht war. Er rannte vor sich selbst davon. Wohin würde ihn sein Weg führen? Zur Polizei? Er würde alles gestehen, sie in seine Wohnung führen, ihnen die Originalaufnahmen der Videobänder zeigen. Was ist mit dem Geld? Er würde es zurückgeben müssen.

Laurin. Es musste einen Weg geben, Laurin zu finden. Er hatte noch die E-Mail-Adresse. Sie war gelöscht, aber vielleicht konnte man sie nachverfolgen. Über die Bankverbindung?

Zafer! Dein Weg. Noch ist Zeit. Bleibe auf der breiten Straße, die mit dem Grünstreifen und der Straßenbahn in der Mitte, dort, wo die vielen Menschen sind! Nicht in die enge Straße zu deiner Linken! Geradeaus. Schnell! Schnell geradeaus! Unverzüglich. Mach alles, was du dir vorgenommen hast, mach es schnell!

Zafer kreuzte die Hauptstraße und lief über die Straßenbahnschienen. Auf der anderen Seite stand eine Parkbank, neben der leere Weinflaschen lagen.

Er lief über das feuchte Gras.

NICHT abbiegen, NICHT in die Straße, verdammt! Dort bist du leichte Beute!

Die Straße, die nach links führte, war eine stille Allee mit kahlen Bäumen, deren Finger oben die Spitzen zusammensteckten. Wahrscheinlich sorgten sie im Sommer für einen kühlenden Schatten, jetzt blitzte die Sonne durch ihre Zweige. Ein Aufblitzen, als Zafer an ihnen vorbeilief, alle paar Sekunden, ein Blitz und ein keuchendes Atemgeräusch, dazu das Summen in den Ohren.

Der Gehsteig war rissig und aufgesprungen, an manchen Stellen mit dunklerem Teer geflickt, an der Seite lagen Hundehäufchen. Nach Hause. Schnell. Das hier war der schnellere Weg, eine Abkürzung.

Eine Abkürzung. Ha!

Als er den Kopf wieder nach oben wandte, sah Zafer einen Mann. Er beobachtete ihn von der Straßenseite aus.

Diesmal bildete er es sich nicht ein, nein, er wurde tatsächlich beobachtet.

Der Mann schien ihm etwas zuzurufen. Warum das? Zafer sah an sich herunter. War da etwas an ihm, das ihn verdächtig machte? Sah man es ihm an?

Er wich gerade noch einer Frau aus, die mit einem Kind vorne auf dem Fahrrad über den Gehsteig fuhr. Die blonden flockigen Haare im Sonnenlicht und helle blaue, neugierige Augen, die Zafer verfolgten. Doch es war nicht das Einzige, was hinter ihm her war, aus dem Augenwinkel sah er einen Schatten, der sich vom Eingang zu den hohen Häusern löste.

Der Schatten war hinter ihm. Er war schneller, holte auf. Zafer konnte seinen keuchenden Atem in seinem Nacken spüren. Er setzte zu einem Sprint an, seine Beine schmerzten. Er drehte sich um. Hinter ihm ein Gesicht. Ein verzerrtes Gesicht. Er kannte es. Hatte es schon einmal gesehen. Noch ein Ruf.

Das Gesicht, ein breites Gesicht, es war schon auf seinem Monitor.

Die dunklen Locken. Die kleinen Augen, der spöttische Mund. Die Narbe, rechts, die von der Wange zum Mundwinkel führte. Er war einfach zu löschen gewesen. Nur ein paar Klicks auf dem Hotelflur und er war verschwunden. Jetzt, da er dicht hinter ihm herrannte, bemerkte Zafer, wie groß er war.

Die, die im Schatten sind, sollen dort bleiben. Es bringt ihnen nichts, herauszutreten und zu kämpfen. Sie werden gegen die im Licht nie gewinnen.

Es ist ein ungleicher Kampf. Von vornherein. Sie haben keine Chance.

Das Auto kam von rechts. Rechts aus einer Einfahrt. Schnell, sehr schnell, das sollten alle sagen, die es gesehen hatten. Es erfasste Zafer und schleuderte ihn zur Seite. Die Wellen. Es waren gigantische Wellen. So blau. So schwarz.

Es ist schön, in der Sonne zu springen. Schön, in das aufblitzende Blau im Schwimmbad zu hüpfen. Die Sonne auf den Wellen. Schöner als der Schatten.

Und ein ungleiches Augenpaar, das ihn ansah.

Hab keine Angst, Zafer!

13

Wie die meisten Kinder wurde ich mit zwei blauen Augen geboren. Sah man allerdings genauer hin, war das eine schon ein wenig heller als das andere. Blau. Schmetterlingsflügelblau. Es blieb so. Das andere wurde immer dunkler und nahm nach ein paar Monaten jenen Braunton an, den es heute noch hat. Wenn ich in den Spiegel sehe, was ich nicht gerne tue, dann blicken mir also zwei verschiedenfarbige Augen entgegen. Ich habe mich längst an sie gewöhnt. Es erscheint mir als nichts Besonderes. Den anderen aber schon. Und wie alle, die eine Besonderheit im Gesicht haben, etwas Seltsames, nicht häufig Gesehenes, werde ich auf diese Besonderheit reduziert. Ich bin das Mädchen mit den verschiedenfarbigen Augen. Manchmal habe ich Angst, dass die anderen da etwas hineindeuten, was gar nicht da ist. Als ob mein interessanteres Äußeres nur ein leerer Bluff ist, eine neugierig machende Hülle, hinter der sich aber nichts verbirgt. Ich fürchte, dass sie eines Tages sehen, dass nichts von dem, was sie sich vorgestellt haben, wirklich existiert.

Jedenfalls sehe ich unvergesslich aus. Nicht schön, aber unvergesslich. Ein Gesicht, das man sich merkt. Etwas, das mir nun ganz und gar nicht angenehm ist. Sie blicken mir in die Augen und versuchen zu ergründen, was mit mir nicht stimmt.

Also, was stimmt nicht mit mir?

Ich sage es euch gleich – es sind nicht meine Augen.

Vielleicht sind meine beiden Augen auch nur deshalb unterschiedlich, weil meine Gehirnhälften so verschieden sind. Sie filtern die Welt. In den einen Teil, der aus Tönen besteht: aus dem Hall der Dinge, aus dem Brummen der Stadt, den Rufen der Vögel, dem Knistern des Regens. Ich zupfe an einer Saite der Gitarre und lausche dem Ton nach, der entsteht und mich immer weiterträgt. Die Geräusche strömen in mich hinein, ich verwandle sie und gebe sie wieder. Manchmal singe ich auch und höre meine Stimme, als gehörte sie einer Fremden. Ich stehe daneben und sehe mir selbst zu. Sehe mich spielen, sehe mich singen und sehe mich rechnen.

Das ist der andere Filter. Zahlen. Ich rechne. Immer. Manchmal muss ich mich bei den Zahlen ausruhen. Sie sind eine Insel. Ordnung in diesem elenden Chaos. Die kühle Logik. Das, woran man sich festhalten kann, wenn um einen herum alles zusammenbricht.

So dachte ich eine Weile, die Sache mit Zafer sei ein logisches Problem. Etwas, das man lösen und aufzeichnen könnte wie eine mathematische Funktion. Eine Gleichung mit zwei Unbekannten. X und Y, die miteinander in Beziehung standen und die man nur hin und her jonglieren musste.

Mir war nur nicht klar, dass ich das X war.

14

Ich schwöre, dass ich zu dieser Zeit nichts von Zafer wusste. Er war in meinem Leben aufgetaucht wie jemand, den man aus den Augenwinkeln wahrnahm. Eine kurze Bewegung am Rande. Ein Ton, der mir zugeflogen kam und der mich für einen Moment traurig und glücklich zugleich stimmte.

Ich hatte keine Ahnung, dass wir schicksalhaft verkreuzt waren. Durch nichts als einen Zufall. Eine merkwürdige Laune. Wäre all das nicht gewesen, ich hätte ihn wahrscheinlich vergessen wie einen Traum.

Ich erinnere mich an einen hellen Novembermorgen. Ich hatte das Haus verlassen, meinen Gitarrenkoffer geschultert und zog die kalte Luft ein. Für einen Tag, der so düster enden sollte, begann er ungewöhnlich hell und freundlich. In der Ferne hörte ich einen Krankenwagen. Später fragte ich mich immer, ob es der Krankenwagen war, in dem sie Zafer transportierten. In dem Moment hatte aber das Auf und Ab der Sirenen nichts Bedrohliches an sich, sondern es gehörte zu den normalen Geräuschen der Stadt, einer Stadt, die mir heute offen zu stehen schien und mich mit ausgebreiteten Armen erwartete. Ich kaufte mir ein Schokocroissant bei der Bäckerei an der Ecke und aß es im Gehen – es war mein Frühstück – und freute mich wie ein Kind über den weichen Schokoladenkern.

Da klingelte mein Handy. Ich überlegte einen Moment, ob ich es klingeln lassen sollte. Ich gehöre zu den Menschen, die nicht dauernd auf ihr Handy starren und die sich sogar oft davon in ihren Gedanken gestört fühlen und deshalb nicht immer sofort reagieren, wenn sie angerufen werden oder eine

SMS bekommen. (Diese Störrigkeit sollte mich übrigens später fast das Leben kosten. Später, an einem nicht so sonnigen Tag.) Vielleicht war meine Laune zu gut. Vielleicht dachte ich auch einfach nicht nach, jedenfalls stopfte ich das Croissant wieder zurück in die Tüte und holte mein Handy aus meiner Tasche. Dabei fiel ein zusammengeknülltes Etwas auf den Boden. Ich hob es auf und strich es glatt. Es war weiß, hart und knisterte. Eine Serviette. Eine Nummer war hastig daraufgeschrieben und ich sah sie mir einen Moment lang verwirrt an. Es war meine eigene Nummer. Während ich auf das Display starrte, kehrten meine Gedanken zurück zu diesem seltsamen Morgen im Café. Der Junge mit den Monstern. Warum hatte ich nur meine eigene Nummer eingesteckt? Ein Versehen? Oder wollte ich sie ihm aus irgendeinem Grund doch nicht geben? Ich fühlte einen flüchtigen Schmerz, wie Trauer, um etwas, das ich kaum gekannt und doch schon wieder verloren hatte.

»Emily?« Es war Rat, der am anderen Ende der Leitung war. Seine Stimme klang hoch und gehetzt. »Du musst kommen, sofort!«

Ich war alarmiert. Rat rief mich sonst nie an.

»Was ist los?«

»Prospero.« Rats Stimme war ganz leise.

»Ist ihm etwas passiert?«

»Nein … doch … ich weiß es nicht«, stammelte Rat. »Du musst kommen und dir etwas ansehen!«

So wie Rat klang, duldete die Sache keinen Aufschub.

»Ich bin gleich da!«, sagte ich und brach die Verbindung ab. Mein Magen zog sich zu einem kleinen harten Klumpen zusammen. Irgendwas war schiefgelaufen. Gründlich schief. Und ich hatte keine Ahnung was.

Ich ging weg von der Straße und den Lastern, die an mir vorbeidonnerten, und stellte mich unter einen Hauseingang.

Zuerst versuchte ich es unter Prosperos offizieller Nummer. Der, die jeder kannte. Es klingelte quälend lange, dann hörte ich ein Klicken und seine Stimme meldete sich. »Hi, hier Prospero. Nachrichten einfach nach dem Piep.« Er überartikulierte die Worte, trotzdem klang es lässig und eigentlich immer so, als machte er sich über einen lustig. Ich legte auf und wählte seine Festnetznummer bei Argos. Wieder klingelte es ewig. Dann wurde ich an die Rezeption durchgestellt, und noch bevor sich jemand melden konnte, legte ich auf. Schnell. Mein Herz klopfte. Ich zog das billige Handy aus der Tasche und gab Prosperos Nummer ein. Die Nummer, von der nur ich wusste. Diese Handyverbindung war unser Geheimnis. Prospero hatte auch eine Notfallnummer von mir, die außer ihm niemand kannte.

Zugleich checkte ich am anderen Handy seine Ortungsdaten. Sie waren abgeschaltet. Nichts, nichts, nichts. Mein Herz klopfte. Noch war nichts passiert. Ein schaler Beruhigungsversuch. Noch war nichts passiert, von dem ich wusste, aber in mir kroch bereits die Angst hoch, dass ich bald etwas wissen würde.

Ich lief zurück zu dem Ort, den ich im Moment mein Zuhause nannte, rannte die Treppen hinunter, sperrte die Haustür auf, stellte den Gitarrenkoffer in die Ecke, lehnte mich in meinem zerlöcherten Korbsessel zurück und starrte auf die Füße, die am Fenster vorbeiliefen. Ich wohnte unter der Erde, im Souterrain – wie es so pompös heißt. Es war eine feuchte Wohnung mit einem kleinen vergitterten Fenster, von dem aus ich den Gehsteig sehen konnte, wenn ich nicht gerade das Pech hatte, dass jemand sein Fahrrad dort abgestellt hatte. Es war die Wohnung, die Prospero mir besorgt hatte, und sie besaß einen unschätzbaren Vorteil. Durch die Vordertür verließ ich die Wohnung als Straßenmusikerin mit einer Gitarre auf der Schulter und meinem Verstärker in der Hand. Ich musste ein paar Treppen nach oben gehen, bis ich an einem Zeitschriftenladen vorbeikam, dessen Besitzer mich grüßte, und an dem Bäcker, bei dem ich mir mein Croissant kaufte. Ich lief durch die Straßen und war nichts weiter als eine Musikerin.

Doch wann immer meine mathematischen Fähigkeiten gebraucht wurden, ging ich durch die Tür im Wandschrank.

Und das tat ich auch jetzt. Ich ging zum Holzschrank in der Diele, räumte den Putzeimer weg und drückte die hintere Wand, an der zur Tarnung ein Staubsauger hing, zurück. Die Wand war eine Kipptür. Ich gelangte von dort in einen modrigen Zwischenraum, den ich auch gelegentlich als Abstellkammer für kaputte Monitore und Kabel nutzte. Sobald die Wand verschwunden war, war es hier stockdunkel und ich nutzte den Schalter für eine Lampe – ich glaube, man nennt sie Schildkröte – rundes Glas mit einem Blechgehäuse, das an der Seite aufgehängt war und ein düsteres gelbliches Licht auf die Mauern warf. Von dort kam ich dann in einen Tunnel, der mich zu unserer Zentrale führte. Ich verschwand im Wandschrank. Tatsächlich. Allerdings warteten dahinter keine Faune, Biber und versteinerten Menschen auf mich. Ich ging nicht nach Narnia. Oder wenn, dann allenfalls in ein chaotisches verpixeltes Narnia.

Ich schaltete meine Taschenlampe an und lief den Gang entlang. Es war stickig hier und bis auf den bläulichen Lichtkegel ganz dunkel. Der Gang verlief neben einem U-Bahn-Tunnel und ich hörte ein gelegentliches Rauschen und Grollen direkt unter mir. Der durchfahrende Wagen ließ immer den Boden erzittern. Ich fürchtete mich nicht hier unten. Im Gegenteil. Hier – im Bauch der Erde – war mir weniger unheimlich als oben im Licht. Hier waren wir, hier war unser Terrain. Ich bog zweimal ab und gelangte dann zu einer stillgelegten U-Bahn-Strecke, einem Tunnel, an dessen Ende fahles Morgenlicht hereinschien. Zur Rechten des Tunnels gingen Fluchttüren ab und es war genau die fünfte nach der Abzweigung, an der sich rechts ein Schild befand. Als ich den Weg kennenlernte, musste ich die Türen noch abzählen, nun kannte ich den Weg im Schlaf. Ich stand vor dem Zugang und gab den Code ein: *DarkNoise* und mein Geburtsdatum. Dann warf ich mich gegen die schwere Tür, die sich quietschend öffnete und mich nach innen in eine Art Vorraum beförderte, der nicht besonders groß war. Vielleicht so groß wie mein Wandschrank. Hier brannte Licht. Eine Glühbirne in einer Tiffany-Stehlampe, die Prospero einmal auf einem Flohmarkt gefunden haben musste. Blütenblätter schlangen sich über den gewölbten Lampenschirm, eckige rote und orangefarbene. Danach ging es über den summenden Serverraum vorbei zur Zentrale. *Zentrale*, ein mächtiges Wort für einen vielleicht 20 Quadratmeter großen Raum. Er war zu meiner Überraschung völlig leer. Sam saß oft hier, meistens schweigsam und groß wie ein Hüne. Oder Natascha, schmal mit blonden wilden Locken, die sie mit einem Tuch gebändigt hatte. Sie würde mir Tee anbieten und eine ihrer irrwitzigen Geschichten erzählen.

Doch keiner von beiden war da.

Jetzt konnte man nur die Monitore sehen. Zwei große Bildschirme auf einem glatten weißen Tisch, einen Riesenhaufen Kabel, neben einem Blechnapf mit halb gegessenem Futter für den Kater, ein ausziehbares Sofa und zwei rote Plüschsessel, über denen ein weißes Kunstfell hing und die unten Rollen hatten. Ich hasste die Plüschsessel. Es war eine von Prosperos Ideen. Er tat so, als würde er diesen Raum einrichten. In Wirklichkeit war es wohl eher der Platz, an den er seine ausrangierten Möbel schaffte. Die, die nicht mehr für wert befunden waren, in seinem Zuhause zu stehen. Auf dem rechten Monitor waren sechs Kamerabilder zu sehen. Auf dem linken lief gerade eine Nachrichtensendung. Ich starrte auf die Journalistin, die vor einer Tiefgarageneinfahrt etwas in die Kamera sprach, als eine Stimme mich herumfahren ließ.

»Emily?« Auf einem Hocker in der Ecke, völlig zusammengekauert, saß Rat. Er hatte seine mageren Arme um die Beine geschlungen und starrte mich mit glühenden, rot geränderten Augen an. Er wirkte noch jünger als sonst. Seine kupferroten Haare hingen in fettigen Strähnen von seiner Stirn und er wischte sich mit dem Handrücken über die Augen.

»Was ist los?«, fragte ich.

»Du hast es noch nicht gesehen?« Seine Stimme kiekste, überschlug sich, dann deutete er mit einer Kopfbewegung auf den Monitor. Den rechten mit der Nachrichtensendung.

»Verdächtiger im Journalisten-Mordfall gesucht.« Es war ein Standbild. Ein Mann in einer Unterführung? Nein, in einer Tiefgarage. Ein Standbild aus einer Überwachungskamera, halb nah. Mein Herz setzte einen Moment aus. Dann rumpelte es unruhig weiter.

Es war Prospero. Er sah mich vom Monitor aus an. Lächelte amüsiert, wie er es immer tat.

15

Ich brachte keinen Ton heraus und brauchte eine Zeit, bevor ich überhaupt zu verstehen begann, was ich da eigentlich sah. Prosperos Bild war überall in den Nachrichten. *Hauptverdächtiger in einem Mordfall.* Die Aufnahme, die jetzt auf dem Monitor zu sehen war, zeigte ihn wenige Minuten nach der Tat in der Tiefgarage des Hotels, in dem man die Leiche fand. Die Wasserstoffperoxid-Journalistin bemühte sich, das alles korrekt wiederzugeben, während der Wind ihr die hellen Haare ins Gesicht wehte. Vorgestern Abend wurde ein Journalist in einem Hotel tot aufgefunden. Jemand hatte ihn erstochen. Erstochen! Ich stellte mir Prospero mit einem Messer vor. Mein erster Gedanke war, es für einen Witz zu halten. Prospero hätte das allein deshalb nicht gemacht, weil er sich damit seine frisch gebügelten Klamotten ruiniert hätte. Jeder, der Prospero nur ein bisschen kannte, hätte das gewusst. Die Journalistin ging nun zu einem anderen Thema über und Rat schaltete sie auf stumm.

»Ich hab die Aufnahme aus der Überwachungskamera gespeichert«, sagte er und setzte sich zu mir. Er schaltete das Video auf den linken Monitor. Dabei steckte er sich einen Schokoladenriegel in den Mund, um ihn dann mechanisch zu kauen wie ein kleiner Roboter. Auf dem Pult neben der Tastatur lagen schon unzählige bunte zerknüllte Papierchen. Rat stopfte nicht nur Schokoriegel besinnungslos in sich hinein, sondern auch alles andere, immer aus Angst, dass es das letzte Essen für eine lange Zeit sein würde. Ich hatte schon seit Langem versucht, ihn dazu zu bringen, jeden Tag drei Mahlzeiten zu sich zu nehmen, in Ruhe und ohne diese wilde panische Hast. Aber es hatte keinen Sinn. Ich hatte es irgendwann aufgegeben. Ich war schließlich nicht seine Mutter, obwohl ich zuweilen fürchtete, dass er genau das in mir sah. »Möchtest du auch einen?« Ich schüttelte den Kopf. Die Angst war jetzt auch endlich in mir hochgekrabbelt. Aber sie verleitete mich nicht zum Essen. Sie schnürte mir eher die Kehle zu. Ich starrte auf das Bild der Überwachungskamera und ließ den Zeiger ein wenig über die Timeline fahren. Es war kein Witz. Da war Prospero. Ich zoomte tief in sein Gesicht und konnte die runden Windpockennarben über seiner rechten Schläfe sehen. Die, über die er sich immer geärgert hatte, die er ästhetisch als unter seiner Würde empfand. Der einzige Makel an seinem glatten Gesicht.

»Sieht aus wie mit einer Argos-Überwachungskamera geschossen.« Ich drehte mich zu Rat.

Der nickte. »Die Auflösung könnte passen.«

Ich schob das Bild nach rechts oben. Ja. Es war ein Argos-Video, denn Argos verwendete eine bestimmte Art von Zahlen für das Datum und die Uhranzeige. Sie waren weiß, rund und sahen sehr stylish aus. Wahrscheinlich wurde lange an ihrem Aussehen gefeilt, denn sie gehörten ja zur Corporate Identity. So wie das Auge im Logo von Argos. Ein offenes Auge, das alle sieht. *ARGOS-Sicherheitstechnik, Kameras und Überwachungsanlagen.* Alle griffen auf diese Technik zurück. Die Polizei und die Geheimdienste nutzten die Kameraanlagen in den umgerüsteten Laternen. Den Firmen wurden die unauffälligen Kameras in den Büros verkauft, um die Mitarbeiter auszuspähen. Es passte gut, das metallische Auge. Es war wachsam – und gefühllos. Eines von Tausenden. 24 Stunden am Tag, sieben Tage die Woche. Nie müde und immer objektiv. Unbestechlich. Es waren diese Augen, gegen die wir kämpften. Gegen Argos, gegen alles, wofür Argos stand. Wir kämpften für die Möglichkeit, unerkannt und anonym zu sein. Wir wollten unser Gesicht wieder für uns haben. Es sollte uns nicht gestohlen, zerlegt und analysiert werden. Wir kämpften für die Freiheit. Jedenfalls glaubte ich das damals.

»Ich habe die Aufnahme immer und immer wieder abgespielt«, sagte Rat. Er klang müde. Wie lange er wohl hier schon saß?

»Und?«

»Ich habe nichts gefunden, kein Ruckeln, keine komischen Pixel, nichts.«

»Dann hältst du sie für echt?«

Rat zuckte mit den Schultern. »Ich weiß nicht«, sagte er verzweifelt. »Ich bräuchte das Original und nicht das Sendebild. Es geht bei der Übertragung einiges verloren.«

Ich starrte auf die Zahlen am oberen rechten Rand des Videos. Vorgestern Abend. 20:48 Uhr. Ich hatte Gitarre gespielt, in einem kleinen U-Bahnhof nicht weit weg von zu Hause. Ich hatte viele Zuschauer und einiges an Geld eingenommen. Ich hatte es nicht mehr gewagt, an großen Plätzen aufzutreten. Ich war nervös, keine Vorahnung, nein, ich hatte nur Angst, den Zwillingen zu begegnen, so wie vor zwei Tagen, als sie mit dem Auto vorbeifuhren. Nach meinem Auftritt war ich nach Hause gegangen, hatte meine Gitarre abgestellt und nach Prospero gesucht. Ich hatte ihn nicht gefunden, nicht in seiner Wohnung. Nirgendwo. Ich ließ das Handy klingeln, aber er ging nicht ran. Vielleicht weil er zu der Zeit mit etwas anderem beschäftigt war? Ich verscheuchte den Gedanken gleich wieder. Ein Alibi. Brauchte Prospero ein Alibi?

»War er vielleicht bei dir?« Rat sah mich hoffnungsvoll von

der Seite an. Ich schüttelte den Kopf. »Er war nicht bei mir. Zu der Zeit nicht.« Warum sagte ich das? Ich hätte Rat auch anlügen können. Ihn in Sicherheit wiegen. Ich sollte ihn nicht beunruhigen. Er war schließlich der Schwächste von uns allen.

Rat zog die schmalen Schultern hoch. Seine Hände zitterten. »Prospero war es nicht, ich weiß, dass Prospero es nicht war. Ich hab eben schon versucht, ihn anzurufen.«

Ich sah ihn an. »Ich auch.«

Es war klar, dass ich ihn auch nicht erreicht hatte. Ahnte Rat, dass Prospero und ich eine Geheimnummer hatten? Eine, die die anderen nicht kannten? Einen kurzen Moment schoss mir durch den Kopf, was Dark Noise wohl ohne Prospero wäre. Ein Häufchen versprengter Programmierer ohne Kopf, ohne Richtung, ohne Halt. Rat, Sam, Natascha, ich selbst. Was würden wir ohne Prospero machen?

Wer sollte Prospero ersetzen?

In der Nachrichtensendung erschien nun das Bild eines Mannes. Er war vielleicht 50, obwohl ich das nie so genau sagen konnte. Ich konnte das Alter von allen erraten, die in meinen Jahrgängen waren. Ich wusste mit ziemlicher Sicherheit, wer über und wer unter 20 war. Aber bei Leuten, die mindestens doppelt so alt waren? Der Mann jedenfalls hatte Falten an den Augen und seine Haare waren an manchen Stellen grau. »Wer ist das?«, fragte ich Rat.

Der kratzte sich am Kopf. »Das Mordopfer. Er ist … war Journalist. – Kahane, Sebastian Kahane.«

Es war ein Bewerbungsfoto. Gut ausgeleuchtet vor einem neutralen blauen Hintergrund. Kahane hatte ein breites Gesicht mit dunklen kleinen Augen, die intelligent funkelten. Er hatte sich das Sakko lässig über die Schulter geworfen und hielt es mit seinem Zeigefinger am Rückenetikett fest. Ich erwartete, dass er jeden Moment aus dem Bild steigen und mir ebenso unangenehme wie kritische Fragen stellen würde. *»Glauben Sie, das Dark Noise eine Zukunft hat?«*, *»Wie sehen Sie Ihre eigene Zukunft?«* oder *»Wissen Sie, was Sie nun tun werden?«*. Fragen, auf die ich keine Antwort hatte. Dann würde er das Sakko ablegen, die Ärmel seines weißen Hemdes hochkrempeln, seinen kleinen Notizblock herausziehen und sich mit einem schmalen silbernen Kuli Notizen machen.

Prosperos Freundin unter Schock. Das Geheimquartier von Dark Noise im Zustand der Auflösung.

Rat zeigte auf den Monitor, auf dem nun Zeitungsartikel erschienen. »Arbeitet für die *Tribüne.* Die Online-Ausgabe. Er hat vor allem über Computerthemen geschrieben. Hier ist ein Artikel über Sicherheitslücken bei selbst fahrenden Autos. Und da über den Missbrauch durch ein Programm, das Stimmen analysiert, um psychische Probleme daraus abzuleiten.«

»Das klingt, als wäre er auf unserer Seite«, sagte ich.

Rat nickte und scrollte die Texte in Windeseile durch. Ich konnte nur Satzfetzen lesen und Teile von Überschriften. »Der Gott der kleinen Dinge«, »Verstand und Gefühl«. Kahane liebte wohl Buchtitel, die er zitierte.

»Hat Prospero einmal von ihm gesprochen?«, fragte ich Rat.

»Keine Ahnung, ich glaube nicht.« Rat rutschte unruhig auf dem Plüschsessel hin und her. »Also er hat nicht wirklich von ihm gesprochen.«

»Was meinst du mit ›nicht wirklich‹?«, fragte ich verwirrt.

Rat blickte mich an und zögerte, bevor er weitersprach.

»Ich glaube, dass sie sich getroffen haben. Prospero und Kahane.«

Ich starrte ihn an. »Was?«

Rat zuckte mit den Schultern. »Ich kann Prosperos Terminkalender einsehen.« Er vermied es, mir in die Augen zu blicken. »Ich meine, ich … habe das manchmal gemacht.«

»Oh«, sagte ich. Ich wollte gar nicht wissen, warum Rat das konnte. Er hackte einfach Prosperos Kalender. Wahrscheinlich meinen dazu. Wahrscheinlich die Kalender von uns allen. Zu jedem anderen Zeitpunkt hätte es mich wahnsinnig aufgeregt. Jetzt fühlte ich nur einen dumpfen Schlag.

»Jedenfalls stand da dieser Name drin«, fuhr Rat leise fort.

»Wann?«, fragte ich.

Rat schluckte und deutete auf den Monitor. »Vorgestern. Ungefähr eine halbe Stunde, bevor diese Aufnahme gemacht wurde.«

»Meinst du, dass die Polizei das auch weiß?«, fragte ich Rat. Er sah mich nicht an, sondern zuckte nur mit den Schultern. »Wenn sie seine Handydaten haben, ist das ziemlich wahrscheinlich.«

Ich biss mir auf die Lippe.

»Du … du hattest keine Ahnung?«, fragte mich Rat vorsichtig.

»Nein.« Ich schüttelte den Kopf. Warum wollte Prospero sich mit Kahane treffen? Was wollte er ihm verraten? Und vor allem: Warum hatte er mir nichts davon erzählt? Ich dachte an unsere letzte Begegnung. Vorgestern. Morgens. Draußen vor den Fenstern hing der Nebel zäh und tief. Ich war bei Prospero zu Hause und konnte noch nicht einmal die kahlen Bäume vor seinem Fenster sehen.

Vielleicht hatte er mir nichts erzählt, weil wir uns gestritten hatten.

Es ging um etwas Theoretisches. Ein Gedankenkonstrukt, so wie wir es uns oft gebaut hatten. Ein Luftschloss. Verkürzt ging es darum, ob der Zweck die Mittel heiligt. Ob man etwas tun muss, um ein bestimmtes Ziel zu erreichen, auch wenn man es moralisch nicht vertreten kann. »Nein«, sagte ich. Man wird selbst zum Teil des Bösen, wenn man das Böse anwendet. Sonst ist man auf der anderen Seite. Sonst hat man am Ende vergessen, was man eigentlich wollte. Prospero hatte mich daraufhin angesehen, so wie er mich jetzt vom Monitor aus ansah. Ein Blick, angesiedelt irgendwo zwischen ernst und spöttisch. Er sah fast so aus, als wollte er mir etwas sagen. Mir eine Frage stellen. Der Moment verging und das, was er dann sagte, sollte lustig und ironisch klingen, aber das tat es dann nicht. »Du bist eine Heuchlerin, Emily«, sagte er. Das war das Letzte, was ich von ihm gehört hatte, bevor ich im Nebel verschwand.

16

Ich glaube, dass der Kern aller Beziehungen zwischen Menschen in der ersten Begegnung liegt. Irgendwas in diesem ersten Augenblick, ein Wort, eine Geste, ein Kleidungsstück, ein Gedanke. Eines von diesen Dingen wird einmal bedeutsam werden. Es wird darüber entscheiden, wie sich diese Beziehung entwickelt – ja, ob sie sich überhaupt entwickelt.

Bei Prospero waren es die Schuhe. Sie waren das Erste, was ich von ihm sah.

Zwei besondere und teure Exemplare, deren Wert sogar ich begriff, obwohl ich mich nie für diese Dinge besonders interessierte. Sie waren dunkelbraun, hatten vorne eingestanzte Löcher in einem Bogenmuster und ein dünnes Lederband in der gleichen Farbe als Schnürsenkel. Außerdem waren sie geputzt und glänzten. Ich kannte niemanden, der solche Schuhe hatte. Sie standen eines Tages vor meinem Fenster in der Souterrainwohnung und ich fragte mich, warum sie sich nicht weiterbewegten. Ein paar Sekunden darauf hatte ich die Antwort. Meine Klingel tönte schrill. Ein schreckliches Ringen von einem wild gewordenen Klöppel. Ich erinnere mich so genau daran, weil es vielleicht das erste Mal war, dass jemand die Klingel benutzte, denn ich war noch nicht lange in der Stadt und ich kannte niemanden, der mich besuchen wollte. So ging ich von meiner provisorischen Küche drei Stufen hoch und öffnete die Tür. Er lächelte mich an. Prospero. Es ist nicht sein wirklicher Name. Aber ich nenne ihn Prospero. So wie alle ihn nannten. Prospero – der Magier. Der, der den Sturm heraufbeschwört.

Prospero hatte mich gesehen, längst bevor ich seine Schuhe gesehen hatte. Ich hatte eine halbe Stunde zuvor noch auf einem Wochenmarkt zwei Straßen weiter gespielt. Es war Samstag und auf dem großen Platz drängten sich die Menschen. Die Verkäufer boten nicht nur Obst, Gemüse und Blumen an, es gab auch Stände mit selbst genähten Klamotten, nach Räucherstäbchen riechende indische Tücher, alte Postkarten und überteuertes Tongeschirr. Ich hatte meinen Verstärker aufgebaut und sang das Übliche: Simon and Garfunkel, Bob Dylan. Ich genoss meinen Auftritt. Es war ein Sommertag, die Sonne brannte heiß auf die Köpfe und die Leute hatten Zeit, stehen zu bleiben. Eine Frau in einem wehenden Rock tanzte vor mir auf dem Pflaster und ich freute mich über die vielen silbernen Münzen, die in meinem Koffer klimperten. Prospero muss irgendwo unter den Zuschauern gewesen sein, aber ich kann mich nicht daran erinnern, ihn bemerkt zu haben. Er kam nicht wegen der Musik. Er wollte nur sehen, wen er da als Kryptografin engagiert hatte, und ich glaube, er war ziemlich verwundert.

Er kannte mich nur unter dem Namen Lucid Lynx. Ich hatte ein paar Monate zuvor hässliche Fotos von gequälten Mäusen auf die Startseite von Cosmeapharm, einer Firma für Kosmetikprodukte, gestellt. Die Seite war lächerlich schlecht geschützt. Ich änderte auch das Admin-Passwort und das alles an einem Freitagabend, als alle nach Hause gegangen waren. Sie schafften es bis Montagabend nicht, die Bilder von der Website zu löschen.

Einige Zeitungen nahmen die Bilder zum Anlass, über Tierversuche in der Kosmetikindustrie zu berichten, und ich – oder soll ich sagen Lucid Lynx – gelangte zu einer gewissen Berühmtheit. Ich wurde so bekannt, dass Prospero auf mich aufmerksam wurde. Botschaften waren anschließend zwischen uns hin und her geflitzt. Mir gefiel, was Prospero schrieb. Von ihm hörte ich zum ersten Mal von *Dark Noise*. Er versuchte mich zu überzeugen, meine Fähigkeiten in den Dienst einer guten Sache zu stellen, und bot mir an, für ihn und für Dark Noise zu arbeiten. Dark Noise, eine Untergrundtruppe, die zum Ziel hatte, sich mit großen Firmen anzulegen. Ich sollte in die Stadt kommen und er würde für eine Unterkunft sorgen.

Ich war unendlich geschmeichelt. Ich kam aus einem Haus mit sauber geschnittener Thujahecke, 300 Kilometer entfernt, wo ich meine Zeit damit verbracht hatte, am Computer zu sitzen und Gitarre zu spielen. Dort hatte ich gerade mein Abitur gemacht und war danach allein zu einer Reise durch Europa aufgebrochen. Ich hatte Prosperos verschlüsselte E-Mails im Süden an einem Küstenort gelesen, in dem es von Touristen wimmelte. Jeder schien diesen Sommer in einer anderen Stadt zu verbringen und so schwappten riesige Wellen von einer Großstadt in die andere mit dem Effekt, dass sich die Städte zu gleichen begannen. Als ob alle einmal fremd sein wollten und dabei doch immer nur das Bekannte suchten. Als ich Prosperos E-Mail las, hatte ich das Umherziehen satt. Ich hatte keine Lust mehr auf billige Pensionen und wollte mich nicht mehr von der Sonne verbrennen lassen. Ich hatte keine Ahnung, was ich mit meinem Leben anfangen sollte, und Prosperos Mail gab plötzlich einer ungerichteten Sehnsucht ein Ziel.

Nachdem also ausgemacht war, dass Lucid Lynx kommen würde, besorgte Prospero über einen Mittelsmann eine Wohnung, die mit einem Zugang zur Zentrale verbunden war. Ich hatte von dem Zugang und den Tunneln keine Ahnung und wunderte mich über das ungewöhnliche Quartier. Eine Souterrainwohnung mit alten Möbeln, die man eigentlich auf den Sperrmüll hätte werfen können. Ich konnte mich nicht dazu durchringen, meine Klamotten in den muffig riechenden Schrank zu hängen, und ließ sie in den beiden Taschen, die ich mitgenommen hatte. Aber – es gab einen Herd, einen Kühlschrank und sogar Geschirr, von dem ich mich nach dem Einsatz von viel Spülmittel sogar zu essen getraute. Auf eine bestimmte Art war diese Wohnung ideal und passte genau zu mir. Ich hätte sie innerhalb von zehn Minuten verlassen können, ohne eine einzige Spur zu hinterlassen. Ich saß in dieser Wohnung, so wie man manchmal auf einem Stuhl sitzt. Mit der halben Pobacke und mit den Händen zu beiden Seiten der Sitzfläche abgestützt, bereit zum sofortigen Aufbruch. Jeden Tag wartete ich auf eine Botschaft von *Dark Noise*. Ich sah mich um, nach jemandem, der mich auf der Straße ansprechen würde, mir einen Stick zusteckte oder mich auf einen Kaffee einlud.

Ich erwartete niemanden mit handgenähten Schuhen.

Als Prospero dann vor mir stand, wich ich erst einmal zurück. Etwas Goldenes umgab ihn. Wie eine strahlende Sonne. Er hatte dunkelblonde lockige Haare, einen seltsamen Ziegenbart, den ich als aufgesetzt und affig empfand, und ein spöttisches Lächeln, von dem man gemeinhin sagt, dass es Unsicherheit verbirgt. Was aber in seinem Fall einfach nicht stimmte. Denn – wenn Prospero eines nicht war, dann war es unsicher.

»Ich bin Prospero«, sagte er ohne eine weitere Begrüßung. Er gab mir ganz offiziell die Hand und ich spürte seine warme Haut.

»Lucid Lynx«, sagte ich.

»Ich weiß«, sagte er und dann: »Ich dachte immer, du wärst ein Mann.«

»Das denken alle.«

Wir mussten beide lachen und plötzlich wurde mir klar, wie gut er aussah.

Ich bat ihn herein und schloss schnell die Tür hinter mir. Er ging lautlos mit seinen weichen Schuhen die Treppen hinunter. Er bemerkte die Gitarren, die ich an das Sofa gelehnt hatte.

»Du bist gut«, sagte er. »Ich habe dich vorhin gehört. Auf dem Platz.«

»Danke.« Ich wunderte mich nicht darüber, dass er mich schon spielen gehört hatte. Er war mir gefolgt. Es erschien mir als ganz normal.

»Möchtest du vielleicht etwas trinken?«, fragte ich.

Prospero sah sich um und mir wurde klar, wie schäbig er alles finden musste, die spärlichen Möbel und die schmutzigen Vorhänge. Er schüttelte den Kopf und lächelte dabei freundlich, wenn auch ein bisschen herablassend, wie ich später fand.

So begann ich als Kryptografin bei *Dark Noise*. Ich versuchte die Argos-Codes zu knacken und in das Kamerasystem einzudringen. Außerdem wurde ich eingeweiht in die Geheimnisse des Wandschranks und lernte alles über das unterschiedliche Tunnelsystem unter der Stadt und wie man es benutzen konnte. Als ich zum ersten Mal in der *Zentrale* stand, dem Raum mit den Monitoren, den Plüschsesseln und den Kopfhörern, stieg ein völlig unbekanntes Gefühl in mir auf. Ich hatte das Gefühl, dort hinzupassen. Hier bleiben zu können. Ich kam mir endlich nützlich vor. Ich hatte eine Aufgabe. Nach und nach lernte ich auch die anderen kennen: Natascha, die sich vor allem mit Bildbearbeitungsprogrammen auskannte,

Sam, der gehörlos war und sich um die Verkabelungen kümmerte. Ich lernte von Natascha Gebärdensprache und erfuhr, dass es selbst dabei darauf ankam, wo jemand herkam. Da Sam aus einem kleinen Ort in Nordengland stammte, benutzten sie die englische Variante, die sich von der deutschen Gebärdensprache stark unterschied. Sam strahlte eine große Ruhe aus und passte gut zu Natascha, die immer redete und in Bewegung war. Und dann gab es Rat. Rat, der hier lebte, es sich in einer Nische mit seinem Schlafsack bequem machte und der – anders als die anderen – keinen Platz hatte, zu dem er gehen konnte. Rat, der sich mich ausgesucht hatte, damit ich mich um ihn kümmerte.

Zum ersten Mal fühlte ich mich nicht anders oder seltsam. Zum ersten Mal hatte ich das Gefühl, auf der richtigen Seite zu stehen.

Obwohl es vielleicht am Anfang so ausgesehen hatte, wurden wir nie ein Paar, Prospero und ich. Manchmal fragte ich mich, ob ich nicht verrückt war, *nicht* mit Prospero zusammen zu sein, denn oft, wenn wir zusammen in einem Raum waren, meinte ich dieses Rauschen zu spüren, ein gegenseitiges Interesse. Aber ich war mir nie sicher, ob ich es mir vielleicht nur einbildete. Wenn mich jemand fragte, so hätte ich vielleicht geantwortet, dass es an seinen Schuhen lag. Sie waren wie Prospero selbst. Zu perfekt. Als hätte er selbst eine Schicht Glanzlack über sich aufgezogen, die es verhinderte, dass einer zu ihm durchdrang.

»Weißt du, er liebt nur sich selbst«, hatte Natascha mir mit ihrem polnischen Akzent in der Zentrale gesagt. Dabei lächelte sie und ich wagte nicht zu fragen, ob sie vielleicht auch mal mit ihm zusammen gewesen war und dieses Wissen daraus schöpfte.

Ich dachte an all das, als ich Prosperos Gesicht in den Nachrichten sah. Ich glaubte nicht daran, dass er einen Mord begangen haben könnte. Aber mir war auch plötzlich klar, dass ich ihn gar nicht richtig kannte.

Warum war er einfach so verschwunden?

Vielleicht hatte er etwas hinterlassen. Eine Botschaft. Irgendetwas, das mir weiterhelfen würde. Er wohnte nicht weit von hier, ungefähr eine halbe Stunde zu Fuß in einer großzügigen Altbauwohnung mit Stuck an den Decken und bronzenen Klingelschildern. Vielleicht würde ich dort etwas finden.

»Bleib hier, Rat!«, sagte ich. »Nimm alles auf!« Rat nickte und schaltete neue Nachrichtensendungen auf den rechten Monitor. »Ich sag den anderen Bescheid!«, murmelte er. Ich nickte, sah ihn an und überlegte, ob ich zum Abschied noch etwas Tröstliches sagen konnte, aber mir fiel nichts ein. So winkte ich ihm kurz zu und verschwand dann in dem dunklen Tunnel.

17

Der Schein der Neonröhren in der Ferne lotste mich zurück. Kurz vor der Abzweigung, die mich nach Hause bringen würde, bog ich links in einen schmalen Gang, dessen Decke so tief hing, dass ich mich bücken musste. Das Grollen der U-Bahnen nahm zu, und als ich nach einer Weile wieder aufrecht laufen konnte, sah ich in der Ferne das Neonlicht des U-Bahnhofs vor mir. Was jetzt kam, hatte ich schon hundertmal geübt. Der unauffällige Eintritt vom Tunnel in den U-Bahn-Schacht. Man kam dabei in einer der Nischen heraus, die die Gleisarbeiter benutzten, um ihre Werkzeuge zu deponieren. Einmal wäre ich fast erwischt worden. Es war nachts und ich war allzu sorglos den schmalen Weg zwischen Wand und Gleisen gelaufen. Dabei hatte ich die Männer nicht bemerkt, die an einem Gleis schweißten. Auch jetzt, wenn die U-Bahnen im morgendlichen Berufsverkehr alle fünf Minuten fuhren, musste ich achtgeben, dass niemand mich sah. Der Scheinwerfer eines vorbeifahrenden Wagens streifte mich und ich versteckte mich hinter einer Säule. Der zweite kritische Punkt war, von dem schmalen Weg, neben dem es steil zum Gleisbett hinabging, unauffällig zu dem jeweiligen U-Bahnhof zu kommen. Vor allem, wenn dieser so belebt war wie heute Morgen. Ich wartete in der Dunkelheit des U-Bahn-Schachts und trat dann, nachdem die U-Bahn abgefahren war, hinter dem großen Spiegel hervor, bückte mich, als ob ich etwas verloren hätte, dann setzte ich mich auf die Gitterbank und tat so, als wäre ich ein normaler Fahrgast.

Es war immer ein bisschen riskant, aber keiner schien von mir Notiz zu nehmen, vor allem, da ich ganz langsam aus meinem Versteck herausschlenderte. Heute standen zwar viele Menschen an der Station, aber sie kämpften mit ihrer Müdigkeit, dem Unwillen, zur Arbeit zu gehen, und nahmen ihre Umwelt ohnehin nur auf dem winzigen Monitor ihres Smartphones wahr, sodass mich keiner bemerkte. Die U-Bahn fuhr ein und ich stieg zu. Es war morgens, Berufsverkehr, und der Waggon quietschte durch die Dunkelheit. Neben mir spürte ich zwei Ellbogen, die sich in meine Seite bohrten, und der Geruch von nassen Mänteln hüllte mich ein. Zwei Stationen weiter war Prosperos Wohnung. Ich stieg aus, lief mit den anderen die Treppen hoch, irrlichterte durch den Spiegel eines Passautomaten und fühlte mich komplett unauffällig. Ich war wie alle anderen. »Emily auf dem Weg zur Arbeit«. Oder »Emily auf dem Weg zum Zahnarzt«. Es war gut, unauffällig zu sein. Ich mochte es. Manchmal sehnte ich mich danach, so zu sein wie alle anderen. Es erscheint mir immer noch als das bessere Leben. Eines, das mir immer verwehrt ist. Wer will schon auf immer ein Freak sein?

Oben wurde ich zusammen mit einem weiteren Knäuel müder Menschen von der Rolltreppe ausgespuckt, direkt vor Prosperos Straße. Sie sah aus wie immer. Es hatte sich nichts verändert. Fußgänger liefen mit bunten Schirmen an mir vorbei. An der Litfaßsäule stand eine alte Frau in eigenartigen nicht zusammenpassenden Klamotten, die sich auf einen Stock stützte. Sie sah mich kurz an, drehte dann aber gleich darauf den Kopf und fütterte weiter eine Taube. Die Alleebäume waren kahl und zitterten im Wind. Schade, dass ich nicht mit ihnen sprechen konnte. Vielleicht hätten sie mir etwas erzählt. Etwas von Prospero, dem Magier, der sich plötzlich mit einem Zaubertrick in nichts auflöste und nur noch als Bild in einer Überwachungskamera vorhanden war.

Prosperos Haus war grau, fünfstöckig mit Satellitenschüsseln und einem Zeitschriftenladen. Unten gab es einen Stand mit Grillhähnchen, bei dem wir uns manchmal versorgt hatten. Nicht dass Prospero nicht kochen konnte! Er hatte zumindest eine erstklassige Ausrüstung dafür und zelebrierte das Kochen mit einer ermüdenden Gründlichkeit, die er öfter mit einem Hähnchen abkürzte.

Ich holte den Schlüssel aus der Tasche, sperrte die Haustür auf und stand in dem ausladenden Treppenhaus mit den großen grünen Fliesen im Aufgang, die an der oberen Kante mit gemalten Blumenverzierungen abgeschlossen waren. Große Lüster hingen aus den Stuckrosetten an der Decke. Durch die bunten Fensterbilder zeichnete das Licht farbige Flecken auf den polierten kupfernen Handlauf. Die Treppen waren mit einem roten Läufer belegt und ich hatte wieder dieses wohlbekannte nervöse Gefühl im Magen, als ich die knarrenden Stufen hochstieg. Ich hatte das nicht nur heute, ich war schon immer mit gemischten Gefühlen in Prosperos Wohnung gegangen. Jeder, der sie betreten hatte, hielt erst einmal vor Bewunderung die Luft an. Manchmal hatte ich den Verdacht, dass die Wohnung nur dazu eingerichtet war, um Neid zu erwecken. Es war ein weiterer Grund, warum ich froh war, nie mit Prospero zusammengekommen zu sein, denn nie hätte ich meinen Platz zwischen seinen sorgsam ausgesuchten Möbelstücken gefunden. Erbstücke, Möbel vom Flohmarkt, mit dieser oder jener Exfreundin gekauft, Reisemitbringsel, Gemälde von Malern, mit denen er gut befreundet war. Wo wäre da mein Platz gewesen? Mir wäre nichts anderes übrig geblieben, als die beiden Gitarren irgendwo hinzustellen und meinen Rechner in die Ecke zu werfen. Ich wäre untergegangen in den riesigen Räumen, im schlimmsten Falle hätten mich die Wände einverleibt wie eines von Prosperos Möbelstücken.

Obwohl er selbst so perfekt war, umgab er sich gerne mit den unperfekten Dingen. Er mochte Dinge, die einmalig waren und zu denen er eine Geschichte erzählen konnte. Die seltene Tasse, von der es nur noch wenige Exemplare gab und deren Henkel angeschlagen war. Der Teppich mit einem winzigen, unmerklichen Webfehler. Mich. »Und das ist Emily, ein seltenes Stück. Drückt man auf einen Knopf hinter dem linken Ohr, kann sie Gitarre spielen, drückt man auf den rechten, fängt sie an zu rechnen.« Gut, dass ich nie bei ihm einzog. Ich wäre dort versteinert wie die seltene Tasse. Vielleicht auch ein bisschen staubig geworden.

Es wurde heller, je höher ich stieg. Als ich im vierten Stock angekommen war, stand ich einen Augenblick lang starr.

Die Tür zu Prosperos Wohnung stand offen. Nicht weit, nur einen Spaltbreit, gerade genug, dass man hineinsehen konnte.

»Prospero?«, flüsterte ich. »Prospero?«

Dann sah ich es. Es war rot und spannte sich von dem Türknauf zu dem Türrahmen. Ein Absperrband. Es passte zu der Vase, die auf dem Tisch mit den gedrechselten Füßen an der Wand stand.

Die Farbe hätte Prospero gefallen.

Es dauerte, bis ich begriff, dass jemand hinter mir im Treppenhaus stand.

»Was machen Sie hier?«, fragte eine Stimme.

Ich drehte mich um. Hinter mir stand eine Polizistin, sie musste mir leise die Treppen hoch gefolgt sein. Sie war nicht älter als ich, hatte die braunen Haare unter der Mütze zu einem Pferdeschwanz gebunden und starrte mich mit professionell prüfendem Blick an. Was tat ich hier? Da ich darauf keine Antwort hatte, nicht mal für mich selbst, begann ich zu laufen.

Das Überraschungsmoment war auf meiner Seite und gab mir einen winzigen Vorsprung. Zwei Treppen auf einmal, hinunter, nur hinunter, gejagt von Schritten und einer Stimme hinter mir. Ich weiß nicht mehr, was sie rief. Ich rannte aus dem Haus, quer über die Straße, über einen Grünstreifen. Ich lief, nein, hetzte durch den Matsch, der an meinen Schuhen kleben blieb, und sah mich rasch um. Es gab da einen Zugang zur U-Bahn, der frei von Kameras war. Ich wusste das, schließlich hatte ich die Standorte in einem Argos-Dokument überprüft. Mein Herz klopfte bis zum Hals. Natürlich hatten sie bereits Prosperos biometrische Daten abgeglichen und seine Adresse herausgefunden. Natürlich. Ich, die ich mich den ganzen Tag damit beschäftigte, sollte es besser wissen. Die Polizistin war hinter mir, ich sah sie aus den Augenwinkeln, noch mit genügend Abstand, aber sie holte auf. Ich lief die Stufen zur U-Bahn hinunter und mischte mich unter eine Gruppe von Touristen, die wie eine Schafherde hinter ihrem Führer mit erhobenem Regenschirm hinterhertrampelten. Die Polizistin stand mittlerweile oberhalb der Treppe und musterte die Menge. Sie hätte mich entdeckt, wenn nicht in diesem Moment Tauben hochgeflogen wären. Graue Flügel, Geflatter, Federn, die nach unten fielen, und dazwischen eine gebeugte alte Frau, die den Stock erhoben hatte. War es nicht die gleiche, die ich vorhin gesehen hatte? Egal, die Tauben retteten mich! Ich zog mir im Gehen die auffällige rote Jacke aus, setzte mir eine schwarze Baseballkappe auf und mischte mich unter die Massen, die aus einem eingefahrenen U-Bahn-Waggon herausquollen. Gerade wollte ich einsteigen, als mich eine Hand hart am Arm packte. Ich fuhr herum. Es war die Taubenlady. Ihre von blauen dicken Adern durchzogene Hand krallte sich in meinen Unterarm.

Ich starrte sie verwirrt an, ließ es aber zu, dass sie sich bei mir unterhakte. Sie zog mich vom Eingang des U-Bahn-Waggons weg. In aufreizender Langsamkeit liefen wir den Bahnsteig entlang. »Gesicht runter!«, befahl sie plötzlich. Noch während ich den Kopf senkte, konnte ich aus den Augenwinkeln die Polizistin sehen, die sich nur ein paar Meter von uns entfernt einen Weg durch die Menge bahnte und dann mit dem U-Bahn-Fahrer sprach. Wir ließen sie hinter uns und stolperten auf die Rolltreppe zu.

Die alte Frau seufzte und murmelte etwas vor sich hin, als wir endlich gemächlich die Rolltreppe hinauffuhren. Ich räusperte mich. »Entschuldigung, was haben Sie gesagt?«

»Ihr seid ein Haufen Dilettanten«, sagte die alte Frau.

18

Die Frau behielt ihren eisernen Griff und ich hatte das Gefühl, das Blut würde sich in meinem Oberarm stauen. Es war nicht so, dass ich sie führte, wie es von außen vielleicht aussehen mochte. Es war eher die Frau, die mich durch die Straßen dirigierte. Sie schien einen genauen Plan zu verfolgen, was mich genauso beruhigte wie verwirrte. Aber ich war ohnehin schon so durcheinander, dass ich mich von jedem hätte durch die Stadt bugsieren lassen. Warum nicht auch von einer Oma mit eisernem Griff? Die Frau war ungefähr genauso groß wie ich, was selten war, denn, wie gesagt, ich bin klein. Als sie jünger war, musste sie einmal größer gewesen sein, zu einer Zeit, bevor sich ihr Rücken gebeugt hatte. Sie lief gekrümmt und mir wurde nach einigem Laufen klar, dass der Stock keineswegs Tarnung war, sondern dass sie ihn tatsächlich benötigte. Wir bewegten uns langsam durch den feinen Sprühregen. Die Nässe kroch durch meine schwarze Baseballkappe und feine, durchsichtige Tropfen verfingen sich in den grauen Haaren der Frau. Sie hatte sie hinten zu einem Pferdeschwanz zusammengebunden. Dazu trug sie einen schlammgrünen Mantel, giftgrüne Hosen und Turnschuhe, die an der Spitze pink leuchteten. Ich nestelte an meiner Mütze und spürte im gleichen Augenblick einen spitzen Ellbogen in der Seite. »Mütze aufbehalten!«, raunte die Frau. »Zieh sie dir lieber noch tiefer ins Gesicht.« Ich gehorchte schweigend.

Wir liefen – nein – humpelten eine Weile vor uns hin.

»Wie heißen Sie eigentlich?«, fragte ich.

»Claire«, sagte die alte Frau. »Du kannst mich Claire nennen. Diesen Namen mochte ich immer.«

»Ich heiße Emily.«

»Ich weiß.« Die alte Frau lächelte.

Ich blinzelte sie verwirrt an. »Und wohin gehen wir, Claire?«

»Ich werde dich zu einem Stück Schwarzwälder Kirschtorte einladen.«

»Okay«, flüsterte ich. »Schwarzwälder Kirschtorte klingt gut.«

»Schön«, sagte Claire.

»Klingt so, als wäre ich Ihre Enkelin«, fügte ich leise hinzu.

»Meinst du?« Claire musterte mich kurz von der Seite.

»Sehen wir nicht so aus?«, fragte ich. »Wie Oma mit Enkelin?«

»Ich würde eher sagen, wie Pflegefall mit straffälliger Jugendlicher«, murmelte Claire und zerrte mich zu einem Schaufenster, in dem sich ausladende Torten drehten. Sie waren gespickt mit Verzierungen, Torten mit Zahlen für Geburtstage, lachenden Autos für bestandene Fahrprüfungen und dreistöckige Wunderwerke, auf denen zwischen Marzipanrosen Braut und Bräutigam steckten.

»Ich habe hier einmal eine Torte bestellt zu Snarks Geburtstag«, sagte Claire. »Sie haben die Prozessoren aber nicht so gut hingekriegt. Hochzeitspaare können sie besser.«

Snark? Prozessoren? »Wer ist Snark?«, fragte ich. »Ihr Mann?«

Claire lachte. Sie lachte auf ihre ganz eigene Art. Ein seltsames Rollen, das aus der Kehle kam und rau klang. »Ich werde dich später mit ihm bekannt machen.« Claire drückte mit ihrem Stock die Tür aus gefrostetem Glas neben dem Schaufenster auf. Wir betraten das Café und steuerten auf einen

Glastisch am Fenster zu. Die Bedienung, ein älterer Herr, der aussah wie ein Butler in einer dieser englischen Serien, begrüßte Claire wie eine alte Bekannte und half ihr aus dem Mantel. Sie trug ein grellorangefarbenes Twinset darunter, zusammen mit einem hellblauen Schal, der ihre Augen zum Leuchten brachte. Es sah eigentlich gar nicht übel aus, musste ich zugeben, wenn auch ein wenig verwirrend.

»Wie immer«, sagte Claire zum Butler. Dann wandte sie sich mit einem gnädigen Gesichtsausdruck an mich, der mir das Gefühl gab, wieder zehn Jahre alt zu sein. »Und du möchtest sicher etwas mit dieser geschäumten Milch?« Ich schüttelte den Kopf. »Kaffee, schwarz, bitte!«

Sie nickte dem Kellner zu und ich blickte ihm nach, wie er zwischen den schweren Tischen verschwand. In dem Café befanden sich fast ausschließlich ältere Damen, einige in knallbunten Mohair-Häkelmützen, deren feine Härchen nach allen Seiten abstanden und im Licht des Deckenleuchters glühten. Gedämpfte Klassik drang aus Lautsprechern an den cremefarbenen Wänden und ein leichtes Klirren der Löffel gegen die Kaffeetassen war zusammen mit leisen Gesprächen zu hören. Ich konnte mich in einem der Spiegel sehen, der schwarze Flecken hatte und in einem großen goldenen Rahmen hing.

»Du kannst jetzt deine alberne Schirmmütze abnehmen«, sagte Claire. »Sie haben hier keine Kameras.«

»Oh«, sagte ich und warf unauffällig einen Blick zur Decke. Wo hätten sie auch hier Kameras verstecken sollen? Vielleicht in der Deckenvertäfelung aus Eichenholzplatten? Argos hätte sicher auch dafür eine Lösung. Darin waren sie Meister. Meister in Unauffälligkeit. Sie würden die Kameras in den Lüstern verstecken. Oder hinter den Spiegeln, die vielleicht Einwegspiegel waren und hinter denen Menschen saßen, die uns zusahen? Aber wozu sollten sie all die alten Damen beobachten? Um neue Daten für den Heizdeckenverkauf zu gewinnen? Andererseits war ich mir nun nicht mehr sicher, ob die Damen in den Häkelmützen alle so harmlos waren, wie sie aussahen. Für einen Moment kam ich mir vor wie Alice. Als wäre ich in der Welt hinter den Spiegeln gelandet, in der sich plötzlich alle Gewissheiten umdrehten.

»Mach dir keine Sorgen«, sagte Claire, die scheinbar meine Gedanken lesen konnte. »Niemand kann uns hier beobachten. Ich habe alles überprüft. Keine Spione unter den Häkelmützen.«

Dann beugte sie sich nach vorne.

»Es war keine wirklich gute Idee, zu Prosperos Wohnung zu gehen!«

Sie musterte mich kurz. »Du nennst ihn doch Prospero, oder?« Bevor ich etwas sagen konnte, erschien der Kellner mit einem goldenen Tablett, auf dem zwei Kännchen Kaffee standen. Sie wurden feierlich abgeladen und auf die Mitte des Tischchens mit der Spitzendecke gestellt. Der Kellner schenkte ein, Claire nahm die Zuckerdose und schüttete sich reichlich Zucker in die Porzellantasse, in der sie dann mit einem silbernen Löffel rührte. »Zweimal Schwarzwälder Kirsch?«, fragte sie. Ich nickte. Wie hätte ich mich ihr widersetzen können?

»Wissen Sie, wo er ist?«, fragte ich leise, nachdem der Kellner sich dezent entfernt hatte.

Claire schob die Brille nach unten – dünne geschliffene Gläser mit einer geradezu stylishen schwarzen Umrandung – und sah mich über die Gläser hinweg an. »Du kannst mich duzen.« Sie räusperte sich kurz. »Ich bestehe darauf.«

Also begann ich noch Mal. »Wissen … weißt du, wo er ist?« Es war merkwürdig, aber durch das Duzen wurde Claire wieder jünger.

»Ich habe keine Ahnung. Und das ist vielleicht auch ganz gut so«, sagte sie. »Ich habe ihm nämlich geraten, sich an Kahane zu wenden.«

Ich starrte sie an.

Sie seufzte. »Kahane recherchierte schon lange zu Argos. Aber nur Prospero konnte die nötigen Beweise liefern. Wie hätte ich ahnen sollen, dass es so enden würde?«

»Beweise für was?«, fragte ich.

Sie sah mich an und zog ihre Augenbrauen hoch. »Er hat dir nichts gesagt?«

Ich schüttelte den Kopf.

Sie lehnte sich zurück und rührte scheinbar gedankenverloren in ihrem Kaffee herum. »Er sagte mir, er wäre an einer großen Sache dran. Er hätte Beweise.«

Meine Zunge klebte an meinem Gaumen. Warum hatte Prospero mir nichts verraten?

»Welche Sache?«, fragte ich schließlich lahm.

»Er zog es vor, mir auch nichts zu erzählen.« Claire zog die knochigen Schultern hoch. »Prospero ist gerne ein bisschen undurchsichtig. Das gehört zu seinem Image.«

»Sind Sie … Bist du mit ihm verwandt?«, fragte ich. Wir hatten uns nie von unseren Eltern erzählt, geschweige denn von den Großeltern.

Claire lächelte und schüttelte den Kopf. »Nein, ich lernte ihn vor ein paar Jahren kennen, weil er mit Snark arbeiten wollte. Er hatte von ihm gehört und wollte etwas mit ihm ausprobieren. Ein bisschen in seinen Eingeweiden herumwühlen, sozusagen.«

Claire musste meine Verwirrung bemerkt haben, lächelte aber souverän darüber hinweg.

»Wir haben uns also verabredet und er entpuppte sich als der beste Programmierer, den ich seit Jahren kennengelernt habe. Er hat sogar Snark verstanden.«

»Arbeitete er da schon bei Argos?«, fragte ich. Ja, eine Idiotin. Ich schämte mich, wie wenig ich über Prospero wusste. Er hatte mir nie etwas erzählt, mich nie hinter seine Kulisse blicken lassen. Auf der anderen Seite ließ ich mir genauso ungern in die Karten sehen. Insofern passten wir ausgezeichnet zusammen.

Claire nickte. »Seit zwei Jahren. Es gefiel ihm dort. Er war mit der Verknüpfung von Daten beschäftigt.«

»Der Abgleich der Kamerabilder mit den biometrischen Daten?«, fragte ich und überlegte zugleich, ob Claire verstand, was ich meinte.

Claire sah mich aus ihren wasserblauen Augen an. Der Blick lag irgendwo zwischen Herablassung und Mitleid. »Nein, ich meine natürlich den Abgleich der biometrischen Daten mit dem Gang.«

Der Kellner brachte die beiden Stücke Kirschtorte. Claire bedankte sich knapp und begann zu essen. Das heißt, sie untersuchte erst die einzelnen Lagen der Torte mit geradezu wissenschaftlichem Interesse, dann schnitt sie sich einen schmalen Teil ab wie bei einer Biopsie. »Der individuelle Gang ist wie ein Fingerabdruck. Hat man ihn einmal mit den biometrischen Daten des Gesichts verknüpft, kann man bei einer Aufnahme die Menschen allein anhand ihres Ganges herausfiltern.« Sie musterte mich. »Selbst eine ins Gesicht gezogene Mütze hilft dir dann nicht mehr viel.«

Mein Blick streifte Claires schwarzen Gehstock, der an dem

Marmortisch lehnte. Ich dachte kurz an unseren Weg hierher. Unser Stolpern und Schlurfen. Dann sah ich zu Claire hoch, die mich anlächelte.

»Ich wusste nicht, dass Prospero dieses Programm mitentwickelt hat«, sagte ich schließlich.

Claire drehte den schwarzen Knauf in ihrer Hand hin und her. »Die Möglichkeiten faszinierten ihn. Auf der anderen Seite wurde ihm auch klar, welche Macht Argos mit diesen Verknüpfungen hatte.«

»Aber zunächst war er begeistert?«, fragte ich vorsichtig.

Claire nickte. »Kann man so sagen, ja.«

»Und wann begann sich das zu ändern?«

»Vor zwei Jahren. Das Licht regnete auf ihn herab und er wandelte sich von Saulus zu Paulus.« Claire zog die Augenbrauen hoch. »Ich meine damit, dass er mit dem Gedanken spielte, die Argos-Programme gegen die Firma selbst zu gebrauchen«, fügte sie hinzu, nachdem sie meinen verwirrten Blick aufgefangen hatte.

»Was war passiert?«, fragte ich leise.

»Leute verschwanden. Aus Prosperos Entwicklungsabteilung. Sie waren plötzlich nicht mehr da.«

»Ich weiß«, sagte ich. Ich hatte es von Natascha gehört. Sie hatte es mir einmal an einem langen Abend in der Zentrale erzählt. »Man hatte sie gefeuert.«

Claire nickte geduldig. »Nicht nur das. Sie waren verschwunden. Aus der digitalen Welt getilgt. Keine Einträge in sozialen Netzwerken, keine Spuren. Nichts. Vor allem keine Bilder. Es war also so, als hätte es sie nie gegeben.«

»Es gab keine Spur mehr von ihnen?«, fragte ich.

»Damnatio Memoriae«, murmelte Claire.

»Wie bitte?«

»Die Verdammung des Andenkens. Man hat schon immer versucht, Leute, die sich unbeliebt gemacht haben, auszulöschen. Nicht nur, dass man sie physisch beseitigte. Man entfernte auch alle Inschriften. Ritzte die Buchstaben aus dem Stein, übermalte die Gesichter. Es gibt sie dann nur noch in den Köpfen der Menschen. Nur noch in Erinnerungen. Was sie heute machen, ist nur die digitale Version davon.«

Sie lächelte in sich hinein, ein trauriges Lächeln, das mich seltsam traf.

Dann schenkte sie sich eine weitere Tasse ein. Sie trank ihren Kaffee in einer verblüffenden Geschwindigkeit, wobei die Tasse leicht zitterte, die sie in der Hand hielt. »Bei Prospero scheinen sie ein neues Verfahren angewandt zu haben. Sie lassen ihn nicht verschwinden, sondern sie machen ihn berühmt.«

Sie schnaubte – oder war es ein Lachen? – und setzte ihre Tasse mit einem leichten Klirren auf dem Unterteller ab.

»Ich habe die Bilder im Fernsehen gesehen. Er war natürlich nie dort.«

»Warum bist du dir da so sicher?«, fragte ich.

»Weil er zu der Zeit ein Alibi hat.«

»Okay«, sagte ich langsam.

»Er war bei Snark. Genau zu dem Zeitpunkt, in dem ihn dieses Video in der Tiefgarage zeigte.«

»Du musst das der Polizei erzählen«, entfuhr es mir.

Claire sah mich ernst an. »Das wird uns nichts nützen. Meinst du, sie würden mir glauben?«

Ich starrte Claire an. Sie würden sie für eine etwas zu schrill gekleidete Ausgabe von Miss Marple halten.

»Nein«, sagte ich.

Claire schien nicht beleidigt und lachte leise. »Wir brauchen einen Beweis. Die Originalaufnahme aus der Überwachungskamera. Und am besten dazu denjenigen, der sie bearbeitet hat.«

»Es sah völlig sauber aus«, erwiderte ich. »Wir haben das überprüft.« Oh, wie gerne hätte ich etwas anderes gesagt!

»Überprüft? Was? Die Fernsehbilder?« Claire schüttelte den Kopf. »Es war einfach nur gute Arbeit. Von einem schnellen Bildbearbeiter.«

»Davon gibt es Tausende«, sagte ich.

»Aber nur ganz wenige, die so schnell sind.« Claire lehnte sich zurück und sah mich an. Erwartungsvoll. Ich verstand. Ich sollte das Wunderkind finden, den schnellen genialen Retuscheur. Wie stellte Claire sich das vor? Er oder sie könnte überall sein. Er musste nicht einmal hier in der Stadt sein. Es war nicht schwer, die Datei irgendwo hinzuschicken, sie zu bearbeiten und dann wieder zurückgeschickt zu bekommen.

Claire hackte sich ein weiteres Stück Torte mit der Gabel ab und musterte mich.

»Es heißt nicht ›Selig sind die Kleinmütigen!‹, oder?«

Ich sah sie verwirrt an.

Sie beugte sich nach vorne. »Wenn du eine Nadel im Heuhaufen suchen musst, was nimmst du dann?«

»Eine Mistgabel?«, schlug ich vor.

»Nein«, sagte Claire und schüttelte den Kopf. »Du nimmst einen Magneten.«

19

Ich schlief nicht gut in dieser Nacht und wälzte mich in meiner kleinen Schlafkoje hin und her. Schritte hallten über die Straße und die Beine vor meinem Fenster warfen lang gezogene Schatten auf die Wand. Als ich es dann doch schaffte einzuschlafen, lief ich durch endlose Tunnel und verlor mich in Spiegeln, die mir mein Bild zurückwarfen. Es gab mich hundertfach, hundert blaue und hundert braune Augen, die mich erschreckt anstarrten. Dann sah ich Prospero am Ende des Ganges. Er hatte sein Gesicht abgewandt. Ich streckte den Arm nach ihm aus und lief ihm entgegen, doch je schneller ich versuchte zu ihm zu gelangen, desto weiter entfernte er sich von mir. Am Ende, er war weit weg und winzig, drehte er sich zu mir um und war plötzlich nicht mehr da. Ich blieb stehen und wusste, dass ich es war, die ihn zum Verschwinden gebracht hatte.

Es ist die Nacht, die die Dinge an den Tag bringt. Die Schatten, die Angst, die Vergrößerung unserer Gedanken und Ängste. Ich habe nie verstanden, warum man sagt, die Nacht vergrößert alles und bläht es auf. In Wirklichkeit zeigt sie nur die Dinge, wie sie sind. Monströs. Es ist der Tag, der alles herunterdimmt, er ist ein Lügner mit seiner aufgesetzten Geschäftigkeit, dem geölten und geschmierten Getriebe, in dem man sich so schön vergessen kann. Sich vergessen. Nicht möglich in einer schlaflosen Nacht. Wir sind nicht da, um zu vergessen. Der Tag, dieses pausenlose Herabmindern, das unerhörte Moderieren, Relativieren von allem. Man nennt es Vernunft. Nachts aber trifft es uns mit voller Wucht. Vielleicht ist die Nacht auch nur ehrlich.

Als ich aufwachte, wusste ich für einen Moment nicht mehr, wo ich war.

Mein Bett war zerwühlt. Ich hatte mich anscheinend so oft hin und her gewälzt, dass ich alles zerdrückt hatte. Draußen schien die seltene Novembersonne auf das Pflaster. Sie war von dieser Wohnung immer ausgesperrt, aber ich konnte sehen, wie sie die Beine der Passanten beschien. Einige Frauen hatten schon wieder Pumps und Strumpfhosen angezogen, dunkle zwar, aber es war ein vorsichtig optimistisches Zeichen nach all den Stiefeln der vergangenen Woche. Ich hatte mir die beiden Smartphones auf das altmodische Nachtkästchen gelegt und sah nach, ob eine Nachricht eingegangen war. Auf dem Handy, das mich mit Prospero verband, war keine Nachricht. Ich ließ es noch einmal bei ihm klingeln – vielleicht das fünfzigste Mal seit gestern, mehr aus Gewohnheit als in der Hoffnung, ihn wirklich zu erreichen. Doch ich hörte nur seine Ansage, die für mich immer mehr so klang, als wolle er mich verhöhnen.

Auf dem anderen Telefon war eine Nachricht von Rat, der wissen wollte, wann ich endlich kommen würde. »Bald«, tippte ich ein. »Ich bin bald bei dir.« Als ich auf *Senden* gedrückt hatte, war ich Rat fast dankbar, dass er so ungeduldig auf mich wartete. Zumindest gab er mir dadurch ein Ziel und bewahrte mich davor, in meiner Wohnung hin und her zu rennen wie eine Labormaus im Käfig.

Doch als ich eine halbe Stunde später in der Zentrale eintraf, fand ich alles verwaist. Rat war nicht da, nur ein paar seiner Papierchen und sein dünner zusammengeknüllter roter Schlafsack lagen in der Ecke.

Ich setzte mich auf einen der Plüschsessel – er war bequem,

wie alles, was Prospero dagelassen hatte –, dann hörte ich hinter dem Schreibtisch ein scharrendes Geräusch. »Komm her!«, sagte ich leise. Ein Kater erschien zwischen den Tischbeinen. Ein struppiges schwarz-weißes Exemplar, das mir nun mit einem Satz auf den Schoss sprang.

Als er uns zulief und wir anfingen, jeden Tag eine kleine Schüssel Katzenfutter für ihn aufzustellen, war eine kleine Diskussion darüber entbrannt, wie wir ihn nennen sollten. Natascha, die eine Schwäche für Kryptografie hatte, schlug »Turing« oder »Enigma« vor, Sam hatte die Idee, ihn »Schrödinger« zu taufen, und kritzelte den Namen – mit oe statt ö – auf ein Blatt Papier. Aber das lehnte ich ab. Denn es gab zwar Schrödingers Katze, aber der Kater konnte ja unmöglich sich selbst gehören. Rat schlug darauf hin »Grinsekatze« vor, aber es war Prospero, der die Sache entschied. »Ich möchte, dass er Lewis Carroll heißt«, sagte er, damals, »Lewis Carroll bringt uns Glück.« Er lächelte mich dabei an, und wie immer wusste ich nicht, wie ich seinen Blick deuten sollte.

»Lass uns sehen, ob wir Prospero finden!«, flüsterte ich dem Kater zu. Meine Stimme klang seltsam zittrig.

Ich fuhr den Computer hoch, loggte mich in das Argos-Intranet ein und rief eine Datei auf, in der die Standpunkte der Argos-Kameras in der Stadt aufgezeichnet waren. Es war ein Stadtplan, der über und über mit roten Punkten bedeckt war. Das flächendeckende Überwachungsnetz von ARGOS-Sicherheitstechnik. Jede Woche wurden es mehr Punkte, Laternen wurden umgerüstet, Ampelkameras aufgestellt. Ich zoomte auf Prosperos Straße, in der es allein 17 Standpunkte gab. Und tatsächlich, es gab eine Kamera schräg gegenüber der 21. Kamera Nummer 45/x3.

»Emily?«

Als ich mich umdrehte, sah ich Rat. Er sah besser aus als gestern, seine Augen waren nicht mehr so rot und in seinem Gesicht war ein neuer Ausdruck, der ihn viel erwachsener machte. Er zog seinen Rucksack über der riesigen Daunenjacke aus. Als er ihn auf dem Tisch abstellte, hörte ich einen dumpfen Aufschlag.

»War Farbe besorgen«, erklärte er. Rat sprayte. Er hatte ein tag für Dark Noise erfunden und sprühte es an die Eingänge zur Unterwelt. Er markierte sein Revier. Das Kürzel war so verschnörkelt, dass keiner außer uns die Buchstaben erkennen konnte. Er konnte jeden Namen und jeden Spruch in seine Schnörkelschrift übersetzen und glaubte, hinter den Buchstaben noch mehr als nur den Laut zu sehen, den sie verkörperten. Als ob die Buchstaben nur Chiffren wären für etwas anderes, das hinter ihnen stand. Auf seinem Weg ließ er Geheimnisse hinter sich und er versteckte sich in seinen rätselhaften Buchstaben. Rat liebte Geheimnisse. Genau wie Prospero. Genau wie wir alle.

»Hi, Rat.« Ich nickte und drehte mich dann wieder zu dem Monitor.

Er sah mich an und setzte sich neben mich. Ich zoomte auf den roten Punkt in dem Stadtplan. »Findest du einen Zugang zu den Aufzeichnungen von dieser Kamera?«

»Prosperos Wohnung?«, fragte Rat.

Ich nickte. »Ich brauche mindestens die letzten drei Tage.«

Rat sah mich an und verstand. Er loggte sich ein, klickte auf die Kamera und bekam ein paar Daten auf den Schirm. Er probierte ein paar Zugangsberechtigungen aus und hatte bald darauf ein Überwachungsbild auf dem Monitor. Es war sonnig, man konnte das Haus von schräg oben sehen. Eine ungewöhnliche Perspektive, aufgenommen mit einem Superweitwinkel, der die eckigen Kanten abrundete, aber so viel wie möglich von der Straße zeigte.

»Sieht aus wie eine der Laternenkameras«, sagte Rat. Eine Laternenkamera. Damit hatte Argos angefangen. Die Firma ersetzte alte Glühlichtlampen durch LED-Leuchten und baute zugleich Kameras ein. Mit dem Argument, dass man die Menge der Passanten messen wollte, die an einer Laterne vorbeigingen, um die Laternen gegebenenfalls herunterdimmen zu können, wurde so eine flächendeckende Straßenüberwachung geschaffen. Die Kameradaten wurden nicht über das Internet übertragen, sondern in dem firmeneigenen Argos-Intranet gespeichert, das angeblich als ganz besonders sicher und unmöglich zu hacken galt. Aber das traf natürlich nur für Außenstehende zu. Wir hatten alle Zugangsdaten von Prospero. Und das, was für ihn nicht freigegeben war, hatten Rat und ich trotzdem herausgefunden.

Ich starrte auf die Zeitangabe, die links oben zu sehen war. Unten fuhren Fahrradfahrer vorbei.

»Das ist *jetzt*«, sagte ich.

Rat nickte. »Ein Livelink.«

»Was ist mit den Aufzeichnungen?«, fragte ich.

Rat probierte einiges aus. Seine Nasenspitze war rot gewesen von der Kälte und nahm nun eine weißliche Färbung an, wie immer, wenn er sich konzentrierte. Es war beruhigend, ihn neben mir zu wissen.

»Die Aufzeichnungen lassen sich nicht öffnen!«, sagte er. »Ich bekomme keinen Zugang.«

Ich fluchte leise, nahm die zweite Tastatur, loggte mich ein und versuchte es parallel.

»Ich komme an die Aufzeichnungen der anderen Kameras«, sagte ich. »Aber die hier ist gesperrt.«

»Weißt du, wer sie gesperrt hat?«, fragte Rat. »Jemand von außen? Die Polizei?«

Ich schüttelte den Kopf. »Sieht so aus, als wäre es Argos selbst gewesen.« Wir beugten uns vor. Es schien interessant zu werden. Dann hob Rat die Hand.

»Warte mal! Das könnte gehen. Es gibt hier noch ein Back-up. Sie haben vergessen, das Back-up zu verschlüsseln!« Er grinste. Dann holte er sich eine Videodatei auf den Monitor.

Ja! Es waren die gespeicherten Aufzeichnungen. 96 Stunden zurück. Vier Tage.

Ich nickte Rat zu und zog die Timeline zurück zu dem Morgen, an dem ich Prospero das letzte Mal gesehen hatte. Es war vor nur drei Tagen gewesen, fühlte sich aber jetzt an, als wäre es aus einem anderen Leben. Auf dem Bild war es noch dunkel, aber die Nacht wich bereits einem hellen Blau, der Nebel hing zwischen den Lampen und versperrte die Sicht, dann verflüchtigte er sich langsam. Eine Weile war nur das Haus zu sehen. Es lag still und mächtig hinter den Alleebäumen. Ein Mann, der einen Wagen hinter sich herzog, betrat das Bild, holte etwas aus seinem Wagen, sperrte die Tür auf und ging hinein – der Zeitungsausträger. Die Briefkästen waren innen, daran erinnerte ich mich. Ich sah ihn die Tür von innen wieder öffnen und weiterziehen, dann ging ich in der Zeit ein bisschen weiter, stockte kurz, um mir die Bewegung im Bild anzusehen. Aber da war nichts. Einmal fuhr eine Kehrmaschine vorbei, dann ein Fahrradfahrer. Hinter einem Fenster wurde das Licht angeknipst und ich zuckte zusammen, als mir klar wurde, dass es Prosperos Fenster war. Es musste sein Fenster sein, dritter Stock links ohne Vorhänge. Vielleicht eine halbe Stunde, nachdem das Fenster erleuchtet war, öffnete sich die Tür und heraus kam eine Frau. Sie trug einen leuchtend roten

Schal und ging mit energischen kurzen Schritten die Straße hinunter und aus dem Bild. Ich kannte die Frau, obwohl sie mir hier auf der Aufzeichnung fremd war. Ich war es selbst. Ich konnte mich weder an den Augenblick erinnern, als ich die Tür aufgestoßen hatte. Noch an die Straße. Ich weiß nur, dass es sehr früh war, 6:43 Uhr sagte die Anzeige oben. Ich weiß, dass es kurz davor war, hell zu werden, ich erinnere mich an die neblige Kälte und an eine unbestimmte Wut, von der ich nun glaubte, sie aus meinen kleinen Schritten herauslesen zu können. Ich war nur im Profil zu sehen; der Gesichtsausdruck verriet nichts von meinen Gefühlen. Ich hielt die Aufnahme an, zoomte einen Moment nach oben in der Hoffnung, Prospero am Fenster zu sehen. Prospero, der mir nachsieht. Aber das Fenster blieb leer. Es war noch immer das einzig erleuchtete Fenster in der Häuserfassade und sah aus wie das einzelne Auge im Gesicht eines abweisenden Riesen. Prospero hatte mir nicht nachgesehen. Ich hätte ihn fragen sollen, an jenem letzten Morgen. Ich hätte nicht einfach so gehen dürfen. Ich dachte an seinen Blick, den ich nicht verstand. Ich hielt das, worüber wir uns unterhalten hatten, für eine rein theoretische Diskussion, ein müßiges Gedankenspiel. Wie hätte ich ahnen sollen, dass er schon längst alles geplant hatte, und vor allem, dass ich in seinen Plänen nicht vorkam? Ich war wütend auf ihn und fühlte mich schuldig zugleich. Es war ein komisches Gemisch, das in mir gärte. Je mehr Schuld, desto mehr Wut.

»Hey, Emily, willst du nicht vorspulen?« Das war Rats Stimme neben mir. »Sonst brauchen wir drei volle Tage, um die 72 Stunden zu sehen.«

»Hmm, ja.« Ich scrollte den roten Strich weiter. Der Tag schnurrte zusammen. Autos flitzten vorbei, Fußgänger, Fahrradfahrer auf dem Radweg neben dem Bürgersteig. Schulkinder gingen durch die Tür. Dann andere Bewohner. Die meisten waren von vorne zu sehen, als sie die Tür öffneten. Wir zoomten hin, sahen die Gesichter in Großaufnahme und guter Auflösung auf dem Monitor und glichen sie mit dem Gesichtserkennungsprogramm von Argos ab. Dabei wurden die Aufnahmen mit den biometrischen Daten der Personen, die in den Pässen gespeichert sind, verglichen. Wir hatten 15 Treffer. 14 von ihnen wohnten tatsächlich in dem Haus. Nur eine Frau war in einem anderen Stadtviertel gemeldet.

Es wurde hell, die Lichter in den Fenstern gingen aus. Auch Prosperos Fenster war nun ein schwarzes rechteckiges Loch. Ein Postbote kam. Mehrere Male der Paketdienst. Der Schreibwarenladen links öffnete seine Pforten. Prospero war immer noch nicht zu sehen. Bis zum späten Nachmittag hatte er das Haus nicht verlassen, außer er war über den Hinterhof geflogen, aber diese Art von Fähigkeiten traute ich nicht mal Prospero zu.

»Warum wohl Argos diese Aufzeichnungen besonders gesichert hat?«, fragte ich, nachdem wir gerade eine Stunde lang nur Schulkinder beobachtet hatten, die sich Süßigkeiten aus dem Laden holten. Rat zuckte mit den Achseln und scrollte weiter. »Vielleicht um uns zu langweilen.«

Es wurde Abend. Regen fiel und der Himmel hatte sich verdüstert. Das Haus bekam etwas Abweisendes, wie ein müdes träges Bauwerk, das auf die Menschen vor seinem Sockel hinabblickt. Ich überlegte, was Prospero wohl die ganze Zeit hinter seinem Fenster, das immer noch dunkel war, getan hatte. Hatte er sich auf das Treffen mit Kahane vorbereitet? Alles zusammengepackt? Hatte er noch ein letztes Mal geprüft, ob er alle Daten auf seinen Stick gezogen hatte?

»Da!«, flüsterte Rat plötzlich. »Wir haben ihn!« Die Straßenlaternen gingen an und warfen ihr helles LED-Licht auf das Gebäude. Prospero verließ das Haus. Er war allein und hatte genau das an, was er in dem Überwachungsvideo der Tiefgarage trug. Die Tasche mit dem Strichmännchen, die er immer so besonders cool fand, hing über seiner linken Schulter. Er ging ohne Eile aus der Tür, schenkte der Kamera keinen bedeutungsschweren Blick, sondern schlenderte einfach aus dem Bild, als ob er sich nur eine Packung Zigaretten kaufen wollte.

Ich sah Rat an. »Können wir *TrackFast* auf ihn anlegen?«

TrackFast war ein wirklich gutes Programm. Das musste man Argos lassen.

Es war schnell, zuverlässig und äußerst effektiv. Man kann es sich ungefähr so vorstellen wie die Personensuche bei Google. Man gab einen Namen ein, das Programm zeigte ein Foto und die biometrischen Daten. Dann gab man einen Zeitraum ein und das Programm spuckte dir alle Bilder aus, die zu der Zeit von der betreffenden Person gemacht wurden. Rat schob das Bild auf den linken Monitor und zog sich auf die rechte Seite das Trackingprogramm. Er gab in die Suchmaske die Zeit, die Kamera und Prosperos biometrische Daten ein. Wir warteten. Dann kamen die Ergebnisse.

Null Treffer.

Rat kratzte sich am Kopf. »Ich weiß nicht, wie er es gemacht hat, aber nach dieser Aufnahme ist er verschwunden.«

»Hast du auch die Funktion mit dem Gang eingeschaltet?«, fragte ich.

Rat nickte. »Klar, wofür hältst du mich?«

»Man hat sein Andenken verbannt«, flüsterte ich.

»Was?«

»Ach, nichts.«

»Sollen wir nun noch weitersehen?«, fragte Rat und klickte unentschlossen auf der Aufzeichnung herum.

Ich zögerte. Vielleicht kam Prospero ja wieder? Vielleicht hatte er etwas vergessen?

»Lass uns die Nacht noch ansehen«, sagte ich. Rat zuckte mit den Schultern und wir starrten weiter auf den Monitor.

Ich zog den roten Timelinestrich weiter nach vorne. Die meisten Bewohner – 13 – kamen wieder zurück. Zwei gingen wieder hinaus. Einmal klingelte ein Paketbote und wurde dann eingelassen. Der Feierabendverkehr verebbte. Hinter den meisten Fenstern wurde es hell. Blaues Fernsehlicht flackerte auf.

Längere Zeit geschah nichts und wir spulten schnell nach vorne.

»Warte! Halt an!«, sagte ich.

»Was ist?«

»Das Licht!« Ich beugte mich nach vorne und deutete auf das Fenster im dritten Stock. »Hinter Prosperos Fenster ist das Licht angegangen!«

Wir sahen uns kurz an.

»Er ist zurück?«, fragte Rat. »Wann? Ich habe ihn nicht gesehen.«

»Ich auch nicht«, sagte ich leise.

Ich zog vorsichtig die Timeline nach links. Kurz bevor das Licht anging. Drei oder vier Minuten vorher. Vor der Tür stand ein Mann. Er war sehr groß, hatte kurze dunkle Locken und brauchte auffallend lange, um die Tür zu öffnen.

»Ist das nicht einer von den Bewohnern?«, fragte ich.

Rat zoomte auf sein Gesicht. Es war nur von der Seite zu sehen. Eine Narbe zog sich von der Wange zum Mundwinkel.

»Ich kann das mit dem biometrischen Datenbestand nicht

abgleichen«, sagte Rat. Wir sahen, wie der Mann endlich die Tür aufbekam. Fünf Minuten nachdem er im Treppenhaus verschwunden war, ging in Prosperos Zimmer das Licht an. »Okay«, sagte Rat. Wir spulten nach vorne. Der Mann kam nicht heraus, dafür erschien ein dicker glatzköpfiger Mann, klein, mit einem großen Styroporbehälter, der klingelte, hineinging und fünf Minuten später wieder herauskam.

»Nur ein Pizzabote«, sagte Rat. »Wer weiß, wo der war.«

Wir warteten. Das Licht im dritten Stock erlosch und wenig später trat der Mann mit den dunklen Locken unten vor die Tür. Er zog sich eine Kapuze über den Kopf und verschwand.

Ich fuhr in der Timeline schnell nach vorne. Stundenlang bewegte sich nichts. »Hey, warte!«, sagte Rat. »Da ist noch etwas.« Es war spät. Weit nach Mitternacht. Ein Mann stand vor dem Haus. Vielleicht eher ein Junge. Er bewegte sich nicht und schien nur das Haus anzustarren. Dann ging er zur Tür, aber ohne zu klingeln. Ich spürte ein leichtes Kribbeln, das sich mir den Nacken hinunterzog.

»Rat, was macht er da? Kannst du zoomen?«, fragte ich.

Rat hielt das Bild an und schaltete auf den anderen Monitor.

»Er macht ein Bild von den Klingelschildern. Siehst du?«

Ich zögerte. Irgendetwas an der Haltung des Jungen kam mir bekannt vor. So als hätte ich ihn schon einmal gesehen.

»Warte mal! Hast du eine Aufnahme, wo man ihn von vorne sieht?«

»Keine Ahnung, vielleicht wenn er geht.«

Rat schaltete herum. »Hier.«

Ich starrte auf die Aufnahme und sah sein Gesicht. Ich hatte ihm die Nummer nicht gegeben.

Es war der Junge aus dem Café.

20

Nun, ich weiß, eigentlich ist das Zafers Geschichte. Nicht dass ihr denkt, sie wäre schon zu Ende und ich hätte mich schon von ihm verabschiedet. Oh nein! In gewisser Weise fängt sie erst an. Während hier mein anderes Ich vor dem Monitor sitzt und im Dunklen tappt, nehme ich euch mit in ein Gebäude weit jenseits der Zentrale. Ein ziemlich hässliches Gebäude aus den 70er-Jahren, das mal modern und fortschrittlich aussehen sollte und nun aus schmutzigen Betonfertigbausteinen besteht. Zwischen dem Grau sind vereinzelt grün gestrichene Platten, die wohl Hoffnung symbolisieren sollen. Etwas, was man hier bitter nötig hat. Zafer liegt dort. Weiße Laken, eine in hellerem Grün als draußen getünchte Wand, die nun beruhigen soll, neben ihm zwei Betten mit Rädern und verstellbaren Rückenlehnen, einem Dreieck, das von einer Stange herunterbaumelt wie der Strick von einem Galgen und dazu gedacht ist, sich hochzuziehen. Der Geruch nach Schweiß, Angst und Desinfektionsmitteln, der Dreiklang eines Krankenbettes. Es dämmert und wird langsam hell. Ich weiß nichts von seinen Träumen zu erzählen. Ob die Augen darin vorkommen? Raupen oder Schmetterlinge oder viele andere leuchtende Details, Dinge, die von innen strahlen, phosphoreszierend in der Dunkelheit?

Würde ich nicht nur auf Zafer starren, der dort lag, schmal und bleich, wäre mir vielleicht der Schatten aufgefallen. Er gehörte einem, den nicht einmal der Tag weniger furchterregend machte. Der Schatten drückte sich in den Gängen herum.

Huschte über die Korridore, war wachsam und hoffte. Nicht das, was ihr hofft – schätze ich. Eigentlich das genaue Gegenteil davon.

Zafer schwebte. Er war eine Weile zwischen den Welten. In einer weißen Blase. Alles schien leicht und einfach. Sein Kopf war getroffen, aber das machte nichts aus. Nichts machte mehr etwas aus. Er war einfach nur müde und durfte alles vergessen. Er sah Wasser und versuchte, darüberzugleiten. Er konnte fliegen, es ging wie schwimmen, ganz dicht über der Wasseroberfläche. Schwimmbewegungen in der Luft. Er war wieder ein kleiner Junge und schwamm *über* dem Wasser, und die anderen sahen ihm zu. Es machte ihm nichts aus.

Sollte er weiterfliegen, vielleicht höher, und dann im weißen Nichts verschwinden? Es war über ihm, das weiße Nichts, und es zog ihn an. Dort wäre es ruhig und still. Oder sollte er zurück auf den Grund und ins Wasser tauchen? Er konnte sich entscheiden. Ja, er konnte sich entscheiden. Zwei Bewegungen noch, eine, dann …

Das Wasser. Er entschied sich für das Wasser. Es war kalt. Erst ging er unter. Er strampelte, kämpfte, holte Luft, schließlich streckte er den Kopf heraus.

Das Erste, was Zafer sah, als er auftauchte, war Charis. Ihre schwarze Silhouette zeichnete sich gegen das weiße Licht ab wie ein Schattenriss. Zafer starrte auf das Profil. Es war perfekt. Nichts zu verbessern. Charis würde sehr schön sein, wenn sie erwachsen war. Sie schien ihn nicht anzusehen, sondern blickte nach unten. Dabei kaute sie auf einem Kaugummi herum, den sie nach einer Weile zu einer Blase formte. Einer durchsichtigen Kaublase, um die Zafer sie beneidete. Man musste den Kaugummi mit der Zungenspitze gegen die vorderen Schneidezähne drücken und dann auf eine geheimnisvolle Art aufblasen. Letzteres war das, woran er immer gescheitert war. Die Luft entwich ihm immer zu beiden Seiten der Zunge und nicht in die Mitte der Kaumasse. Er hatte einfach eine schlechte Technik. Die Blase platzte – merkwürdig leise – und Zafer hob die Hand. Sie war seltsam schwer und etwas Fremdes steckte im Handrücken. Eine Kanüle. Daran ein durchsichtiger Schlauch mit einer klaren Flüssigkeit, der nach oben führte. Nach oben? Zafer versuchte den Kopf zu wenden, aber ein scharfer Schmerz zerriss ihm fast den Schädel und weiße Punkte tanzten vor seinen Augen. Für einen Moment bedauerte er, dass er sich nicht für das weiße Nichts entschieden hatte. Er hatte den Schmerz vergessen. Jenseits des weißen Lichts war der Schmerz.

»Zafer!« Die Blase war verschwunden. Charis sah ihn an. »Hey!« Sie saß vor einem Fenster. Einem Fenster mit weißen Griffen und gelblichen Vorhängen mit einem Muster, die er noch nie gesehen hatte. Draußen ragten die Spitzen kahler Bäume in einen blauen Himmel. Wieso war der Himmel nicht mehr weiß?

»Hey, Charis, wo bin ich?«, wollte Zafer sagen, aber er kam über ein »Hey« nicht hinaus und schon das klang komisch. Was war nur mit seinem Kopf geschehen? Die Worte formten sich in ihm, aber er konnte sie nicht ausspucken. Er wandte vorsichtig den Kopf zur Seite und spürte ein Schwindelgefühl, das immer stärker wurde. Sein Kopf drehte sich in einer Wäschetrommel und die Übelkeit nahm zu. Sie überschwemmte ihn wie eine Welle und er hatte das Gefühl, sich gleich übergeben zu müssen.

»Schau mal!«, sagte Charis. »Über dreieinhalb Millionen

Punkte.« Sie hielt ihr Handy vor sein Gesicht. Es war verschwommen. Er stellte seinen Blick mit großer Willensanstrengung scharf. *Creature Dust.* Zafer lag eine Erwiderung auf der Zunge, aber er kam nicht dazu, sie zu äußern. Seine Zunge war zu schwer.

»Besser als du! Über zwei Millonen hast du's nie geschafft«, sagte Charis.

Zafer hob lahm die Hand. »Kommt auf das Level an«, versuchte er zu sagen, aber die Worte blieben wieder nur in seinem Kopf.

»Nicht aufregen«, sagte Charis leise. »Du sollst komplett ruhig liegen und dich so wenig wie möglich bewegen.«

Die Übelkeit war überwältigend. Er konnte sich nicht vorstellen, je wieder etwas zu essen, obwohl er spürte, wie sein Magen knurrte. Charis legte ihm sanft die Hand auf den Arm.

»Du gehst besser nie mehr raus!« Es sollte ein Scherz sein, aber Zafer spürte ihren besorgten Blick und ihre verzweifelte Anstrengung, locker zu klingen. »Du machst es wie Mama. Du bleibst einfach zu Hause und ich bring dir dann immer Essen, okay?«

Zafer sah sie an.

Sie wischte sich mit dem Ärmel ihres Sweatshirts schnell über die Augen. Der Ärmel hatte graue Ränder und ein paar Flecken, braune Sprenkel, die über den Stoff liefen.

»Es wäre richtig scheiße, wenn du nicht mehr leben würdest, weißt du?« Charis' Stimme zitterte, dann – als habe sie mit sich selbst etwas abgemacht – setzte sie sich aufrecht hin. »Also, ich sag dir genau, was passiert ist. Du bist diese Straße entlanggerannt, morgens, keine Ahnung, warum. Die Zeugen hielten dich für einen Jogger.« Sie sah ihn aufmerksam an und schnaubte kurz. »Du – ein Jogger, ha ha! Dann bist du in dieses

Auto gelaufen, das aus der Einfahrt kam. Einfach hinein und es nahm dich voll mit.« Charis stieß mit ihrer Faust gegen die Handfläche. Sie war ein bisschen zu laut und zu fahrig und Zafer begriff plötzlich, dass sie Angst hatte. »Wumm! Voll krass. Dein Kopf ist einfach gegen die Säule geknallt. Ein Wunder, dass du noch lebst.«

Triplemint. Ihm fiel eine Schrift wieder ein. Sie war groß, mit Serifen, und er sah einen lachenden, leicht geöffneten Mund mit einer Reihe strahlend weißer Zähne. Sie waren eine Spur zu hell gewesen, so wirkten sie furchterregend. Er hätte die Farbe etwas anders eingestellt, sie leicht ins Beige gehen lassen, um sie menschlicher zu machen. Sie waren auf einer gekrümmten Wand. Die Straße mit den hohen Bäumen und das Licht, das zwischen den Zweigen aufblitzte, ein Kind mit goldenen Locken. Und da war noch jemand. Er fasste sich an den Kopf, was sehr lange dauerte. Ungefähr in der Mitte, an seinem Scheitel, schmerzte es besonders, wenn er vorsichtig daraufdrückte. Hier war der Aufprall gewesen. Ein dumpfes Geräusch, an das er sich genau erinnern konnte. Klonk.

Er hatte körperliche Erinnerungen, etwas, von dem er vorher gar nicht wusste, dass es das gab. Er hatte immer gedacht, Erinnerungen wären nur Bilder oder Töne. Aber nun hatte er ein Erinnern an den Aufschlag. Er spürte seinen Kopf aufprallen, zwar ohne den Schmerz, aber doch mit dem Schrecken, der damit verbunden war.

Er war gelaufen. Warum war er gelaufen?

Charis blickte ihn an.

»Sie haben zu Hause angerufen. Keine Ahnung, woher sie die Nummer hatten. Und dann bin ich gleich los.«

Sie schwiegen eine Weile. Draußen hörte er Schritte und

Stimmen. Etwas mit Rollen wurde vorbeigeschoben. Er wandte seinen Kopf nach rechts. Dort war eine Tür. Dahinter wahrscheinlich ein Korridor. Dort war das *Draußen*.

»Ich war die ganze Nacht hier.« Charis zuckte mit den Schultern. »War ziemlich unbequem.« Sie rutschte auf dem Stuhl herum. Zafer sah hinter sie, gerade so, als würde er dort noch jemanden erwarten.

Charis verstand seinen Blick und zog die Schultern hoch.

»Mama lässt dir natürlich Grüße ausrichten. Sie kann nicht kommen, weil ... weil ... sie hat Grippe. Vielleicht ... bestimmt kommt sie später.«

Er sah Charis an und sie blickte zurück. Ein Einverständnis, ein eingeübtes Spiel. Es sollte eine Normalität vortäuschen, die es nie gab. Seine Mutter richtete ihm keine Grüße aus. Sie hatte weder die Grippe noch würde sie je kommen. Aber er konnte sie sehen. Auf dem Sofa. Die Gardinen zugezogen und die Hände über dem Kopf gekreuzt. Die Arme abgemagert und die Stimme nur noch ein Flüstern. Sie war in ihrer eigenen Welt, aus der sie niemand herausholen konnte. Er hatte es versucht. Er hatte es versucht, seit er denken konnte. Natürlich würde sie nicht kommen. Sie würde nie kommen, weil die Dunkelheit sie sich mit langen Fingern geholt und dann verschluckt hatte.

Zafer nahm Charis' Hand und drückte sie kurz, dann schlug die nächste Welle über ihm zusammen.

»Aber draußen wartet jemand. Ich glaube, es ist ein Freund von dir«, sagte Charis. »Hat er zumindest gesagt. Er wartet schon ewig.«

Zafer stutzte. Ein Freund? Er konnte sich nicht daran erinnern, je einen Freund gehabt zu haben. Oder hatte er es einfach vergessen?

»Ich hol ihn, ja?« Ohne eine Antwort abzuwarten, schlüpfte seine Schwester zur Tür hinaus. Er hörte sie mit jemandem im Korridor sprechen, kurz bevor sich die Tür wieder öffnete. Ein Mann stand im Türrahmen. Er war groß, mit einer Narbe auf der rechten Seite, die von der Wange bis zum Mundwinkel führte.

21

Zafer beherrschte immer noch die Technik des Fliegens.

Er wusste, wie er aus sich selbst aussteigen konnte. Er hatte es schon oft getan. Es gibt diesen scharfen Ruck und eine komische verlorene Angst, wenn die Seele den Körper verlässt, aber dann war es nicht weiter schlimm. Seele. Zafer nannte es Seele, es war für ihn das Wort, das am ehesten dieses längliche luftige Gebilde beschrieb, das in seinem Körper steckte.

Am besten trennte sich also die Seele, wenn er dem, was gerade passierte, nicht weiter Aufmerksamkeit schenkte, sondern sich auf etwas anderes konzentrierte. Und so starrte Zafer, während der Mann sprach, auf die Vorhänge am Fenster. Sie waren gelb und hatten ein Muster aus hellgrünen, roten und blauen Füllhörnern, die eigentümlich in sich gedreht waren und sich bei näherer Betrachtung als Wurmlöcher entpuppten. Ein ziemlich merkwürdiges Muster für ein Krankenhaus, aber vielleicht hatte sich der, der es ausgesucht hatte, etwas dabei gedacht. Es waren Schlupflöcher. Kleine, in sich gedrehte Fluchttunnel für die Seele. Die Streifen, die sich in den Spiralen verdrehten, wurden immer dünner und kleiner, kleiner und kleiner, bis man glaubte, sie seien nicht mehr da. Aber nur weil man sie nicht mehr sehen konnte, hieß das noch lange nicht, dass sie nicht existierten. Durch eines der Wurmlöcher würde Zafer in einen anderen Raum gelangen. Oder in eine andere Zeit. Vielleicht in eine andere Zeit, in der er noch alle Erinnerungen besaß und sie nicht wie unverbundene Nebelfetzen in seinem Gehirn waberten. So war ihm einigermaßen klar, wer er selbst war, aber er konnte den Mann, der neben ihm saß und mit seiner komisch hohen Stimme ununterbrochen auf ihn einredete, nicht zuordnen. Er war einfach hereinspaziert, hatte den Eisenständer mit Zafers Tropf beiseitegeschoben und sich nicht auf den Besucherstuhl, sondern direkt auf Zafers Bett gesetzt. Zafer hatte die unangenehme Hitze gespürt, die von ihm ausging. Er hatte versucht, von ihm wegzurücken, kam aber nicht weit, da auf der anderen Seite das Bett zu Ende war.

Der Mann hatte sich mit »Dominik« vorgestellt und den Satz hinzugefügt, dass Zafer keine Angst vor ihm zu haben brauchte. Schließlich stünden sie ja auf der gleichen Seite. Zafer fragte sich, wo das sei. Auf der gleichen Seite. Er kannte das Gesicht; er wusste aber, dass es nicht zu seiner Seite gehörte. Im Gegenteil, es war auf der anderen Seite des Monitors. Er hatte es gelöscht, einfach ein leeres Bild darübergelegt und es so zum Verschwinden gebracht. Jetzt bedauerte er, dass ihm diese Möglichkeit nicht zur Verfügung stand, und so zog er es vor, zu fliegen und dabei den Mann auf leise zu stellen, um nicht mitzubekommen, was er sagte. Es gab aber einzelne Worte, die aus dem Hintergrundrauschen zu seinem Bewusstsein vordrangen. Besonders ein Wort verhakte sich in seinem Kopf. *Laurin.* Er hatte es schon einmal gehört. Nein, nicht gehört. Es war niedergeschrieben. Er sah es in seinem Kopf auf einem Blatt Papier – oder war es der Monitor seines Computers? Also, ab durch den Tunnel! Zurück in sein Zimmer! Dort stand sein Rechner, dort in dem Monitor würde er vielleicht seine Vergangenheit sehen. LAURIN. Die Erinnerung selbst war verloren, alles, was er hatte, war ein Gefühl, das er mit dem Wort verband. Er konnte das Gefühl genau benennen, denn es ähnelte dem, das er seine ganze Kindheit hindurch gefühlt hatte, und jetzt schwappte es in ihm mit einer hässlichen grauen Welle nach oben: Schuld.

Da verstummte das Rauschen. Der Mann hatte aufgehört zu sprechen und sah ihn an. Zafer riss sich von den Wurmlöchern weg und holte sich wieder zurück. Es gab wieder diesen gleichen unangenehmen Ruck, als er in sich hineinflog, dann war er wieder mit sich deckungsgleich. Blöderweise konnte er niemandem erklären, was er da genau machte, und er überlegte sich, dass er gerne eine Pausentaste hätte, um die Zeit anzuhalten und sich damit ein bisschen Luft für Überlegungen zu verschaffen. Auch konnte er den Mann nicht zurückspulen und die Tonspur wieder hinzufügen, denn nun sah es so aus, als erwarte er eine Antwort auf eine Frage, die Zafer nicht mitbekommen hatte.

Glücklicherweise öffnete sich in diesem Augenblick die Tür und eine Krankenschwester mit einem Servierwagen kam herein. Sie rollte auf Zafer zu, ein Wagen mit kleinen scheppernden Rollen und einem grauen Tablett auf der silbernen Oberfläche. Die Krankenschwester, eine zähe ältere Frau mit kurz geschnittenen schwarzen Haaren, musterte den Mann auf dem Bett, zog die dichten Brauen zusammen, sagte aber nichts. Sie klappte wortlos das Tischchen von Zafers Nachttischkasten ein und stellte mit einem Knall das Tablett darauf.

Dann warf sie noch einen Blick auf Zafer, zog die Vorhänge zurück und öffnete das Fenster. Die Wurmlöcher verschwanden in den Stofffalten. Der Wagen wurde wieder hinausgerollt und ein kalter Luftzug drang durch das Fenster, wofür Zafer dankbar war, denn es minderte die Hitze, die von dem Mann neben ihm ausging.

Der Mann lüftete den Deckel, der sich über dem Tablett wölbte. Zafer sah auf das Essen. Das Huhn hatte eine gelbliche poröse Haut und der Reis war durchsichtig und von einer braunen Sauce überzogen. Zafer wurde von widerstrebenden Gefühlen beinahe auseinandergerissen. Sein Magen knurrte, aber es war ihm auch schlecht.

»Keinen Hunger, was?«, sagte der Mann, der ihn beobachtet hatte. »Hab ich mir schon gedacht. Hatte auch mal eine Gehirnerschütterung. Habe tagelang gekotzt. Was gegessen und es dann gleich herausgekotzt.«

Er löste einen Hühnerflügel ab. Es knackte leise. »Ich war nicht im Krankenhaus. Hielt das für Zeitverschwendung. Aber schlecht war mir drei Wochen.« Der Mann war ein wenig näher gerückt und seine Nähe überrumpelte Zafer. Er wusste, dass der Mann hier nicht sitzen sollte. Er gehörte auf die andere Seite. Er war nichts als eine Wolke aus Pixeln. Dummerweise saß sie hier, strahlte Hitze ab und aß sein Huhn auf.

»Also. Sind wir im Geschäft?«

Bratensaft lief ihm über die Finger. Er hatte kräftige Hände mit breiten Nägeln, die kurz geschnitten waren. Ein bisschen Schmutz befand sich unter dem Daumen und dem Zeigefinger. Ein schmaler schwarzer Rand. »Das ist das, was ich vorhin meinte. Du musst nicht die ganze Zeit dort sein. Du kannst auch die meiste Zeit von zu Hause aus arbeiten. Du hast alle Freiheiten.«

Er fischte sich einen Knochen aus dem Mund, legte ihn auf das zerkratzte Tablett und wischte sich den Mund mit der Serviette ab.

»Es ist ein einmaliges Angebot, Zafer! Ich an deiner Stelle würde es nicht ablehnen.« Die Worte des Mannes klangen einstudiert. So als habe er sie schon einmal jemandem gesagt.

Oder als habe er sich schon länger darauf vorbereitet, sie zu sagen. Es war wie in einem Theaterstück, nur wusste Zafer dabei nicht, welche Rolle ihm zukam. Der Mann holte etwas aus seiner Jacke und legte es auf den Tisch neben dem Tablett. Es war eine graue Visitenkarte. Zafer konnte verschwommene Buchstaben erkennen. Eine Adresse. Vor allem aber ein Auge. Es war in der Mitte der Karte in einem O. Jetzt schaffte er es auch, die Buchstaben zu lesen. ARGOS. Gut. Er konnte noch lesen. Woher kannte er nur den Namen?

Die Krankenschwester kam zurück und sah auf das Tablett.

»War gut!«, sagte der Mann.

»Freut mich«, sagte die Krankenschwester. Sie nahm den Deckel, der auf dem Nachttisch lag, stülpte ihn über das Essen und räumte das Geschirr zusammen. Es waren schnelle eingeübte Bewegungen, die alle eine Art Missbilligung ausdrückten. Der Mann schnappte sich noch die Nachspeise, einen kleinen weißen Joghurtbecher, und steckte ihn sich in die Tasche.

Die Schwester schob den Wagen hinaus, und als die Tür aufging, konnte Zafer für einen kurzen Moment Charis sehen, die draußen mit übereinandergeschlagenen Beinen auf einem Stuhl saß und konzentriert etwas auf ihrem Handy spielte. Der Mann war seinem Blick gefolgt, drehte sich zu Zafer und grinste.

»Nettes Mädchen, deine Schwester. Hab mich vorhin ein bisschen mit ihr unterhalten.« Er wischte seine Hände an einer Serviette ab, knüllte sie zusammen und warf sie in den Abfalleimer, der am hinteren Bett in der Ecke des Krankenzimmers stand.

Er sah von oben auf Zafer herab, löste langsam den Tropf aus der Halterung und nahm ihn in die Hand, als wolle er ihn abwiegen. Er lachte kurz, hängte dann den Tropf wieder zurück, beugte sich hinunter, fuhr Zafer mit seinen kräftigen Fingern über den Kopf und verschwand aus dem Raum.

Nur die Karte blieb auf dem Tisch liegen und das Auge starrte Zafer wachsam an.

22

Zafer sah das neue ARGOS-Hochhaus zuerst in einer Pfütze. Es war nun so spät im November, dass die Blätter fast alle von den Bäumen geschüttelt waren. Sie lagen auf der Straße, gelb, orange, braun, mit ihren zarten dunklen Blattadern. Die Blätter stammten von einer schnurgeraden Reihe von Ahornbäumen, die auf einem schmalen Erdstreifen zwischen sauber verlegten Betonplatten herauswuchsen. Der Himmel war nach dem Regen blank geschrubbt, ein strahlend blauer Himmel mit ein paar verlorenen Wolken. Das Wasser wurde gekräuselt von einem eisigen Wind, der Zafer unangenehm in die Ohren fuhr. Er war schon länger durch das Gewerbegebiet gelaufen, hatte vorher die S-Bahn genommen und war an alten Fabriken aus Backstein mit eingeworfenen Scheiben und riesigen bunten Graffiti vorbeigefahren.

Nur ein paar Stunden zuvor war Zafer aus dem Krankenhaus entlassen worden. *Entlassen.* Wie in »aus dem Gefängnis entlassen«, und genauso fühlte es sich an. Er war wieder in Freiheit, auf Bewährung zwar, denn er musste versprechen, sich so wenig wie möglich zu bewegen, um seinen Kopf zu schonen. Er war nach Hause gefahren, in ein lausig kaltes Zuhause, in dem niemand auf ihn wartete, und wollte den Rechner einschalten in der Hoffnung, er würde etwas Wärme abstrahlen. Er stand vor seinem Schreibtisch und wollte gerade die tausendfach geübte Bewegung ausführen, auf den Knopf drücken, als ihn etwas daran hinderte. Plötzlich überschwemmte ihn eine Angst, von der er nicht wusste, woher sie kam. Er wusste nur, dass seine Erinnerungen zurückkommen würden, wenn er in seinen Monitor sah. Es wäre so, als würde er in seinen eigenen schmerzenden Kopf blicken, und er hatte keine Lust, das Gerümpel darin näher unter die Lupe zu nehmen. So hatte er seine Tasche abgestellt, sich in seinem Schrank einen Pulli gesucht, der keine Löcher hatte – was gar nicht so einfach war –, und sich dann auf den Weg gemacht, zu der Adresse, die auf der Karte stand.

Er hatte sie die ganze Fahrt über in der Hand gehalten und an das Auge gedacht. Vielleicht war es nicht nur wachsam. Vielleicht war es ja auch wohlwollend. So kam es ihm zumindest vor, als er es nun in der Spiegelung der Pfütze erblickte. Es erinnerte ihn daran, als Kind auf dem Schulweg einen Mann gesehen zu haben, der eine Zeitschrift wie eine Monstranz vor sich hielt und immer an der gleichen Stelle auf der Straße stand. Zafer hatte gerade lesen gelernt und mühsam entzifferte er die Buchstaben. »WACHTTURM«. Damals glaubte er, dass dieser Mann die Straße überwachte. Zafer achtete darauf, vorsichtig an ihm vorbeizugehen, keine Schneebälle auf Verkehrsschilder zu werfen oder Münzen auf die Schienen der Straßenbahn zu legen, denn der Mann würde alles sehen, was er tat. Nachdem er sich aber an den Wachtturm gewöhnt hatte, kam noch ein anderes, ihm völlig unbekanntes Gefühl hinzu. Er fühlte sich beschützt. Er fühlte sich *gesehen*. Und Zafer war sich nicht sicher, ob das nun gut oder schlecht war.

Er sah von der Pfütze auf nach oben. Das Haus mit dem Schriftzug ragte über ihm auf, der Eingang, der von einer Baustelle mit einem flatternden Absperrband umgeben war, nur wenige Meter entfernt.

Kurz darauf stand Zafer an der nagelneuen Rezeption und wurde von einer nervösen Frau mit Headset empfangen. Sie hatte ihn vorher skeptisch gemustert, doch nachdem er die Visitenkarte auf den Marmortresen gelegt und sie kurz telefoniert hatte, war sie freundlich, fast unterwürfig und nannte ihm ein Stockwerk und eine Zimmernummer. »Sie werden erwartet.«

Der graue Teppichboden knisterte, als Zafer darüberlief. Ein Aufzug fuhr ihn so schnell nach oben, dass seine Ohren verstopften, und als er ihm entstieg und in den hellen Gang vor ihm blinzelte, kam ihm ein Mann entgegen.

Zafer hatte keine Ahnung von den vielen Varianten der Macht. Er kannte sie nur in der virtuellen Welt, wo es diese mächtigen Gegner gab. Figuren, deren physische Brutalität man ihnen ansah und die man einfach abballern konnte. Oder zahnlose verhutzelte Männchen, von denen ein diabolisches Grinsen ausging und die man mit dem grünen Strahl eines Laserschwerts niedermetzeln konnte.

Er wusste nicht, dass die Macht oft ganz einfach daherkam. In diesem Falle in Form eines kleinen Mannes in dunkelblauer Jogginghose, der mit schnellen Schritten jetzt auf Zafer zulief. Zafer hatte keine Ahnung, dass die lässige Hose und das ausgeleierte T-Shirt Teil einer Inszenierung waren.

Nichts braucht die Macht so sehr wie die Inszenierung. Sie braucht Menschen, die an die Macht glauben und sich ihr unterordnen. Sie braucht die vielen Handlanger, die am Tisch der Mächtigen sitzen und sich von den Krümeln ihres Brotes ernähren. Sie braucht den gediegenen grauen Teppichboden, die Türen, die sich auf Knopfdruck öffnen. Sie braucht den gebeugten Nacken der Sekretärinnen und das Zittern des Papiers in ihren Händen, wenn der Chef vorbeikommt. Sie braucht den Angstschweiß des Versagens unter den glatt gebügelten Hemden, kurz – die Nervosität all derer, die in der Inszenierung mitwirken und sich um die besseren Plätze streiten.

Zafers Vorteil war, dass er die ganze Inszenierung nicht verstand.

Jedem anderen wäre klar gewesen, dass der Mann, der auf ihn zukam, so viel Macht besaß, dass er weder einen Anzug noch eine weitere Erklärung auf der Visitenkarte brauchte. Es war die Visitenkarte, die Zafer nun in die Tasche seiner Jacke zurückschob. Dort stand nur: »Anton Weller, ARGOS«.

»Schön, dass ich dich nun in echt sehe, Zafer!« Weller drückte Zafer die Hand.

Es war eine weiche Hand mit einer harten dornigen Schwiele am Daumen.

»Ich bin froh, dass du kommst.« Sein Lächeln war warm. Er hatte ein rundes freundliches Gesicht mit kleinen dunklen aufmerksamen Augen. »Hast du gleich hergefunden?«

Zafer nickte und überlegte einen Moment, ob er Weller von der S-Bahn erzählen sollte, von dem Sonnenlicht, das sich in den verkratzten Scheiben verfangen hatte, von den Feldern, die aussahen, als hätte man die Farben mit einem schmutzigen Tuschpinsel überzogen, aber er folgte nur Weller in sein Büro. Es war groß und licht mit einer durchgehenden Fensterfront. Schwarze Ledersessel standen auf der vom Fenster abgewandten Seite, daneben ein großer Glasschreibtisch mit einem riesigen Monitor und auf der Platte eine durchsichtige Plastikschüssel, in der noch die Saugnäpfe eines halb gegessenen Tintenfischs klebten. Weller bot Zafer keinen Platz auf den Sesseln an, sondern zog ihn gleich zu der breiten Fensterfront. Er öffnete eine Glastür und gemeinsam traten sie auf eine breite Dachterrasse. Es war kalt hier und der Wind pfiff Zafer um die Ohren, die immer noch verstopft waren. Weller, dem die Kälte nichts auszumachen schien, lehnte sich an die Brüstung und blinzelte Zafer zu, als ob sie sich schon lange kennen würden.

»Es riecht nach Schnee!«, sagte Weller.

Er zeigte auf neu gebaute Einfamilienhäuser, die wie eine Gruppe von gleich großen Würfeln auf der Wiese lagen.

»Ich würde sie am liebsten jeden Tag umstellen.«

Zafer überlegte, wie sich Weller wohl als Riese zwischen den Hochhäusern machen würde. Ein King Kong im Trainingsanzug, der die Häuser verpflanzte und sich einzelne Fußgänger aufpickte. Ihn zum Beispiel.

»Ich bin froh, dass du dich für uns entschieden hast.« Weller drehte sich Zafer zu und musterte ihn.

»Ich habe mich nicht entschieden«, wollte Zafer sagen, aber er blieb stumm, denn es war zu schwierig zu erklären. Er hatte sich nicht entschieden. Er war hier, weil er Angst hatte. Weil er nicht wusste, was er sonst tun sollte. Weil in seiner Wohnung nicht geheizt war. Weil er seinen Rechner nicht hochfahren wollte. Weil das Auge vage ein anderes neues Leben versprach, von dem er keine Ahnung hatte, wie es aussehen sollte, und weil er sich nicht erinnern konnte. Er sah nach unten und bekam ein seltsam schwebendes Gefühl. Unter ihm lagen verstreut die anderen Bürohäuser, dahinter, unter einer Dunstglocke, die Stadt, dazwischen rauchende Schornsteine, braungraue Baumspitzen, verblichener Rasen und die Gleise der S-Bahn, die jetzt im Sonnenlicht glänzten. Zwei Züge rauschten aneinander vorbei. »Wenn sie gegeneinanderfahren würden. Was meinst du, wie würde es aussehen?«, fragte Weller. Seine Stimme klang immer noch leise und Zafer musste sich anstrengen, ihn zu verstehen.

»Ich kann es mir vorstellen«, sagte Weller. »Die Lok springt aus dem Gleis, eine Staubwolke, dahinter eine kleine Explosion. Ein Rauchfaden, der nach oben steigt.« Zafer hielt den Atem an. Der eine Zug verschwand hinter dem Hochhaus, der andere verlor sich in Richtung Stadt.

»Du könntest das, Zafer. Du kannst sie aufeinanderprallen lassen. Du kannst es so machen, dass es echt aussieht. Ich weiß, was du tust. Du veränderst die Dinge. Und am Ende sind sie so, als wären sie echt. Es macht dir Spaß. Ich weiß das. Ich sehe es dir an. Ich bin genauso.« Er seufzte. »Du hältst mich jetzt vielleicht für irre. Es wäre ja auch komisch, wenn du es nicht tätest. Du kannst es mir ruhig sagen, wenn es so ist.«

Zafer atmete lange aus. »Nein, also … eigentlich nicht.«

Weller lächelte ihn an. »Wie geht es deinem Kopf?«

»Sie haben mich heute entlassen«, sagte Zafer.

»Es tut mir leid, dass Dominik dich so erschreckt hat. Ich wollte das nicht.« Weller legte Zafer seine Hand auf die Schulter. Eine Pranke. Sie lastete dort schwer, aber Zafer wagte nicht, sie abzuschütteln. Seine Schulter fühlte sich seltsam an, als Weller nach einer langen Zeitspanne die Hand davon nahm. Als hätte er ihn auf irgendeine Weise markiert.

»Lass uns sehen, was du für uns tun kannst.« Weller bedeutete Zafer, ihm zu folgen. Er ging nach innen, schloss die Tür und ließ das Rauschen und den Wind draußen. Dann ging er zu seinem Schreibtisch, schob die Schüssel mit den Saugnäpfen an den Rand der riesigen Glasplatte und fuhr den Computer aus dem Ruhezustand hoch. Er winkte Zafer zu sich. Auf dem Monitor war ein Bild aus einer Überwachungskamera zu sehen. Ein weißes Auto in einer Tiefgarage. Zafer starrte auf das Bild. Die Erinnerung kam wie ein Ball, der ihm von einer grauen Wand entgegensprang. *Das Nummernschild. Er hatte es verändert, die Zahlen verändert.* Dann, als wäre eine Schleuse geöffnet, sprangen weitere Bälle ihm entgegen. So schnell, dass er gar nicht alle auffangen konnte. *Die Zwillinge, ein Mädchen. Was war mit dem Mädchen?*

»Du bist gut, weißt du. Du hast eine andere Nummer unter den Schmutz gelegt. Eine gute Idee. Und ich war verwundert, wie schnell du bist. Du warst der Schnellste von allen Bildbearbeitern, die wir angefordert haben«, sagte Weller.

»Sie haben mehrere angefordert?«, fragte Zafer verwirrt. Die Bälle flogen ihm um die Ohren.

Du warst der Schnellste. Du warst der Schnellste.

Weller nickte. »Das mit dem Nummernschild war ein Test. Ich wollte wissen, wer es am besten macht.«

»Und warum ein Nummernschild?«, fragte Zafer. »Sie hätten ja auch etwas anderes nehmen können. Eine Packung Cornflakes zum Beispiel.«

Weller lachte. »Wir wollten auch wissen, wem es nichts ausmacht, ein Nummernschild zu retuschieren.« Weller zog die Augenbrauen hoch. »Es hat dir nichts ausgemacht.« Er ließ die Aufnahme weiterlaufen.

Zafer starrte auf den Monitor. Das Auto fuhr nun aus dem Bild. Er hatte es in echt gesehen. Nicht nur auf dem Bildschirm. Alles, was er auf dem Bildschirm gesehen hatte, war ihm später auch in der Wirklichkeit begegnet. *Das Mädchen, war das Mädchen echt?* Die Erinnerung an sie tat weh. Sie war etwas, das er verloren hatte, vielleicht für immer.

Weller öffnete eine weitere Datei. Ein Mann blickte in die Kamera. Blonde Locken, ein Ziegenbart, eine auffällige Tasche. »Das war ein Meisterstück, Zafer!«

Ein Ball prallte hart zurück. Es war der Ball, den er nicht fangen wollte. Der, vor dem er zurückgewichen war. Jetzt hatte er ihn in der Hand. Er war heiß. Am liebsten hätte er ihn gleich wieder fallen gelassen. Oder nein – zurückgeworfen.

»Prospero. Kennst du ihn?« Weller war ganz nahe an Zafer herangetreten.

Zafer schüttelte den Kopf. »Nein, … also nicht persönlich.« Er hatte ihn nur nachgebaut. Sein Gesicht, seinen Gang. Doch. Eigentlich kannte er ihn gut.

Weller blickte ihn von der Seite an. »Ich bin nur neugierig, Zafer.« Er klickte auf eine Bilddatei. Zafer sah sich selbst. Er stand vor dem Haus und fotografierte ein Klingelschild.

»Warum warst du dann vor seinem Haus?«

»Das war *sein* Haus?« Ein Schauer fuhr Zafer über den Rücken. Er hatte den Mann nachgebaut und fühlte sich ihm nahe, aber er hatte nie daran gedacht, dass er eine Wohnung hatte. Das machte ihn so echt.

»Es war der Pizzabote.«

»Der Pizzabote?«

»Er hat mir aus Versehen die Adresse hinterlassen.«

Weller blickte ihn an und zögerte.

»Woher haben Sie dieses Bild?«, fragte Zafer. »Mein Bild?«

Weller zuckte mit den Schultern. »Ich habe dich gesucht. Mit TrackFast. Ein Trackingprogramm, das wir gerade ausprobieren. Wir sind in der Beta-Phase. Es ist ganz einfach. Wir speisen die Daten ein und finden denjenigen, dem das Gesicht gehört.«

»Welche Daten?«, fragte Zafer.

»Da wir für die Behörden arbeiten, haben wir die biometrischen Daten von allen Bürgern mit Personalausweis. Sie haben die Gesichter und wir die Kameras! Eine großartige Verbindung!«

Weller klickte mit dem Mauszeiger auf Zafers Gesicht.

Dünne weiße Linien zogen sich darüber. Der Abstand von Augen zu Nase, von Nase zu den Mundwinkeln. Er klickte noch einmal darauf. Jetzt verschwand Zafers Gesicht und man sah nur noch ein Gittermodell. Weller drehte es. »Siehst du, wir können dich auch von der Seite identifizieren.«

Zafer hatte mit einem Mal das schwindelerregende Gefühl, selbst nicht echt zu sein. Wenn man die Linien veränderte, was würde dann mit ihm passieren?

Weller lachte. »Es gibt bereits eine Anwendung, in der man ein Gesicht in der Kamera sieht und dann den entsprechenden Namen dazu erhält. Man identifiziert damit Leute. Prügelnde Jugendliche, Vergewaltiger, Leute auf Demos. Sehr praktisch für die Behörden, vor allem bei der Fahndung. Aber das wirst du ja bereits wissen. TrackFast dagegen ist die gleiche Anwendung, nur andersherum. Ich gebe einen Namen und ein Geburtsdatum ein und sage meinem Programm: *Suche mir diese Person!* Anhand der biometrischen Daten durchsucht TrackFast alle Kameras der Stadt. Zu jeder beliebigen Zeit.«

»Das braucht eine gewaltige Rechnerleistung«, sagte Zafer. »Sie müssen alle Ihre Kameraaufnahmen nach den Daten durchkämmen.«

Weller nickte. »Wir haben ein neues Gebäude bezogen und können unseren Serverpark darunter ausbauen.«

Er sah Zafer an. »Möchtest du es ausprobieren? Soll ich vielleicht jemanden für dich suchen?«

Zafer fühlte sich ertappt. Er hätte gerne das Mädchen gesehen. Er wollte wissen, wo sie war. Er hatte weder ihren Namen noch ein Bild. Aber er würde einen Namen bekommen, wenn er ihr Bild eingab. Und dieses Bild würde er finden. Am Kaufhaus. Dort, wo die Luft kleine Styroporkugeln nach oben bläst.

Aber etwas hielt ihn davon ab, Weller das zu sagen. Er würde ihm etwas anderes zu suchen geben. Etwas Unverfängliches. Etwas, das nur mit ihm zu tun hatte. »Ich … möchte mich selbst sehen. Zeigen Sie mir meinen Unfall!«

»Das willst du noch mal sehen?« Weller sah ihn überrascht an.

Zafer nickte und Weller gab daraufhin seinen Namen in eine Suchmaske ein.

»Wann war das?«

»Vor drei Tagen«, sagte Zafer. »Morgens.« Er dachte an die Schulkinder. »Irgendwann, bevor die Schule beginnt. Ich weiß aber nicht mehr genau, wo.«

»Das mit dem Ort ist kein Problem«, sagte Weller lächelnd. Er gab Datum und Uhrzeit ein.

»Ist es das, was Sie von mir wollen?«, fragte Zafer, während das Programm rechnete. »Sie wollen mich für Ihr Trackingprogramm?«

Weller hob abwehrend die Hand. »Dafür haben wir schon genug Leute, die viel weniger begabt sind als du. Nein, ich habe dich für etwas Besonderes vorgesehen.«

Ein leichtes »Zing« ertönte. *Ein Treffer.* »Da haben wir's!« Weller klickte nicht ohne Stolz auf die Datei, die sich öffnete und Einblick auf die Allee gab. Es war eine gute Aufnahme von oben. Hohe Auflösung. Zafer sah sich selbst laufen. Die Aufzeichnung war flüssig, obwohl sie von mehreren Kameras aufgenommen sein musste. Ab und zu verstellte ein Ast der Alleebäume die Sicht, aber dann war Zafer wieder gut zu sehen. Hinter ihm rannte der Mann, der sich Dominik nannte. Zafer sah die Frau auf dem Fahrrad mit dem Kind, wich ihr aus. Er drehte sich um, Dominik kam näher. Es war wie in einem Computerspiel. Aber er konnte nicht eingreifen, kannte schon das Ende. Es war unausweichlich. Das Auto kam von rechts und Zafer flog gegen die Litfaßsäule wie eine Puppe. Weller hielt die Aufzeichnung an und Zafer starrte auf den zusammengesunkenen Körper.

»Soll ich noch mal zurückspulen?«, fragte Weller.

Zafer schüttelte den Kopf.

»Ich … ich muss mir das Ganze noch einmal überlegen.« Er war sich nicht sicher, ob Weller ihn gehört hatte, zumal der völlig in sein Programm versunken schien. Dann aber seufzte er und wandte sich ihm zu.

»Ich respektiere das.« Weller schaltete das Programm ab und sah aus dem Fenster.

»Weißt du, eigentlich geht es hier nicht nur um die Arbeit. Das ist nur die Oberfläche. Darunter liegt etwas ganz anderes, etwas Archaisches. Für wen willst du in den Krieg ziehen, Zafer? Für die Firma – für die Idee? Oder für einen Menschen, den du respektierst? Oder muss man dich kaufen wie einen Söldner?« Weller sah ihn an, dann lachte er kurz. »Ich weiß, keiner schreibt in seinen Lebenslauf, dass er ein Söldner ist. Es klingt eher so: …« Er veränderte die Stimme. »… wollte schon immer in Ihrem Unternehmen arbeiten. Bin flexibel und willig. Ich gehöre Ihnen mit Haut und Haaren. Blablabla. Sie tun so, als wären sie begeistert, das hat man ihnen antrainiert. Sie sagen, sie rennen mit Hurrageschrei in deinen Krieg. Dann verstecken sie sich in der zweiten und dritten Reihe wie alle anderen.«

Weller lächelte. »Du musst nicht Hurra schreien, Zafer. Es reicht, wenn du dabei bist.«

Als Zafer wieder aus dem Argos-Gebäude herausstolperte, war das Licht schon schräg und er warf einen Schatten auf den Boden, der viel länger war als er selbst. Sein Schatten passte nicht mehr zu ihm. Er fühlte sich größer und kleiner zugleich. So als wäre er lang gezogen und würde mit seinem Kopf die Wolken berühren und als hätte ihm der Mond, der als bleiche Kugel schon zu sehen war, etwas zu sagen. Zugleich fühlte sich das, was in ihm drin war, viel kleiner an. Die Seele war geschrumpelt und hatte sich in sich selbst zusammengezogen.

Er war nun ein Teil von etwas, das er nicht verstand. Das Auge blickte auf ihn herab.

Und es fühlte sich ziemlich falsch an.

23

Die letzten drei Tage hatte ich mich nur mit Zafer beschäftigt.

Erst sagte ich mir, dass ich das nur tat, weil ich die Wahrheit über Prospero ans Licht bringen wollte. Dann kam da noch etwas anderes hinzu. Etwas, das ich nicht benennen konnte. Oder besser nicht benennen wollte. Ich dachte an Zafer, wenn ich einschlief, und ich dachte an ihn, wenn ich aufwachte. Er war immer da, wie ein Musikstück, ein paar Noten, die mir im Kopf herumgingen und sich nicht mehr vertreiben ließen. Einmal versuchte ich diese Musik sogar nachzuspielen. Es war etwas in a-Moll, dann ein froher C-Dur-Akkord, ein G, am Ende war ich wieder beim a. Die Töne hingen in meinem Zimmer, dann stellte ich schnell die Gitarre in die Ecke, als hätte ich mich selbst bei etwas Verbotenem ertappt.

Wir hatten ihn schnell gefunden. Rat hatte sein Gesicht mit einem Gitternetz überzogen, es bei TrackFast eingespeist und nach ein paar Minuten gab es einen Treffer. Wir erfuhren seinen Namen und dass er als Bildbearbeiter für eine Soap arbeitete, woraufhin wir uns ein paar Folgen davon ansahen. Der übliche Schwachsinn mit netten jungen Leuten in schicken WGs und dubiosen Werbeagenturen, die sich alle ineinander verliebten und sich dann wechselseitig betrogen. Ich hatte einmal bei Dreharbeiten zugesehen. In den Pappkulissen saßen die Schauspieler, schwitzten unter ihrer Schminke und durften beim Sprechen nicht aufstehen, weil sonst der Schatten der Mikrofonangeln beim Mitschwenken auftauchen könnte. Wahrscheinlich hatte Zafer genau diese Schatten rausretuschiert. »Ich erfinde etwas dazu«, hatte er mir im Café gesagt. Zafer, der Bildbearbeiter. Er war es, der Prospero eingesetzt hatte, ihn dazuerfunden hatte. Dessen war ich mir nun sicher.

Aber was wollte er von mir?

Ich dachte an die Nacht im Café und sah ihn vor mir. Seine schmale Gestalt, die dunklen Haare, die ihm ins Gesicht hingen. Seine Augen, die mich scheu musterten. Er sah nicht aus wie einer, der der dunklen Seite angehörte. Ganz im Gegenteil. Je mehr ich über diese Nacht nachdachte, desto mehr hatte ich das Gefühl, dass er mir etwas sagen wollte. Ich hatte es nur nicht verstanden.

Nachdem wir Zafer identifiziert hatten, beschloss ich, mir jede Aufnahme, die Argos von ihm in der letzten Woche gemacht hatte, anzusehen. Ich hoffte, dadurch zu verstehen, warum er mich verfolgte. Ich wollte allein sein, wenn ich das tat. Ich sagte mir, dass ich mich so besser konzentrieren konnte. Aber das war nicht die ganze Wahrheit.

Also wartete ich jeden Tag, bis Rat zu seinem täglichen Streifzug nach draußen verschwunden war. Er ging immer um die gleiche Zeit, nachmittags, wenn sein Essensvorrat aufgebraucht war. Dann verschwand er und kehrte eine Stunde später wieder mit seinem voll bepackten Rucksack zurück. Ich hatte keine Lust, ihn zu fragen, ob er den Inhalt geklaut hatte, und hoffte nur, dass – wenn ja – er niemals erwischt und keiner seine Spur zur Zentrale nachverfolgen würde. Zudem hatte ich das unbestimmte Gefühl, dass ich ihm dann eine Standpauke halten müsste, und dazu fühlte ich mich nicht imstande. Ich vermied es, ihn zu fragen, und er erzählte nie etwas, sodass wir in einem unausgesprochenen fragilen Einverständnis lebten.

Während dieser einen Stunde, in der Rat nicht da war, versuchte ich, alles über Zafer herauszufinden. Er war in einer Hochhaussiedlung am Stadtrand gemeldet und lebte dort angeblich mit seiner Mutter und seiner Schwester zusammen. Sein Vater war vor fünf Jahren gestorben. Ich sah lange auf eine Todesanzeige. Zafer sah ich in der Hochhaussiedlung nur einmal mit seiner Schwester – Charis. Sie war zwölf, klein und schwarzhaarig und hatte einen leuchtenden Schulranzen auf dem Rücken. Die beiden aßen Eis und alberten herum. Ich fand keine Bilder von seiner Mutter und ich bekam auch nicht heraus, ob und wo sie arbeitete. Ich fand nur einen Eintrag, dass sie einmal in ein Krankenhaus eingeliefert wurde, konnte aber nicht herausfinden, warum. Charis besuchte die 7. Klasse einer Gesamtschule. Sie war auf Facebook und mochte Computerspiele und Mangas. Es gab Bilder von ihr in Cosplay-Kostümen mit langen blauen Haaren und bunten Rüschenkleidern. Einmal hatte sie ein Foto mit Zafer gepostet. Ein Selfie, bei dem Zafer schüchtern in die Kamera blickte und eine wild geschminkte Charis das Victory-Zeichen machte. Es war das einzige Bild von Zafer im Netz. Er war nicht auf Facebook und auch nicht auf Twitter. Er schien in einem baufälligen roten Haus direkt an der Stadtautobahn zu wohnen. Er verließ dieses Haus nicht vor Einbruch der Dunkelheit, und wenn er überhaupt vor die Tür trat, ging er zu einer der Imbissbuden in der Nähe, um sich Pommes oder eine Currywurst zu holen. Er war dabei immer allein. Soweit ich das beurteilen konnte, war er der einsamste Mensch, den ich kannte.

Es gab mir einen Stich, als ich die Aufnahme unserer ersten Begegnung entdeckte. Ich fand mich selbst komisch. Jeder findet sich komisch, wenn er sein Bild in einer Überwachungskamera sieht. Ein Spiegel ist gnädig, er zeigt uns, wie wir im Moment sind, und wir können unser Spiegelbild verändern, uns zulächeln, posieren. Die Bilder einer Kamera sind in jeder Hinsicht brutaler. Sie zeigen uns so, wie ein neutrales unparteiisches Auge uns sieht. Ich sah lächerlich aus. So klein, in einer albernen, viel zu großen Jacke, ich sang ohne Stimme, mein Mund bewegte sich, was war es? Sound of Silence? Ja. Ich erinnerte mich. Ein Auto fuhr vorbei. Die Zwillinge. Und dort hinter einer Säule hatte sich Zafer versteckt und beobachtete mich. Dann trat er heraus, warf das Geld in den Gitarrenkoffer. Ich sprach mit ihm, das erste Mal, ein schüchternes Aufblitzen in seinen Augen, er schnappte sich den Verstärker und verschwand mit mir in dem schmalen Durchgang, der zur Baustelle führte. Es gab keine Kamera in dem Durchgang und auch an der Baustelle war keine Kamera. Es war ein guter Fluchtweg und am Ende der riesigen Baugrube gab es einen Zugang zu den Tunneln, durch den ich unerkannt abhauen konnte. Ich verschwand und ließ Zafer einfach zurück. Ich hatte ihn im Stich gelassen.

Sie schickten die Zwillinge, um uns einzuschüchtern. Sie waren die Männer fürs Grobe, ein von Argos angeheuertes Schlägerduo. Wir hatten in den letzten Wochen einige Kameras beschmiert oder mit Steinen beworfen und dadurch unbrauchbar gemacht. Sie waren uns schon dicht auf den Fersen. Rat war ihnen entkommen, als er sprühte. Gerade noch entkommen. Jedenfalls dachten sie, sie hätten es mit einer Truppe von anarchisch gestimmten Kids zu tun, die nichts Besseres zu tun hatten, als mit Vandalismus aufzufallen. Damals wussten sie nicht, dass wir mehr taten, als die Kameras außer Gefecht zu setzen. Sie ahnten nicht, dass wir schon dicht in das Innere ihrer Firma vorgedrungen waren. Sie wussten nicht, dass Prospero zu uns gehörte.

Ich ließ die Aufnahme weiterlaufen. Die Zwillinge kamen ins Bild und liefen in die Gasse. Es passierte nichts, ich spulte vor, sie kamen wieder zurück, aus dem Bild. Ich wartete noch ein bisschen. Schließlich sah ich Zafer. Er kam herausgekrochen mit gebeugtem Rücken. Er hielt sich die Hand vor das Gesicht.

Ich mochte nicht daran denken, was in dem dunklen Durchgang geschehen war. Es war ein schwarzes Loch. Ich versuchte, in meinen Gedanken die Lücken zu füllen. Das, was zwischen den Bildern war. Versuchte, mir seine Geschichte zusammenzusetzen wie ein Puzzle, bei dem mir die meisten – und leider die wichtigsten Stücke fehlten.

Es verwirrte mich. Wenn Zafer zu Argos gehörte, warum wurde er dann von den eigenen Leuten verprügelt? Vielleicht war er doch nicht der, der Prospero eingesetzt hatte. Eine Hoffnung flackerte auf. Sie fühlte sich hell und warm an. Ein Flattern, ein Flügelschlag, den ich in mir spürte.

Ich klickte mich weiter durch die Trefferliste. Der nächste Abend: Zafer lief ziellos durch die Stadt. Er stand auf der S-Bahn-Brücke, lehnte sich an das Geländer und sah den Zügen nach. Ich stellte ihn groß, bis sein Gesicht den ganzen Monitor füllte. Ich fragte mich, woran er gedacht hatte. Und für einen Moment wünschte ich mir vor allem, dass er an mich gedacht hatte. Was zum Teufel war nur mit mir los?

Es gab keine Bilder von der Nacht im Café. Es gab dieses Bild von Zafer vor dem Haus. Danach hatte ich keine Treffer mehr. Es war zu neblig. Bei zähem Nebel waren auch die besten Kameras machtlos. Eines Tages würden sie Infrarotkameras benutzen, aber bis dahin hatten wir noch etwas Zeit.

Der nächste Treffer war am nächsten Morgen bei Sonnenschein.

Ich sah ihn mit einem abgerissenen Mann vor seiner Haustür zusammenstoßen. Der Mann lag dort die halbe Nacht, es sah so aus, als hätte er auf Zafer gewartet. Ich gab die Koordinaten des Mannes ein, aber Argos bot mir keinen Treffer. Merkwürdig.

Seltsamerweise gab es nun nicht mehr allzu viele Dateien von Zafer.

Sie hörten vorgestern morgens auf. Was war passiert?

Ich widerstand der Versuchung, gleich die letzte Datei anzuklicken. Die, nach der sich ein gähnendes Loch auftat. Ich würde mir alles in chronologischer Reihenfolge ansehen.

Ich fand Zafer ein paar Dateien weiter auf der Parkbank und wunderte mich darüber, dass er den Enten zusah. Dann gab es erst wieder ein Bild vom nächsten Morgen. Er verließ hektisch das Haus – ohne den linken Löwenkopf zu berühren, etwas, was er sonst immer tat. Eine Aufnahme auf der Brücke, drei, vier durch die sonnenbeschienenen Straßen. Dann stutzte ich. Er lief zu dem Café. Ja, *dem* Café.

Die nächste Aufnahme zeigte, wie er von dort herausstürmte. Panik auf seinem Gesicht. Er rannte. Noch drei Dateien. Er lief über den Platz, rannte eine Allee entlang.

Die letzte Aufnahme. Ich zögerte, bevor ich sie anklickte. Dann tat ich es doch. Ich sah Zafer durch die Luft fliegen. Er prallte gegen die Litfaßsäule und blieb regungslos liegen. Ich schloss das Fenster auf dem Monitor und saß minutenlang in der Dunkelheit. Der Ton war weg, hässlich verstummt, wie eine gerissene Saite.

Es war mir egal, ob Rat nun da war oder nicht. Ich gab Zafers Namen ein. Immer und immer wieder. Drei Tage lang starrte ich wie gebannt auf den Monitor, bevor mir das Programm die Ergebnisliste ausspuckte. Sie war immer gleich: null Treffer. Zafer war nicht mehr sichtbar, nicht mehr in der Welt. Vielleicht nicht mehr am Leben.

So ging das bis heute Nachmittag. Ich tippte und erwartete in einer Anspannung, die die Resignation schon vorwegnahm, wieder die Null, als plötzlich eine Eins aufleuchtete. Eine Eins!

Mein Herz klopfte heftig, als ich auf die Datei klickte. Als ich Zafer dann vor dem Krankenhaus stehen sah, das Gesicht noch schmaler, die Haare noch mehr durcheinander und mit einer Plastiktüte in der Hand, als ich sah, dass er lebte, traten mir die Tränen in die Augen. Ich putzte sie mir schnell aus den Augenwinkeln und linste zu Rat, ob er irgendetwas von meinem unerwarteten und beunruhigenden Gefühlsausbruch mitbekommen hatte, doch der lag auf seinem Stammplatz in der Nische hinter der Tür in seinen Schlafsack gewickelt und schlief.

Ich sah, wie Zafer nach Hause ging. Er verließ nach nicht mal 20 Minuten wieder das Haus, hatte sich einen komisch orangefarbenen Pulli angezogen und verschwand im S-Bahnhof an der Brücke. Dort war die Videoüberwachung ausgezeichnet. Ich sah ihn die Treppen hinauf- und hinunterhumpeln und schließlich in eine der S-Bahnen steigen, die in die Außenbezirke fuhren. Dort saß er abseits der anderen Fahrgäste und starrte aus dem Fenster, dann lief er durch das Industriegebiet, irrte durch die Straßen, bis er plötzlich vor einem hohen Gebäude neben einer lang gezogenen weißen Mauer stehen blieb. Er sah sich um und betrat dann durch einen breiten Eingang das Argos-Hauptquartier.

Ich lehnte mich zurück, das Fell auf dem Drehsessel kitzelte mich im Nacken und ich schnappte mir einen von Rats Riegeln, die er unter dem Schreibtisch in einer Pappschachtel gebunkert hatte. Vielleicht konnte ich damit den schlechten Geschmack in meinem Mund vertreiben. Vor mir war der klare Beweis, dass Zafer doch zur dunklen Seite der Macht gehörte. Er war bei Argos, er arbeitete für sie. Selbst als er in der S-Bahn saß, in der S-Bahn, die zu Argos fuhr, hatte ich gehofft, er würde woanders hinfahren, zu einer anderen Verabredung, zu einem Arzttermin, zu seiner kleinen Schwester.

Ich scrollte die Timeline ein bisschen vor. Was ich jetzt sah, war live. Zafer kam aus dem Gebäude, lief ein Stück und blieb dann stehen.

Sein lang gezogener Schatten war von oben, aus der Sicht der Kamera, wesentlich besser zu sehen als die schmale Gestalt, zu der er gehörte. Ich zog mit der Maus ein Viereck um Zafers Kopf und zoomte ihn mir heran. Das Licht der Laternen hatte sich mittlerweile angeschaltet und leuchtete die Straße so aus, dass die Kameras alles in guter Auflösung zeigen konnten.

Zafer sah nach oben und schien etwas zu überlegen oder in sich hineinzuhorchen. Dann ging ein plötzlicher Ruck durch seinen Körper. Er drehte sich um, nahm seinen Schatten mit und lief die breite schnurgerade Straße hinunter. Diesmal ging er den geraden Weg zurück und nicht den Umweg, auf dem er hergekommen war. Er zog sein rechtes Bein nach, wie schon die ganze Zeit, seit ich ihn heute beobachtet hatte.

Ich verlor sein Bild. Gleich würde ihn die nächste Kamera zeigen und ich vermutete, dass er zurück zur S-Bahn lief.

Ich kaute auf Schokolade und Karamell herum, das unangenehm an meinen Zähnen kleben blieb, und drückte mit jedem Bissen meine Enttäuschung nach unten. Es war mehr als Enttäuschung. Ich fühlte mich betrogen. Ein Misston hatte sich in das Lied in meinem Kopf eingeschlichen. Und der ließ sich nicht mit klebrigen Süßigkeiten zum Verschwinden bringen und so versuchte ich ihn mit einem Plan zu bekämpfen. Etwas, woran ich mich halten konnte. Die kühle klare Seite der Vernunft. Es war Zeit, wieder zu meinem ursprünglichen Auftrag zurückzukehren. Ich musste beweisen, dass die Aufnahmen von Prospero gefälscht waren. Welche komischen Gefühle ich für Zafer hegte, spielte dabei keine Rolle. Ich steckte mir einen USB-Stick und einen Keylogger in die Tasche und rief den S-Bahn-Plan auf.

Zafer würde die S-Bahn um 18:17 Uhr erreichen und dann um 18:35 Uhr an der Brücke ankommen.

Ich hatte noch 20 Minuten.

24

Kurz bevor er sie sah, hatte es angefangen zu schneien. In der S-Bahn nach Hause zogen noch Wassertropfen ihre zitternden Bahnen über die beschlagenen Scheiben. Dann, als er der S-Bahn entstieg, waren aus den schweren Tropfen leichte Schneeflocken geworden. Sie flogen auf seinen schwarzen Mantel, seltene weiße Kristalle mit sechs Zacken, jede anders, kleine Wunderwerke, nur für ein paar Sekunden sichtbar, bevor sie die Wärme des Mantels zerfließen ließ und sie vom Gewebe eingesogen wurden. Zafer stand am Ausgang der S-Bahn. Hinter ihm der Zeitungsstand und das Graffito. Er wurde angerempelt, als er auf seinen Ärmel starrte, ein Hindernis in diesem Feierabendstrom von Menschen, die nach Hause drängten, getrieben von der Aussicht auf Essen, einen warmen Platz und jemanden, der auf sie wartete, oder zumindest auf einen Fernseher, der sie schnell in ein blau flackerndes Nirvana schicken sollte.

Zafer hatte es nicht eilig. Es graute ihm davor, in seine leere Wohnung zurückzukehren. Es war leichter, stehen zu bleiben und die Schneeflocken zu betrachten. Sie waren einen winzigen Moment lang vollkommen, dann lösten sie sich auf, als hätte es sie nie gegeben.

Plötzlich spürte er einen leichten Schlag auf die Schulter. Diesmal war es kein Mensch, der gegen ihn stieß, sondern etwas aus Holz oder Metall, und es klang hohl. Er blickte auf. Ein blauer Gitarrenkasten. Er glänzte im Licht der Straßenlaternen. Das Mädchen, das den Kasten wie einen Rucksack auf dem Rücken trug, hatte so etwas wie »Entschuldigung« gemurmelt und war an der Ampel vor ihm stehen geblieben, ohne ihn zu erkennen. Sie hatte Stöpsel in den Ohren und wiegte sich leicht im Takt einer unhörbaren Musik. Er konnte auf sie hinuntersehen. Die Schneekristalle hatten sich in ihrer Mütze und ihren Haaren verfangen. Glanzpunkte, die die Farbe wechselten, je nachdem, welches Auto vorbeifuhr. Der Verkehr rauschte an ihr vorbei. Scheinwerfer mit rotem Licht, weißem Licht. Sie war nicht weit weg. Wenn er den Arm ausstreckte, könnte er sie sogar berühren.

Er berührte sie nicht und sprach sie nicht an. Er hatte keine Angst vor ihr, nur die Furcht, sie würde verschwinden wie ein Traumgebilde, sobald er etwas zu ihr sagte. Also blieb er stehen und hoffte, dass die Ampel eine Ewigkeit auf Rot bleiben würde. Ein Lastwagen trieb schwarze Schneeflocken vor sich her. Unter der Brücke fuhren die S-Bahnen in die schimmernde Stadt. Das Mädchen hob den Arm und wischte sich über die Stirn. Zafer sah es in Zeitlupe. Eine anmutige Bewegung, die lang gedehnt war. Um sie herum wurde alles still. Die Welt holte Atem.

Dann drehte sie sich um. Es war eine kurze, entschlossene Drehung. Fast als hätte sie vorher schon gewusst, dass er da war, und sich nur überlegt, wann der richtige Zeitpunkt gekommen war, ihm ihre Aufmerksamkeit zu schenken.

»Zafer?«

Das Mädchen kannte seinen Namen. Woher kannte sie seinen Namen? Hatte er ihn ihr verraten? Ja, es war an einem Bretterzaun. Er hatte ihre Augen gesehen. Zafer fühlte sich absurderweise ertappt, stand stocksteif und versenkte die Hände tief in die Taschen seines Mantels, als würde er darin etwas suchen.

»Oh, äh … hallo.«

Sie stöpselte sich aus und lächelte ihn an.

»Wie geht es dir?«

Die Frage warf Zafer fast um. Bilder fluteten sein Hirn. Eine schnelle Abfolge von sekundenkurzen Aufnahmen. Eine Kamera, das Mädchen, das Auge im gekräuselten Wasser, eine Schneeflocke. »Jetzt geht es mir gut«, sagte er.

»Okay«, sagte sie. Ein aufmerksames lang gezogenes »Okay«, das fast wie eine Frage klang. Ihre Augen leuchteten braun und blau in dieser verwirrenden Zweifarbigkeit.

»Und dir?«, fragte er nach einer langen Weile.

Sie zuckte mit den Schultern und lächelte. »Mir auch.«

Zafer trat einen Schritt zurück. Dann deutete er mit dem Kopf auf den Gitarrenkasten.

»Hast du … gerade gespielt?«

Sie schüttelte den Kopf. »Ich wollte, aber es ist zu kalt. Meine Gitarre verstimmt sich und alles klingt schief.«

Zafer nickte. Er wippte leicht nach vorne und hatte dabei das Gefühl, sich lächerlich zu machen.

»Schade. Ich hätte dir gerne zugehört.«

»Vielleicht ein andermal«, sagte sie leichthin und trat von einem Bein auf das andere.

Zafer fuhr sich mit der Hand über die schmerzende Stelle an seinem Kopf. *Ein andermal.* Sollte das bedeuten, dass sie nun gehen wollte? Mit einem Mal wurde ihm klar, dass er sich von ihr verabschieden müsste, bevor sie es tat. Ganz schnell. Er sollte lieber gehen, bevor sie sich umdrehte und verschwand. Er wusste, dass er den Anblick nicht ertragen konnte. Gehen war leichter als Zurückbleiben. Es war eigentlich sein einziger Schutz. Die Ampel wechselte auf Grün. Er hatte Glück.

»Na dann, mach's gut«, sagte er hastig. Er hob die Hand, winkte ihr zu und drehte sich schnell um. Dann überquerte er mit langen eiligen Schritten die Straße, was ihm schwerfiel, denn er zog immer noch sein Bein nach. Er nahm nichts mehr wahr, nicht die Fußgänger neben sich, nicht die Autos. Als er auf der anderen Straßenseite war, fühlte er sich, als ob er einen Fluss durchschwommen hätte. Sein Herz klopfte. Er hatte sich gerettet.

Nach einer Weile sah er, wie jemand neben ihm ging. Rote Turnschuhe. Er hatte sie schon in der Hand gehalten.

»Läufst du vor mir weg, oder was?« Ihr Atem ging schnell.

Zafer wagte nicht, ihr ins Gesicht zu blicken.

»Ich … ich dachte, du gehst jetzt sowieso.«

»Und dann drehst du dich einfach um?«

Zafer sah hoch. Sie hatte eine Falte auf der Stirn und ihre unterschiedlichen Augen funkelten ihn an.

Er starrte wieder zurück auf die Schuhe. »Ich wollte nur der Erste sein, der sich verabschiedet.«

»Und was hättest du davon gehabt?«, fragte sie.

Oh, er hätte vielleicht sein Herz nicht verloren und es später nicht zurückbekommen wie ein zerquetschtes Stück Blech. Aber das lag noch in einer Zukunft, die sie beide nicht sehen konnten. Zafer sagte darauf nichts, sondern konzentrierte sich auf die Schuhe, die über den Asphalt liefen. Ihre Schuhe, klein, neben seinen schmutzig grauen langen Turnschuhen, die ein rautenförmiges Muster im frisch gefallenen Schnee hinterließen.

»Jedenfalls muss ich zufällig auch in die Richtung«, sagte sie. Ihre Stimme klang dabei schon ein bisschen weicher. Zafer spürte sie mehr, als dass er sie sah. Er konnte es nicht sagen, aber er war froh, dass sie ihm gefolgt war. Er fühlte sich plötzlich leicht. Eine Leichtigkeit, die ihn ganz benommen machte. Als würde sein Körper schweben. Es war auch viel einfacher, mit ihr zu sprechen, wenn sie gingen, als wenn sie voreinander standen. Er konnte sie dann unauffällig ansehen. Immer ein kleines Stück von ihr. Ihre leicht gebogene Nase, die geschwungenen Augenbrauen. Ihren Mund. Neben ihr leuchteten die Schaufenster. Anoraks bei Tchibo, in weißes bedrucktes Papier eingepackte Orangen. Ein sich langsam drehender Dönerspieß.

»Ich habe ihn nicht mehr gefunden«, sagte er nach einer langen Weile. »Also, den Zettel. Du hast ihn mir doch gegeben, er war einfach weg.«

»Ach so …« Sie kratzte sich am Kopf. »Weißt du, ich habe ihn mitgenommen. Ich wollte ihn dir geben, aber dann habe ich ihn einfach selbst eingesteckt.«

»Du hast ihn selbst eingesteckt?«

Sie nickte. Die Schneeflocken tanzten um sie herum.

»Ich habe ihn überall gesucht«, sagte er. »Also … ich habe sogar eine Mülltonne danach durchwühlt.«

»Eine Mülltonne, echt?«

»Ja.«

Mist, das war jetzt sicher das Falsche. Warum musste er nun von Mülltonnen sprechen? Von seiner albernen erfolglosen Suche? Er streifte mit seinem Blick ihr Gesicht. Sie lächelte. Es war ein warmes Lächeln und machte ihn froh. Froher, als er sich je gefühlt hatte.

»Du hast mit dem Zettel auch deinen Namen mitgenommen«, sagte er schließlich.

»Was meinst du mit ›Namen‹?«

»Ich weiß immer noch nicht, wie du heißt. Und das stand sicher drauf.«

»Oh«, sie sah ihn überrascht an. »Emily. Ich heiße Emily.«

»Verstehe«, sagte Zafer. Er überlegte, ob er ihr nun die Hand geben sollte, ließ aber dann seine beiden Hände in den Taschen.

»Was ist? Gefällt dir der Name nicht?«, fragte sie.

»Doch.« Er spürte, wie das Wasser in seiner Nase zusammenlief. Er musste sich dringend schnäuzen, wusste aber nicht, ob er nun sein zerkrumpeltes Taschentuch aus der Manteltasche holen sollte.

Emily. Emily. Emily.

»Jedenfalls bin ich froh, dass ich dich wiedersehe. Auch ohne Zettel.« Es war ihm herausgerutscht und fühlte sich sehr wagemutig an. Wirklich wagemutig.

»Vorhin sahst du aber nicht so aus«, sagte sie langsam.

»Nein, nein, ich war mir nur nicht sicher, ob du echt bist.«

Sie lachte, blieb stehen und fasste ihn kurz am Ärmel. »Bin ich. Siehst du!«

Sie ließ seinen Ärmel los und ging weiter. Er überlegte einen winzigen Augenblick lang, ob er ihr den Arm um die Schulter legen sollte, aber das verhinderte der Gitarrenkasten auf ihrem Rücken und noch mehr sein mangelnder Mut.

»Ich habe an dich gedacht. Also … manchmal«, sagte er stattdessen. Es war eine lächerliche Untertreibung.

»Ich an dich auch«, sagte sie leise. Der Satz schwebte in der Luft. Die Worte leuchteten wie Gold. Er sog ihn ein und bewahrte ihn auf wie einen Schatz. Eingefangenes goldenes Sonnenlicht, das von innen wärmte.

»Und wo kommst du jetzt her?«, fragte das Mädchen. Nein – Emily. Sie hieß Emily.

»Ich bin einem Auge gefolgt«, sagte er.

»Einem Auge?«, fragte sie.

»Ich habe ein Auge auf einer Karte bekommen und es mir in echt angesehen«, sagte er.

»Und wie war es?«

»Grausam«, sagte Zafer.

»Klingt wie ein Computerspiel«, sagte sie.

»Ja, du hast recht«, erklärte er. »Oder wie aus *Der Herr der Ringe*.«

»Und du musst den Ring in den Orodruin werfen?«

Er zuckte leise zusammen. »Nein, ich bin da eher wie … Gollum.«

Sie lachte. »Du siehst aber besser aus!«

»Das ist nicht besonders schwer!«, sagte er.

So ging das also! Es war ein leichtes Geplänkel und er wunderte sich, dass er es konnte. Es war eigentlich ganz einfach. Wie Federballspielen. Man sieht den Ball kommen, holt aus und schlägt ihn ganz einfach wieder zurück. Dann schwebt er eine Weile in der Luft. Ein Ausatmen, den Schläger zurücklegen und …

Sie kamen an eine Kreuzung. Die Schaufenster lagen hinter ihnen und es waren nur noch wenige Menschen unterwegs, die ihre Einkaufstüten durch das Schneegestöber schleppten.

»Hier wohne ich«, sagte er und deutete nach rechts. Die Bäume am Ende der Straße waren weiß bestäubt.

»An der Stadtautobahn?«, fragte sie.

»Woher weißt du das?«

Sie blinzelte kurz. »Ich bin hier schon mal vorbeigefahren.«

Sie standen voreinander. Der Schnee wehte um sie herum; die Flocken in ihren kurz geschnittenen Haaren glitzerten.

»Also dann …«, sagte sie.

»Du musst weiter, oder?« Er fuhr sich über die Stirn.

»Nein, eigentlich nicht.« Sie lächelte.

»Nein?«

Sie schüttelte den Kopf.

Er sah sie an. Sie wartete. Was sollte er sagen? Nun war es nicht mehr sein Spiel. Der Ball war in der Luft und segelte fast senkrecht nach unten. Manchmal hatte er ihn mit der Hand aufgefangen. Daran erinnerte er sich. Er hielt ihn dann in der Hand und das Spiel war vorbei – oder nur unterbrochen? Er spürte, wie sie ihn musterte. Die inneren Ringe um ihre Pupillen wurden wieder hart. Er erinnerte sich an den Blick. Es war der gleiche, den sie ihm im Café zugeworfen hatte, als er ihr erzählte, dass er Bilder veränderte. Sie hatte für einen Moment ihr Lächeln verloren und darunter kam etwas zum Vorschein, das er nicht verstand. Es sah fast aus wie Misstrauen. Es sah so aus, als würde sie ihm etwas nicht glauben. Aber was? Er wandte den Blick wieder ab und sah auf den Boden. Der Schnee blieb liegen und bildete eine feine weiße Schicht auf dem dunklen Pflaster. Sie hatten beide Spuren hinterlassen, Schritt für Schritt.

»Dann könnte ich dich jetzt also einladen«, sagte er leise.

25

Von der Kreuzung aus war es nicht weit bis zum Ende der Sackgasse. Die Schneeflocken fielen nun dichter und wir legten den Weg schweigend zurück. Nachdem ich Zafers Einladung mit einem kurzen Nicken angenommen hatte, wagte er nicht mehr, mir ins Gesicht zu sehen, und eine gespannte Stille breitete sich zwischen uns aus. Ich hatte es geschafft. Ich würde seine Wohnung betreten. Zwar hatte ich keine Ahnung, wie ich unbeobachtet an seinen Rechner kommen sollte, aber ich beschloss, darüber nachzudenken, sobald ich erst mal da war. Zugleich fühlte ich mich schäbig und verlegen. Neben mir trabte Zafer mit seinen langen Armen und Beinen, die beim Gehen um ihn herumschlackerten, und ich hasste mich für meinen Erfolg. Einen Moment lang überlegte ich sogar, Zafer alles zu gestehen. Ich wäre gerne aus meiner Festung mit den dicken Mauern herausgekrabbelt, hätte die Maske abgeworfen und ihm von Prospero erzählt. Von Rat, von Claire und von dem Auge, das wir bekämpften. Er nannte es das Auge. Und er meinte kein Computerspiel.

Hätte ich es erzählt, die Geschichte hätte eine andere Wendung genommen. Wir wären vielleicht rechts abgebogen, so aber liefen wir den geraden Weg auf das Ende der Straße zu.

Warum ich es nicht erzählt habe? Ich schämte mich. Schämte mich für meine schlauen Pläne und für meine kühle Berechnung, für meine Maske, die ich so leicht aufziehen konnte. Ich steckte in meiner Festung mit den dicken Mauern. Noch fühlte ich mich sicher. Einsam zwar, aber ziemlich sicher.

Als Zafer die Haustür aufsperrte, berührte ich den linken Löwen am Eingang am welligen Hinterkopf, so wie es Zafer in den Aufzeichnungen immer getan hatte. Ich blickte nach oben zu der Stelle, an der ich die Kamera vermutete, und überlegte, ob mich in diesem Moment jemand überwachte. Vielleicht würde auch einer in einer unbestimmten Zukunft diese Stelle vor- oder zurückspulen. Er würde den Schnee sehen, der auf Zafers Schultern, meiner Mütze und dem Gitarrenkasten lag. Er würde sehen, wie ich hinter Zafer durch die Haustür ging, aufmerksam und ohne zu lächeln.

Wir liefen durch die Hinterhöfe. Der erste, der zweite. Das Rauschen der Autobahn war durch die hohen Häuser abgeschirmt und der Schnee dämpfte unsere Schritte. Das Licht im unteren Treppenaufgang von Zafers Haus im dritten Hinterhof war kaputt und wir standen im Dunkeln, als Zafer die Tür öffnete.

Seine Wohnung war kalt und verlassen. Ich lehnte meinen Gitarrenkasten in die Ecke neben der Eingangstür. Dann zog ich meine Jacke aus und warf sie über einen Stuhl im Gang, auf dem bereits ein zerknülltes Geschirrtuch, Pullover und Socken lagen. Der Gang war schmal und vielleicht zehn Meter lang. Ein Kabel zog sich in Schlangenlinien über die abgetretenen Bodendielen, bis es sich rechts in einem dunklen Zimmer verlor. Eine Nabelschnur, die in ein geheimes Reich führte. Zu Zafers Rechner? Ich müsste nur der Kabelschlange folgen und den Rechner einschalten. Hatte er die Originalaufnahmen behalten? Gab es E-Mails von Argos an Zafer? All das wären Beweise, die Prospero entlasten und Argos überführen könnten. Wenn Zafer hatte, was ich suchte, dann hätte ich gleich zwei Fliegen mit einer Klappe geschlagen.

Es waren vernünftige Gedanken, logische Gedanken. Aber

die Vernunft war nur an der Oberfläche. Denn hinter den Mauern in meiner Festung war jemand anderes, mein Ich, ganz klein, es stellte sich auf die Zehenspitzen, um aus einer der Maueröffnungen zu lugen und Zafer zu beobachten. Er schaltete das Licht in der Küche an – eine bloße helle Glühbirne, die von der Decke baumelte – und zündete die Gasheizung unter dem riesigen kahlen Fenster an. Er hatte schlanke Hände mit langen Fingern. Einen schmalen Kopf und dunkle Haare. Alles an ihm sah schmal aus und verletzlich. Ich versuchte, ihn nicht merken zu lassen, dass ich ihn gerne ansah, nahm einen Stuhl, stellte ihn neben die Heizung und hielt meine Hände über das Gitter, unter dem die bläuliche Gasflamme züngelte. Langsam wurde mir klar, dass das, was ich Vernunft nannte, nur ein anderer Name für Gefühllosigkeit war. Draußen hinter der riesigen Fensterscheibe fiel weich der Schnee in die Dunkelheit und innen wurde es langsam wärmer und weniger fremd. Ich konnte mich selbst in der Spiegelung sehen und hinter mir Zafer, der eine Dose von dem Regal über dem Herd holte.

»Möchtest du vielleicht … einen Kaffee?« Er schaffte es immer noch nicht, mich anzusehen, und begutachtete stattdessen die Dose mit braunen Kaffeekrümeln, als hielte sie Antworten für ihn parat.

»Ja, Kaffee wäre gut«, sagte ich.

Er drehte den Wasserhahn auf, aus dem braunes Wasser schoss.

»Ist nur Leitungsrost. Kommt … kommt vor, wenn ich mal länger nicht da war.«

Zafer ließ das Wasser in ein Glas laufen und goss damit einen Bonsaibaum, der in einem länglichen schwarzen Übertopf neben der Spüle stand.

»Ist aber gut für die Pflanze.«

»Was ist das überhaupt?«, fragte ich. Ich hätte alles Mögliche von Zafer erwartet, aber nicht, dass er sich um eine Pflanze kümmerte.

»Ein Maulbeerbaum.«

»Das, was die Seidenraupen essen?«

»Das weißt du?«

Er wirkte einen Moment verwirrt, fast gänzlich aus dem Konzept gebracht, dann fing er sich wieder, beugte sich über die Pflanze, zupfte ein paar braune Blätter von den Ästen und gab mir eines davon.

»Er ist so perfekt. Schau dir die Adern an.«

Ich hielt das Blatt in der Hand. Es war schon braun und eingerollt, aber man konnte noch die Adern sehen, die sich über die Oberfläche zogen. Sie waren symmetrisch und verzweigten sich.

»Das Verrückte ist, dass der ganze Baum noch mal in dem Blatt gespiegelt ist, nur kleiner. Und dann ist das Blatt in den Verzweigungen und alles wird immer winziger. Aber es ist immer das Gleiche.«

»Stimmt«, sagte ich. »Das ist fraktale Geometrie«, hätte ich am liebsten hinzugefügt, etwas, womit man Dinge bis in die Unendlichkeit berechnen konnte, aber ich wollte meine Maske noch aufbehalten.

»Ich wäre sehr stolz, wenn ich so was mal nachbauen könnte, aber es ist einfach zu schwer.«

»Na ja, wenn du das könntest, dann wärst du wirklich Gott, oder?«

Er sah kurz zu mir hoch und lächelte. Dann befüllte er den Wasserkocher mit dem Wasser, das mittlerweile hell aus dem Hahn kam. Er drückte auf den Knopf und blickte in seinen Kühlschrank. Es war ein Ding mit einem silbernen altmodischen Schriftzug an der Tür, das beim Öffnen seltsam schmatzte. Ich konnte nicht sehen, was Zafer darin sah, aber es schien nicht sehr erfreulich gewesen zu sein. Er holte nur ein paar kleine runde Milchdöschen heraus.

»Also … wenn du was essen willst …«

»Okay?«

»Ich könnte etwas vom Pizzaservice bestellen. Online. Man muss nicht mal telefonieren.«

Ich musste lachen. »Das ist gut.«

Er kratzte sich am Kopf. »Ich telefoniere nämlich nicht gern.«

»Ich auch nicht«, sagte ich. »Schon gar nicht mit Pizzadiensten.«

Zafer grinste. Der Satz schien ihn merkwürdigerweise zu freuen.

»Was möchtest du?«

»Eine Margherita.«

Er nickte und ließ die bröseligen Krümel des Kaffeepulvers in eine Tasse rauschen. *100 Jahre Christkindlesmarkt* – mit Rentieren. Dann schüttete er das kochende Wasser nach. Ich überlegte mir, wie ich ihm zu seinem Computer folgen konnte. Unauffällig.

»Kannst du später vielleicht etwas spielen?«, fragte Zafer plötzlich. Er sah mich an und seine Augen glänzten.

»Etwas spielen?«, fragte ich überrumpelt.

»Mit … mit der Gitarre. Also. Hier verzieht sie sich bestimmt nicht.«

»Mhmm.«

Er stellte die Kaffeetasse in großem Abstand zu mir auf den Tisch. Fast als würde er ein gefährliches Tier füttern. »Ich bestelle uns die Pizzen und du kannst es dir ja inzwischen überlegen. Also … nur … wenn du willst.«

Dann verschwand er im Gang. Ein Lichtkegel war auf dem Boden zu seinem Zimmer zu sehen und ich hörte das Geklapper der Tasten. Ich stand im Gang bei meinem Gitarrenkoffer. Es wäre die Gelegenheit. Dazu war ich hier. Ich müsste nur in sein Zimmer gehen. Warum tat ich es nur nicht?

Stattdessen holte ich den Gitarrenkoffer, wischte den geschmolzenen Schnee mit dem Geschirrhandtuch ab und öffnete vorsichtig das Gehäuse. Innen schimmerte meine Gitarre braun im Licht der Glühbirne. Ich hob sie heraus. Sie fühlte sich kühl und vertraut an. Die E-Saite klang viel zu tief. Ich drehte oben an den Wirbeln, zupfte die Saiten und hörte den Tönen nach, die silbern in der Küche hallten.

»Und?«

Ich hob den Kopf und sah, dass Zafer inzwischen zurückgekommen war. Er stand im Türrahmen.

»Bin gerade am Stimmen.«

»Kannst du vielleicht das Lied spielen, das du gespielt hast? Damals. Am Kaufhaus.«

»Sound of Silence?«

Er nickte. »Ja, ich glaube. Das war es.«

A-Moll. Ein kleines a. Damit begann es. *Hello Darkness, my old friend.*

Ich singe schon lange auf der Straße. Es geht dabei weniger um die Musik, sondern darum, die Leute zum Zuhören zu bringen. Ich mag es, wenn sie plötzlich stehen bleiben. Sie sehen mich an und ich genieße eine Macht über sie. Das funktioniert aber nur, weil sie mich nicht kennen. Jetzt mit Zafer in der Küche war es anders. Es war wesentlich leichter, vor hundert unbekannten Zuschauern zu singen als hier. Aber dann tat ich es doch. Es war in Ordnung. Mehr als in Ordnung. Ich sah Zafer an und er konnte mir plötzlich in die Augen blicken. Er lächelte. Nein, er strahlte. Die Musik ließ mich nicht im Stich. Erst war mir meine Stimme fremd und dann war mir, als würde ich eine Geschichte erzählen. Eine Geschichte der Dunkelheit und des Neonlichts, und während ich sang, wurde mir klar, dass ich unsere Geschichte erzählte. Die von Zafer und mir.

Das Lied endete mit einem a. Es hallte noch in den Wänden nach. Ich legte die Gitarre zurück in den Kasten.

»Gute Akkustik hier«, sagte ich schließlich und räusperte mich. Merkwürdigerweise konnte ich Zafer nun nicht ansehen.

»Ich glaube, der, der das geschrieben hat, mag die Dunkelheit.«

»Ich mag sie auch. Obwohl … es gibt zwei Arten.« Ein kurzer Schmerz zuckte über Zafers Gesicht.

»Manchmal ist die Dunkelheit ein schwarzer Mantel. Der ist warm und du bist glücklich allein.«

»Und die andere Art?«

»Stell dir vor, jemand macht das Licht aus und nimmt dann die Dunkelheit weg. Das … ist die zweite Art. Das Nichts.«

»Ich weiß«, sagte ich.

Er legte die Hand auf meine, als er seine Tasse auf den Tisch stellte. Es war fast wie ein Zufall. Ich zog die Hand nicht weg, sondern drehte sie um. Wir spürten nur unsere Handflächen. So saßen wir nur da, hielten uns an den Händen und sagten nichts. Draußen flogen die Flocken vorbei und innen saßen wir und rührten uns nicht – zwei Figuren im Inneren einer Schneekugel.

So.

Wir stecken in uns drin, jeder in sich selbst hinter dicken Mauern, und stellen uns auf die Zehenspitzen, um aus den Augenschlitzen in die Welt zu blicken. In meinem Fall sind es schmale Schießscharten und ich bin jederzeit bereit, mich wieder in mich selbst zu verkriechen, wenn mir das, was ich da draußen sehe, nicht gefällt. Jeder von uns eine Festung. Und durch diese Schießscharten entdecken wir andere Festungen. Aber das, was wir sehen, ist nur *außen*. Wir sehen die Mauern, aber nicht die, die aus den Schießscharten herausschauen. Nur selten gelingt es uns, so groß zu werden, dass wir uns nicht mehr auf die Zehenspitzen stellen müssen. Dann ist es ganz bequem, nach draußen zu sehen, denn wir müssen uns nicht strecken. Und manchmal, wenn wir uns nicht strecken müssen, werden wir eins mit unserer Festung. Und die Festung ist dann keine Festung, keine Steinmauer mehr, die uns umgibt, sondern etwas Lebendiges, wie das, das wir in uns haben. Und dann sind wir *da*. Und manchmal, ganz selten, werden wir größer als das, verbinden uns mit dem, was um uns herum ist, und dann haben die Grenzen, die unser Inneres umgeben, keine Bedeutung mehr. Es gibt keine Mauern und das, was wir sehen, ist nicht mehr wichtig. Es sind nur Pixel. Es ist nur das, was wir mit den Augen sehen, und es bedeutet nichts.

So saßen wir im Inneren der Schneekugel. Ich weiß nicht, wie lange. Eine Ewigkeit zusammengeschnurrt auf diesen Moment.

Aber die Geschichte geht weiter. Man kann nicht ewig in einem Moment leben. Man muss ihn wieder zerstören, um weiterleben zu können.

Das ist die Zeit. *Morgen und immer wieder morgen.*

Der Moment war vorbei, als etwas an das Fenster klopfte. Wir zuckten beide zusammen und lösten unsere Hände. Draußen im Schnee stand ein kleiner glatzköpfiger Mann und starrte uns an.

26

Klick, Klick. Der Mann hatte einen Spazierstock mit einem silbernen Knauf, dessen Spitze nun wiederholt gegen die Scheibe schlug. Ich kannte den Mann. Es war der Bote, der auch die Pizza in Prosperos Haus geliefert hatte.

Ich blickte zu Zafer, der plötzlich blass aussah. Er stand auf und öffnete das Fenster, was eine komplizierte Angelegenheit war, denn es bestand aus zwei getrennten Scheiben, die ineinander verhakt waren. Als er es endlich schaffte, zog ein Schwall kalter Luft in die Küche. Schneeflocken wirbelten herein und fielen auf den Tisch. Sie zerschmolzen zu kleinen Wasserflecken neben unseren Tassen. Der Mann mit der Glatze grüßte nicht, sondern schob nur zwei quadratische Pappschachteln über den Fenstersims in die Küche.

»Hier!«

»Danke!« Zafer nahm die beiden Kartons entgegen. »Es … es wird abgebucht.«

»Schon vermerkt.«

»Mit Trinkgeld.«

Der Mann nickte. Doch statt zu gehen, blieb er stehen und lehnte sich gegen die Hausmauer unter dem Fensterbrett. »Übrigens. Da draußen wartet jemand auf dich.«

Zafer sah ihn bestürzt an. »Wer?«

»Keine Ahnung. Ich bin nur der Bote, schon vergessen?«

Der Bote? Hatte er eine Nachricht für Zafer? Von Argos? Warum auf diesem Weg? Ich blickte Zafer an und sah die Verwirrung auch auf seinem Gesicht.

»Ich … muss ich gleich kommen?«, fragte er.

Der glatzköpfige Pizzabote zuckte mit den Schultern. Ich fragte mich, warum er keine Mütze hatte und ob wohl die Schneeflocken kalt in seine Haut stachen.

»Er hat nur gesagt, er würde auf dich warten. Vor der Tür.«

Vor der Tür. Ich machte mir in Gedanken eine Notiz, dass ich, sobald ich wieder an meinem Rechner wäre, sofort die Kamera am Ende der Sackgasse aufrufen musste. Ich würde die Bilder übereinanderlegen und prüfen, ob der Bote der gleiche war. Oder ob ich mich getäuscht hatte. Und vor allem musste ich herausfinden, mit wem Zafer sich treffen sollte.

Zafer sah auf den Mann, dann auf mich.

»Kein Problem«, sagte ich und versuchte, meine Stimme ganz leicht klingen zu lassen. »Wir können ja die Pizza im Ofen warm halten.«

»Der … funktioniert nicht.«

»Ich leg sie auf die Heizung«, sagte ich.

Zafer sah mich an, als erwartete er Hilfe von mir. Fast als ob ich mich einmischen sollte und ihn zurückhalten.

»Okay dann«, sagte der Glatzköpfige. »Und keine Angst – diesmal komme ich nicht wieder.« Er warf einen vieldeutigen Blick auf mich, zwinkerte Zafer zu und verschwand im Hinterhof.

Zafer stand am Fenster. Es dauerte eine Weile, bis er mich ansah.

»Ich muss … also ich bin gleich wieder da.«

Er ging zur Tür und drehte sich dort noch einmal um. »Wartest du hier?«

»Ich werde nicht weglaufen. Versprochen!«

»Danke!« Er sah tatsächlich erleichtert aus und ich fragte mich, ob er wirklich geglaubt hatte, dass ich verschwinden würde, sobald er hinausging.

Die Wohnungstür fiel ins Schloss. Vom Fenster aus konnte ich Zafer beobachten, wie er über den verschneiten Hinterhof lief. Er drehte sich nicht um.

Ich schloss die Fensterflügel, wobei ich mich auf einen Stuhl stellen musste, denn ich war zu klein, um den oberen Riegel zu erreichen. Dann legte ich die beiden Pizzaschachteln auf das warme Gitter der Gasheizung. Der harmlos fröhliche Pizzabäcker auf dem Karton lächelte mir aufmunternd zu. Ich nahm einen Schluck Kaffee und spürte, wie mein Herz klopfte. Es war so einfach – ein Geschenk –, genau das, was ich mir gewünscht hatte. Ich war allein in Zafers Wohnung und ich sollte mich beeilen, denn ich hatte keine Ahnung, wann er zurückkommen würde.

Der Schnee draußen schien sehr langsam zu fallen. Ich steckte meine Gitarre vorsichtig in den Kasten zurück, der immer noch im Gang stand. Mein Blick fiel auf die Kabelschlange und ich fühlte eine elende Traurigkeit in mir aufsteigen. Ich sah mich und Zafer für einen Moment von außen in der Schneekugel. Jetzt war ich dabei, die Kugel zu drehen, die andere, die verborgene Seite zu zeigen.

Ein klarer heller Gedanke stieg in mir hoch. Ich musste nichts tun. Ich könnte die Schneekugel so lassen, wie sie war, zurück in die Küche gehen, dort sitzen und einfach nur auf Zafer warten.

Ich könnte.

Es war ein Gedanke, den ich schnell nach unten drückte. Es wäre ein Verrat an Prospero und Dark Noise. Ich atmete tief durch – ein langer Atemzug, dann war ich wieder hinter meinen Mauern. Es war Zafer, der sich auf der falschen Seite befand, nicht ich. Ich musste die Wahrheit ans Licht holen und dem Kabel folgen.

Zafer hatte das Licht in seinem Zimmer brennen lassen. Es stammte von einer altmodischen grünen Schreibtischlampe aus Blech, die so auch bei Prospero hätte stehen können. In der Mitte, auf einem alten, abgewetzten Küchentisch befand sich sein Rechner. Er hatte einen teuren hochauflösenden Monitor, auf dem gestochen scharf – in einem grellen Rot, das in den Augen schmerzte – die Homepage von *Pizza Elegante* zu sehen war. Im Hintergrund schimmerten die Leuchten der Festplatten grünlich vor sich hin. Die Tastatur war beklebt mit verschiedenen Symbolen zur Videobearbeitung, wie sie alle 3-D-Artists hatten, die mit Tastenbefehlen arbeiteten.

Auf dem Tisch lag neben der Tastatur ein USB-Hub. Ich holte meinen Stick aus der Hosentasche, steckte ihn in eine Buchse und wandte mich dem Monitor zu. Was suchte ich? Die Originalaufnahmen. Ich hatte keine Ahnung, wohin Zafer sie gespeichert hatte. Wie hatte Zafer sie bekommen? Ich klickte auf sein E-Mail-Programm und scrollte seinen Eingangsordner nach unten. Er hatte keine privaten E-Mails. Es gab auch keine E-Mails mit der Endung *argos.com*. Dann ging ich auf *Gelöschte Elemente*. Es gab ein paar Spam-E-Mails und dann eine, die mich aufmerken ließ: *»Wie schnell bist du?« Laurin.*

Laurin. Wer war Laurin?

Ich zog die Nachricht auf den Stick. Dann überprüfte ich die Chronik, um zu sehen, welche Websites Zafer zuletzt besucht hatte. Gelöscht. Mist.

Die letzte Datei, die er bearbeitet hatte, war in seinem Animationsprogramm gewesen. War es Prosperos Bild, das er eingesetzt hatte? Ich überlegte blitzschnell, wie ich das Original finden konnte, und sah mir dann die zuletzt bearbeiteten Dokumente an. Es gab eine 3-D-Animation darunter. Ich klickte sie an und es dauerte, bis sie sich öffnete. Ich ging in die Hocke und blickte nervös zwischen dem Monitor und dem Fenster hin und her. Zafer würde mich sehen, wenn er zurückkam.

Dann endlich baute sich das Bild auf. Ich starrte auf den Monitor und meine Verwirrung hätte nicht größer sein können. Ein Schmetterling war zu sehen. Es war das letzte Bild. Wieso ein Schmetterling? Ich kopierte ihn auf den Stick.

Mehr konnte ich nicht finden. Jetzt musste ich nur noch einen Keylogger anbringen, um Zafers Tastaturanschläge aufzuzeichnen. Ich holte einen kleinen schwarzen Adapter aus meiner Hosentasche und kramte unter dem Tisch nach dem Kabel, das die Tastatur mit dem Rechner verband. Als ich das Kabel endlich fand, bemerkte ich etwas Seltsames.

Zafer hatte schon einen Keylogger. Wer hatte ihn bei ihm angebracht? Und warum?

Ich steckte den Adapter ab und ersetzte ihn durch meinen eigenen. In diesem Moment sah ich einen Schatten über den Hinterhof huschen. Ich erkannte Zafer mehr an seinem Gang als an seiner Gestalt, klickte eilig zurück auf die Homepage von *Pizza Elegante*, holte den Stick aus dem Hub, steckte ihn zusammen mit dem Adapter in die Hosentasche und verließ geduckt den Raum, wobei ich mir den Kopf an der Tischplatte anstieß und fluchend die Kabel, die darüber hingen, aus meinem Gesicht strich. Als Zafer die Wohnungstür aufsperrte, saß ich wieder in der Küche und umklammerte die kalte Kaffeetasse. Zafer war blass und nervös und konnte mir nicht ins Gesicht sehen. Was in dem Fall gut war, denn auch ich konnte ihn nicht ansehen.

»Entschuldige, ich …«

»Schon gut«, unterbrach ich ihn. Ich wollte auf keinen Fall, dass er sich bei mir entschuldigte. Das wäre das Schlimmste. Zafers Entschuldigung.

»Ich glaube, sie sind noch warm«, sagte ich daher schnell und holte die Pizzaschachteln von der Gasheizung, wobei mir ein Karton auf den Boden rutschte.

Zafer hob ihn auf und klappte den Deckel zur Seite.

»Das ist deine«, sagte er. »Brauchst du vielleicht Besteck?«

Ich schüttelte den Kopf und nahm den Karton aus seiner Hand. Die Pizza war vorgeschnitten und fühlte sich lauwarm und labbrig an, als ich ein Stück davon löste.

»Ich wollte dich nicht so lange warten lassen«, sagte Zafer, während er mir eine Serviette reichte, die er aus einer Tischschublade holte.

»Es war also, es war … etwas Geschäftliches?«, fragte ich leichthin.

Er nickte.

»Vom Auge?«

Zafer blickte kurz hoch. »Ja, so ähnlich.«

Er räusperte sich. »Kennst du das …, man tut etwas, obwohl man es gar nicht tun will …?«

»Ich weiß«, sagte ich leise. »Aber manchmal hat man einfach keine Wahl.«

Oh, man hat immer eine Wahl. Immer wenn man denkt, keine Wahl zu haben, ist etwas faul. Meistens mit einem selbst.

Ein Faden war zerschnitten, dessen Enden wir beide nicht mehr finden und verknüpfen konnten, und nun drängte sich die Stille zwischen uns. Sie war anders als die Stille in der Schneekugel. Hastig schlangen wir die lauwarmen Pizzastücke hinunter. In jedem anderen Fall hätte uns ein bisschen Konversation geholfen. Ein Gespräch über den Schnee, über Musik, aber hier wäre es hoffnungslos falsch gewesen und ich nahm an, dass Zafer das auch nicht beherrschte. (Was ihn sympathisch machte. Sehr sympathisch.)

Er war als Erster mit dem Essen fertig, das er so schnell in sich hineingestopft hatte, als hätte er tagelang nichts mehr zu essen bekommen. Er klappte den Deckel seines Kartons zu. In diesem Moment sah ich es. Das Foto. Zafer hatte es unauffällig unter die Pappe gesteckt, sodass es vorher gar nicht aufgefallen war. Es zeigte ein Mädchen mit kurz geschnittenen schwarzen Haaren auf einem Fahrrad. Ich blickte verblüfft darauf. »Ist das deine Schwester?«

Es war diese Millisekunde. Eine E-Mail, die man abschickte und eigentlich nicht abschicken wollte. Der Tastendruck mit dem Finger und der jähe Schreck, der einen durchzuckte, wenn einem bewusst wird, einen Fehler begangen zu haben.

»Meine Schwester?« Zafer blickte hoch. »Wie kommst du darauf?«

»Sie sieht dir ziemlich ähnlich.« Wurde ich rot? Das Blut war mir in den Kopf gestiegen.

Zafer starrte auf das Bild. »Findest du?«

»Deine Tochter kann es ja nicht sein.« Ich brachte sogar so etwas wie ein schmales Lächeln zustande, während mein Herz klopfte und klopfte.

Zafer sah mich aufmerksam an, fast bestürzt.

»Ja, es ist meine Schwester.«

»Aber wie kommt ein Bild von ihr in diese Schachtel?«

Zafer nahm das Foto. Seine Hände zitterten.

»Ich weiß es nicht«, sagte er leise. Er drehte das Bild eilig um und legte es auf den Küchentisch. Dann stand er auf und sah nach draußen. Ich konnte sein Gesicht nicht sehen.

»Ich glaube, es hat aufgehört zu schneien«, sagte ich nach einer langen Weile.

»Ja.«

»Vielleicht gehe ich jetzt besser.«

Ich hatte eine raue Stimme, die mir fremd war. Ich klang nicht nur fremd, ich fühlte mich fremd und vermied es, Zafer anzusehen.

Es schien in Zafer zu arbeiten, so als überlegte er lange, was er als Nächstes sagen wollte.

Schließlich blickte er mich an.

»Emily?«

»Ja?«

»Ich werde diesen Tag nie vergessen.«

Mein Herz klopfte plötzlich laut.

»Wegen der Pizza?«

Ich musste einen Witz machen. Irgendeinen Schwachsinn von mir geben, um das Feierliche der Aussage zu brechen. Es war kaum zu ertragen.

Zafer schüttelte den Kopf. »Nein. Wegen dir.«

Er hatte es gesagt. Es musste ihn viel gekostet haben. Ich sah, wie seine Hand zitterte. Scheiße.

Ich stand abrupt auf.

»Ich glaube, ich muss jetzt wirklich …«

Ich ging in den Gang, klappte den Gitarrenkoffer zu und zog meinen Mantel an.

Dann sah ich noch mal in die Küche und beeilte mich, etwas zu sagen, noch bevor Zafer, der immer noch am Fenster stand, reagieren konnte.

»Danke … danke für die Pizza!«

Ich machte einen Schritt in den dunklen Hausgang. Die Tür fiel hinter mir ins Schloss. Es klang lauter, viel lauter, als ich es beabsichtigt hatte. Dann flüchtete ich über die Hinterhöfe.

Als ich endlich die Straße entlanghastete, musste ich mir etwas von den Wangen wischen. Es waren keine geschmolzenen Schneeflocken.

27

»Du hast ihn also gefunden«, stellte Claire fest. Sie hatte mich zu einer Bäckerei zitiert, die extrem schwer zu finden gewesen war. Ich war eine halbe Stunde in dem mir völlig unbekannten Viertel herumgeirrt, hatte dabei vergeblich versucht, den Treffpunkt, den mir Claire via SMS geschickt hatte, auf Google Maps zu orten, und trieb mich dann ratlos auf der Hauptstraße herum. Schließlich kam Claire aus einem der Hinterhöfe. Ich sah sie auf mich zukommen. Eine bunt gekleidete alte Frau, die mir mit ihrem Stock zuwinkte. Ich zuckte einen Moment zusammen, weil ich an den Pizzaboten denken musste und dabei natürlich an Zafer. Aber an ihn dachte ich sowieso den ganzen Tag. Als ich Claire nun sah, war ich froh, mich für eine Weile aus der Endlosschleife meiner Gedanken verabschieden zu können. Sie begrüßte mich knapp und führte mich in eine zwischen zwei hohen Gründerzeitbauten versteckte Bäckerei, die so etwas wie ein Geheimtipp zu sein schien. In dem schmalen Durchgang war es eng und laut und vor uns drängten sich Studenten der nahe gelegenen Uni an der Theke. Für einen Moment wünschte ich mir, ich könnte auch so unbekümmert herumschnattern und mir nur über Klausurnoten, unfaire Dozenten und die nächste Party Gedanken machen. Ich hätte an diesem Nachmittag liebend gerne getauscht. Mit jedem von ihnen.

Claire kaufte uns eine Tüte Sahnebaisers und zog mich an den Stehtischen vorbei zum Hintereingang des Ladens, durch den wir in einen quadratischen Hinterhof gelangten, in dessen Mitte eine riesige Rotbuche wuchs. Wir liefen über ein buckliges Kopfsteinpflaster, über das der Wind die welken Blätter trieb, zu einem flachen Altbau mit Sprossenfenstern und einer schlichten verwitterten Holztür.

»Ist das eine Schreinerei?«, fragte ich Claire.

»Es war einmal vor 50 Jahren ein Labor, das zur Uni gehörte«, sagte Claire, als sie aufsperrte.

Die Tür öffnete sich quietschend und wir betraten einen riesigen Raum mit großen verschmutzten Sprossenfenstern, die bis knapp unter die Decke reichten. Auf dem Steinboden lagen schwere Teppiche und in der Mitte stand ein runder Tisch, um den sich ein paar verschlissene alte Sessel gruppierten.

»Im Winter ist es leider ein bisschen kalt.«

»Du wohnst hier?«

»Nachdem der Lehrstuhl aufgelöst worden war, bin ich ganz hergezogen.« Claire zog ihren Mantel aus und machte sich an einem Teekessel zu schaffen, der auf einem Campingkocher mit blauer Gasflasche stand. Bücherstapel lehnten gegen die Wand, unter den Fenstern mit dem aufgeplatzten weißen Lack standen bunte Glasfiguren. Ich stellte mir Prosperos Gesichtsausdruck vor, als er das erste Mal hier hereinkam. Wie er den gläsernen Briefbeschwerer auf dem Schreibtisch in die Hand nahm, wie er mit den Fingern über die Tapete strich – fantastische Fische in dunkelgrauem Gewässer. Claires Wohnung war eine Fundgrube aus Gebrauchsgegenständen und völlig nutzlosen Dingen, die wie zufällig herumstanden. Sie waren nicht ausgesucht wie bei Prospero. Kein sorgsam arrangiertes Chaos, sondern eher eine chaotische Sorglosigkeit. Mir kam es eigenartig vor, genauso schräg und verwegen wie die bunten Papageien auf schillernd grünem Hintergrund, die sich an den Schnäbeln berührten. Sie leuchteten mir auf Claires Pulli entgegen.

»Den trug ich schon in den 60ern«, bemerkte Claire, als sie meinen Blick auffing.

»Das ist also Vintage.«

Claire zog ihre Augenbrauen hoch. »Was auch immer. Er hält warm.«

Neben der Küche, sofern man das Ensemble aus Campingkocher, winzigem Kühlschrank und altem Waschbecken so nennen konnte, führte eine Wendeltreppe nach unten in die Dunkelheit.

»Und wo geht es da hin?«, fragte ich Claire.

»In den Keller.«

»Zu Snark?«

Claire nickte flüchtig. »Er braucht viel Platz.«

Für einen Moment stellte ich mir ihren Mann als gestörten Riesen vor, der nicht das Licht des Tages erblicken sollte. Irgendeine gealterte krude Mischung aus Troll und Dracula. Seltsamerweise gab es keine anderen Spuren von ihm in dem Zimmer. Keinen Mantel oder etwa Schuhe, die neben Claires Stiefeln an der Eingangstür standen.

Ich half Claire, eine Etagere mit den Sahnebaisers und die hauchdünnen Porzellantassen mit den geflügelten Drachen auf den Tisch in der Mitte zu stellen, und sie kam nach einer Weile mit einer Kanne Tee zu mir.

Es schien sie angestrengt zu haben. Sie setzte sich auf den Sessel, wartete ein wenig mit geschlossenen Augen und schenkte dann den goldenen Tee in die Tassen.

Dann lehnte sie sich zurück und blickte mich an.

»Du hast ihn also gefunden!«

Ich nickte. »Ja, kann man so sagen.«

Ich hatte ihn gefunden. Tatsächlich. Jedoch ganz anders, als Claire es meinte. Ich holte den Keylogger-Adapter und den

Stick aus meiner Hosentasche und legte beides auf den Tisch, als würde ich ihr meine Jagdtrophäen zu Füßen legen.

Sie sahen lächerlich mickrig aus.

Dann berichtete ich, wie Rat und ich Prosperos Haus beobachtet hatten und uns dabei Zafer aufgefallen war. Wie ich ihn daraufhin beobachtet hatte und in seine Wohnung gelangte. Es war eine Erzählung mit vielen Löchern. Eigentlich ließ ich das Wesentliche aus. Das Kaufhaus, die Zwillinge, Zafers Unfall. Ich erzählte nichts von Liedern, Schneeflocken oder Mauern. So wie ich es schilderte, kam es mir vor, als wäre das alles einer fremden Person passiert und nicht mir. Es war zwar alles richtig, aber trotzdem alles falsch.

Als ich geendet hatte, sah mich Claire kurz an, dann schenkte sie mir wieder Tee in die Tasse. Wir schwiegen eine Weile und ich fragte mich, ob sie mir diese gefühlsbereinigte Version der Dinge abkaufte. Aber Claire verzog keine Miene.

»Hast du diesen anderen Keylogger schon ausgewertet?«, fragte sie schließlich.

»Ich habe es mit Rat probiert, aber wir kamen nicht an das Passwort, um die Daten zu entschlüsseln.«

»Mhmm. Und was hast du von seiner Festplatte kopiert?«

»Eine E-Mail und … einen Schmetterling.«

»Einen Schmetterling.« Claire lachte. »Sehr hübsch, einen Schmetterling!«

»Es war das, was er als Letztes bearbeitet hatte.«

»Konntest du herausfinden, was er damit machte?«

»Nein, dazu bräuchte ich die Aufzeichnungen aus dem Keylogger.«

»Und du hast kein Bild von Prospero gefunden?«

Ich schüttelte den Kopf. »Nicht auf seiner internen Festplatte. Ich hatte aber auch wenig Zeit, und wenn ich er wäre, hätte ich die Originalaufnahmen sowieso auf eine externe Festplatte gelegt.«

»Oder ich hätte sie einfach gelöscht.« Claire erhob sich nicht ohne Mühe, holte einen Laptop vom Schreibtisch unter dem Fenster und steckte meinen USB-Stick in die Schnittstelle. Sie klickte auf die E-Mail, die auf dem Schirm erschien.

»Was ist mit der Domain?«, fragte Claire.

Ich zuckte mit den Achseln. »Es gibt sie nicht mehr.«

Claire nickte. »Man hat sie also nur dafür eingerichtet.« Sie setzte ihre Brille auf und las die Nachricht.

> *lass die nummer verschwinden. du hast eine stunde. keine sekunde länger. keine speicherung, keine kopien. du wirst deinen lohn bekommen.*
> *Laurin*

Claire zog die Augenbrauen hoch.

»Laurin?«

Ich nickte. »*Wie schnell bist du? Laurin*. Das war die Betreffzeile. Da ist auch noch ein Anhang.«

»Schon gesehen«, sagte Claire. Das Bild der Tiefgarage mit dem weißen Auto erschien auf ihrem Laptop. Sie zoomte auf das Nummernschild und machte sich davon einen Screenshot.

»Das habe ich auch schon getan«, sagte ich und spürte die Ungeduld in meiner Stimme. »Das Auto ist ein Firmenwagen.«

»Von Argos?«

Ich nickte.

Claire zoomte wieder zurück. »Es ist vor allem dieselbe Tiefgarage. Derselbe Hintergrund, in den Prospero gesetzt wurde.«

»Das wird aber nicht als Indiz reichen.«

»Mhmm.« Claire stellte den Laptop auf dem Tisch ab. »Eine seltsame Art, einen Auftrag zu erteilen, findest du nicht? Wieso kam er nicht direkt von Argos?« Sie lehnte sich zurück und starrte auf die Teetassen. »Warum sollte Argos so einen heiklen Auftrag outsourcen?«

»Um von sich abzulenken. Ich bin die Listen aller Mitarbeiter von Argos durchgegangen. Es gibt dort keinen Laurin. Es muss jemand von außerhalb sein.«

»Das ist *eine* mögliche Schlussfolgerung.« Claire schloss die Augen und rieb sich mit ihrer Hand über die Schläfe. »Ich bin mir sicher, Laurin ist kein Mensch.«

Ich starrte Claire verwirrt an.

»Was ist es dann?«

Claire verzog die Mundwinkel zu einem Grinsen. »Schon einmal von *Regin* gehört?«

»Der Spionagesoftware?«

»Genau. Der Name stammt aus der Dvargatal. Dort ist Regin ein boshafter Zwerg mit einem magischen Schwert.«

Ich war mir nicht sicher, ob Claire sich über mich lustig machte oder aber langsam dabei war, verrückt zu werden.

»Was ist die Dvargatal?«, fragte ich vorsichtig.

»Eine Aufzählung der nordischen Zwerge. Ungefähr tausend Jahre alt. Tolkien hat sich daraus bedient, als er den Herrn der Ringe schrieb. Die Programmierer von Regin kannten sie, als sie der Software diesen Namen gaben: Regin, der wehrhafte Spion.«

»Du meinst, Laurin ist der Name einer Software?«

»Oder der Name einer Entwicklungsabteilung.«

Ich schüttelte den Kopf. »Ich kenne die Projektliste von Argos. Sie benennen ihre Forschungsprojekte nie mit Namen. Sie geben ihnen Farben. Rot, Gelb, Grün. Je nach Priorität.«

Claire sah mich fast mitleidig an. »Das kommt daher, dass du nur an die Liste für den äußeren Kreis gekommen bist. Die geheimen Projekte hast du nie gesehen.«

Ich sagte nichts, sondern starrte nur auf den Drachen auf meiner Teetasse, der sein Feuer aus den Nüstern gegen den Henkel blies. Was war, wenn Claire recht hatte? Dann war Laurin ein Projekt. Ein Gedanke drängte sich in mir nach oben. Noch schwer fassbar, aber eine vage Idee. *Laurin.* Ich hatte schon von ihm gehört.

»War es der mit der Tarnkappe?«

Claire nickte. »Wie praktisch, nicht? Argos baut nicht nur Kameras. Argos baut auch Tarnkappen. Die Firma macht Menschen unsichtbar.«

Sie stand auf, stützte sich dabei an dem Korbstuhl ab, nahm ihren Stock und lief durch den Raum zur Küche. Oder, besser gesagt, zu dem, was sie Küche nannte.

»Wo willst du hin?«, fragte ich sie.

Claire drehte sich um.

»Es wird Zeit, dass du Snark kennenlernst.«

28

Der Keller war kein dunkles unheimliches Loch, so wie ich es erwartet hatte, als ich die Wendeltreppe das erste Mal sah. Im Gegenteil – er war bis in den letzten Winkel ausgeleuchtet von einem schmerzend hellen, unfreundlichen Neonlicht, das von einem quadratischen Kasten an der Decke herunterbrannte. Die Lampe surrte leise und warf ihr Licht auf einen vielleicht 20 Quadratmeter großen Raum, der mit technischen Geräten vollgestopft war. Die Geräte waren aber nicht einfach nur abgestellt und vergessen, sondern wohlüberlegt miteinander verbunden. Vor den unverputzten Ziegelmauern standen große Türme mit Schaltern. Hinter Plexiglasscheiben waren Magnetbandspulen zu sehen, daneben ein vorsintflutlicher Drucker mit grün-weiß gestreiftem Papier mit Löchern an beiden Rändern. Claire ging zu dem Tisch in der Mitte, auf dem sich ein Bedienpult neben zwei riesigen Röhrenmonitoren befand. Die Monitore hatten einen – für heutige Verhältnisse – winzigen Bildschirm, der an den Ecken abgerundet war. Alles wirkte so, als habe man es vor einer Stunde erst abgeschaltet. Etwas Ähnliches hatte ich bis jetzt nur einmal in einem Museum gesehen.

Claire setzte sich auf einen altmodischen Schreibtischstuhl und breitete die Hände auseinander wie ein Zauberer im Zirkus.

»Darf ich dir vorstellen, *Snark*!«

Ich sah sie einigermaßen sprachlos an. »Eine Rechenanlage?«

»Mehr als das! Snark ist ein künstliches neuronales Netzwerk.« Claire lachte. Es klang wie ein Husten. »Ein ziemlich veraltetes neuronales Netzwerk.«

»Und du hast es entwickelt?«

»Natürlich nicht ich allein. Hast du eine Ahnung, was so eine Anlage in den 60ern gekostet hat?«

Ich zuckte mit den Achseln.«

»Fast eine halbe Million! Und das war zu der Zeit wirklich viel Geld. Wir waren eine ganze Gruppe von Forschern. Unser Auftrag war es, einen Computer zu bauen, der die innere Arbeitsweise des Gehirns nachbildet. In der Biologie fing man an, die Funktionsweise von Neuronen und Synapsen zu verstehen, und wir haben versucht, diese Schaltungen nachzubauen. Snark hier arbeitet parallel und verteilt mit unterschiedlichen Layern.«

Ich ging zu den Türmen mit den zerkratzten Plexiglasscheiben. Dahinter befanden sich Magnetbänder auf Spulen, wohl ein alter Zwischenspeicher.

Claire trat neben mich. »Eigentlich ist das hier Snark II. Der Original-Snark aus den 50ern steht am MIT in den USA. Es ging darum, dass wir nicht jeden Schritt einprogrammieren mussten, sondern dass der Rechner selbst lernt.«

Ich sah sie gespannt an.

»Durch Rückkopplungen. Wir sagten ihm, mit welchen Ergebnissen wir zufrieden waren, und er justierte sich, je nach den Ergebnissen, immer wieder neu. Ein elektronisches Modell unseres Gehirns.« Sie lächelte. »Zumindest so, wie wir uns das Gehirn im Moment vorstellen.«

»Ein selbst denkender Computer«, stellte ich fest.

»Ja, ein sehr primitiver, selbst denkender Computer. Leider nicht besonders erfolgreich.«

»Wo war der Haken?«

»Künstliche Intelligenz war etwas, über das man zu der Zeit gerne Science-Fiction schrieb, aber in der wirklichen Forschung waren wir noch meilenweit davon entfernt. Die neuronalen Netzwerke waren relativ erfolglos. Sehr fehleranfällig, selbst bei den einfachsten Funktionen. Bald hielt man die Technik nicht mehr für relevant und andere Forschungszweige wurden wichtiger. Erst wurden uns die Mittel gestrichen, dann hatten wir kein Geld mehr, um unsere Praktikanten zu bezahlen, und schließlich machten sie 1978 den Lehrstuhl Neurokybernetik ganz dicht.«

»Und wo hast du dann gearbeitet?«, fragte ich.

Claire verzog das Gesicht.

»Ich begann, Archivierungssoftware für Bibliotheken zu schreiben.«

»Nicht gerade aufregend«, bemerkte ich.

»Das ist eine echte Untertreibung!«

Sie lachte.

»Ich hatte ein bisschen Geld gespart und kaufte der Uni dieses Gebäude ab. Die meiste Zeit meines Lebens hatte ich sowieso hier verbracht, warum sollte ich dann woanders hinziehen? Und die Hochschulverwaltung war letzten Endes froh, weder renovieren noch sich weiter um unseren digitalen Freund kümmern zu müssen. Sie hätten ihn sicher zu gerne verschrottet.«

Claire strich mit der Hand über das blaue Bildschirmgehäuse.

»Ich brachte Snark von der oberen Etage nach unten. Stück für Stück über viele Jahre. Seither teilt er mit mir das Leben.«

Sie zögerte und sah mich an. »Nun ja, es gab auch andere, die das vorübergehend taten. Von Snark habe ich mich allerdings nie getrennt.«

»Ich wusste gar nicht, dass es damals schon Frauen in der Informatik gab«, entfuhr es mir.

Claire zog ihre Augenbraue hoch und musterte mich von der Seite, was mir wieder das Gefühl gab, um etliche Jahre jünger zu werden. Eigentlich fühlte ich mich plötzlich wie zwölf.

»Du würdest mir also mehr vertrauen, wenn ich ein alter Mann in einem geschmacklosen T-Shirt wäre und dir das alles erzählte.«

»Nein«, beeilte ich mich zu sagen und war mir nicht ganz sicher, ob ich nun rot wurde. »Ganz sicher nicht. Ich … ich bin nur überrascht.«

Wie zwölf? Jetzt fühlte ich mich wie sechs. Es ging in einem rasenden Tempo abwärts.

Claire schüttelte amüsiert den Kopf.

»Oh, anfangs gab es gar nicht so wenige Frauen. Gut ausgebildete Mathematikerinnen, die stundenlang die langweilige Rechenarbeit verrichteten. Damals war Rechnen ungefähr so hoch angesehen wie ein Bürojob. Erst als die Informatik zu einer Art Geheimwissenschaft wurde, mit der man viel Geld verdienen konnte, verschwanden die Frauen.«

Claire machte eine vage Bewegung mit der Hand.

»Sie lösten sich einfach in Luft auf! Erstaunlich, nicht? Sobald Frauen einen lukrativen Job übernehmen, wird weniger bezahlt. Und sobald ein Job besser bezahlt wird, gibt es plötzlich keine Frauen mehr.«

»Das war aber im letzten Jahrhundert«, wagte ich einzuwerfen.

»Oh natürlich. Das ist für dich schon eine ganze Ewigkeit! Gut, dass wir seitdem so enorme Fortschritte gemacht haben.«

Claire bedachte mich mit einem sarkastischen Lächeln.

»Jedenfalls interessierte sich kein Mensch mehr für Snark, bis vor ein paar Jahren dein Freund hier auftauchte.«

»Prospero?«

Claire nickte. »Er schneite hier herein und machte mir Komplimente, was mich – ehrlich gesagt – ein bisschen stutzig machte. Er war ein bisschen zu charmant. Sehr gut aussehend, sehr professionell.«

»Er war nie mein Freund«, beeilte ich mich zu sagen. »Also, nicht wirklich.«

Die ganze Sache war zu kompliziert zu erklären und Claire wäre sicher die Letzte, die das verstand.

Claire winkte ab. »Wie auch immer. Er hatte damals gerade bei Argos angefangen und wollte etwas über die Grundlagen der neuronalen Netzwerke lernen.«

»Argos benutzt neuronale Netzwerke, oder?«

Claire nickte. »Aber ja! Plötzlich war unsere Forschung wieder interessant. Man konnte die neuronalen Netze auf einer ganz anderen, viel komplexeren Ebene nutzen. Sie arbeiten selbstständig und können sich Dinge selbst zusammensetzen. Aus verrauschten Aufnahmen die Töne rekonstruieren, eine eigentlich unleserliche Handschrift entziffern oder selbstständig Sprache erkennen.«

»Und Bilder zusammensetzen und erfassen.«

Claire nickte.

»Fast alle Verfahren zur Bilderkennung bedienen sich neuronaler Netzwerke. Es ist ein Computer, der entscheidet, wen er da vor sich hat. Er erkennt die Person. Argos baut leistungsstarke Kameras, die alle den gleichen Bildstandard haben, und stellt sie flächendeckend auf. Dann hast du ein einheitliches Kameranetz zusammen mit einer Software, die auf einem neuronalen Netzwerk beruht. Es muss nur ein einziges Bild von dir im Internet geben und das Netzwerk kann dich überall erkennen.«

»Und umgekehrt«, bemerkte ich.

Claire nickte. »Ja, und umgekehrt. Aus den Daten, die dir die Kameras liefern, kannst du Gesichter heraussuchen und dann sagen, wo sich die Menschen befinden. Prospero beschrieb mir die Arbeitsweise. Er schien sehr begeistert zu sein von dem, was er da tat.«

Sie zögerte.

»Es fiel mir schwer zu glauben, dass er eigentlich gegen Argos arbeitete.«

»Das hat er dir erzählt?«

»Erst nachdem ich ein paar massive Zweifel an seiner schönen neuen Welt äußerte. Es war sehr unvorsichtig von ihm.«

Sie sah mich an.

»Woher sollte er wissen, ob er mir trauen kann? Ein Wort, und ich hätte den kleinen tapferen Untergrundtrupp, der sich gegen die Pläne von Argos wehrt, auffliegen lassen.«

»Wir sind nur ein paar von vielen«, sagte ich.

»Und das ist sehr ehrenwert«, sagte Claire. Ich sah sie an und war mir nicht sicher, ob sie das ironisch meinte oder nicht. Aber ihr Blick hatte nichts Herablassendes.

»Zurück zu Prospero und Snark«, sagte sie schließlich. »Es gibt kaum noch jemanden, der weiß, wie man diese alten Rechenanlagen bedient.« Sie sah mich an. »Weißt du es?«

Ich blickte zu den großen Türmen mit den Schaltern und schüttelte den Kopf.

»Ich hätte keine Ahnung.«

»Genau wie Prospero. Er hatte natürlich keinen Schimmer. Ich habe es ihm gezeigt. Es war äußerst unterhaltsam.«

Sie lachte leise.

»Trotzdem war mir nicht klar, was er eigentlich wollte. Zuerst dachte ich, er interessiere sich für Technikgeschichte. Aber es ging ihm nicht um historisches Computerwissen. Dazu wirkte er mir zu ehrgeizig.«

Sie wartete kurz, um ihrer Erkenntnis mehr Nachdruck zu verleihen.

»Es ging ihm um Snark selbst.«

Ich blickte Claire verwirrt an.

»Aber warum sollte so ein veralteter Computer etwas haben, das Prospero gebrauchen könnte?«

Claire sah mich an und lächelte.

»Siehst du, genau das habe ich mich auch gefragt.«

Sie ging an Snarks Türmen vorbei und führte mich zu einem Bild, das mit einer Reißzwecke an der Ziegelwand des Kellers befestigt war.

Es sah aus, wie mit Instagram auf alt getrimmt, aber je näher ich kam, desto mehr wurde mir klar, dass es ein echtes Bild war. Aus vergangenen Zeiten. Eine Farbfotografie mit den unscharfen Konturen und knalligen Farben, das ziemlich überbelichtet aussah. Es war draußen vor dem Labor aufgenommen. Nur war zu der Zeit die Tür in leuchtendem Hellgrün gestrichen und die Buche ein dünnes Stämmchen, nicht größer als das Gebäude selbst. Das Bild zeigte Claire als einzige Frau mit dunklen kurzen Haaren in einem verwirrend geometrisch gemusterten Minikleid in Blau und Orange inmitten einer Männerriege mit langen Bärten.

»Wer ist das?«, fragte ich.

»Unsere Forschungsgruppe«, sagte Claire. »Lehrstuhl Neuronale Kybernetik. Ich an deiner Stelle würde mir den ganz rechts ansehen.«

Der Mann rechts wirkte jünger als die anderen, obwohl das durch die Vollbärte nicht gut einzuschätzen war. Er war auffallend klein und trug eine ausgebeulte Schlaghose, ein T-Shirt und hatte die Arme verschränkt.

»Erkennst du ihn?«, fragte Claire.

Ich schüttelte den Kopf. »Nein, wer ist das?«

»Anton Weller«, sagte Claire. »Er arbeitete damals bei mir als Praktikant.«

29

Gäbe es die verfluchte Zeit nicht, dachte Zafer, dann wäre alles auf einmal da. Emily wäre hier in seiner Küche. Auch er selbst, Zafer, an verschiedenen Tagen, in verschiedenen Zuständen. Es wäre – wie eine Langzeitbelichtung. Seine unterschiedlichen Ichs hingen um ihn herum, in Shorts und T-Shirts, in Pullovern, in Jacken, mal mit sich deckungsgleich bei den immer gleichen Bewegungen, dann auseinander. Die nackte Birne über ihm würde brennen und zugleich nicht brennen. Draußen wäre es Tag und schwarze Nacht. Er konnte das Bild vor sich sehen mit Emily und ihm in der Mitte an dem Tisch – verwischte Geisterfiguren, die sich an den Händen halten. Dahinter das Fenster, ein gähnendes schwarzes Loch in ein unbestimmtes Draußen.

Es gab in diesem Bild auch einen Stock, der gegen das Fenster schlug, und einen Mann mit einer Glatze, aber Zafer schaffte es, beides in Gedanken wegzuretuschieren.

Emily war also da. Wenn die Zeit nicht existierte, war sie genau hier in seiner Küche. Es gab keinen Grund für seinen Schmerz. Aber die Zeit rollte einfach fort, unerbittlich. Sie ließ sich nicht aufhalten, nicht zurückspulen. Es gab keinen Speicher für sie. Sie lief durch seine Hände wie der Sand in der schmalen Öffnung einer Sanduhr.

Seitdem Emily verschwunden war, war seine Wohnung nicht mehr dieselbe. Alles war von ihr durchdrungen. Jedes Mal, wenn er die Küche betrat, sah er Schneeflocken, die auf seinem Tisch schmolzen, er sah Emilys Haare, die eine gefärbte rote

Strähne, die ihr ins Gesicht hing. Er hörte die Töne der Gitarre, ja, er konnte sie sogar sehen: silberweiße Punkte, die in der Luft schwebten.

Zafer wollte sich nicht mehr lange in der Küche aufhalten. Er wollte sich nicht mehr auf den Stuhl setzen, auf dem Emily gesessen hatte, und er spülte ihre Tasse nicht ab. Zugegeben, das war das, was ihm am wenigsten schwerfiel. Er stellte die Tasse einfach auf das Regal neben dem Warmwasserboiler. Er wünschte, sie hätte mehr dagelassen. Etwas, das ihn an sie erinnerte. Aber sie hatte nichts von sich zurückgelassen. Sie war einfach verschwunden, ohne dass er verstanden hätte, warum. In Gedanken ließ er ihre Begegnung immer wieder abspielen und fragte sich, ob er sie mit etwas verärgert hatte, einem Satz, einer Geste. Er erinnerte sich an ihren Gesichtsausdruck, als sie den Pizzaboten gesehen hatte. Sie sah so aus, als hätte sie ihn erkannt. Zafer dachte an diesen Blick. Es war ein Rätsel. Er war durcheinander und er hatte zugleich das Gefühl, sich bis auf die Knochen lächerlich zu machen. Es war zwar keiner da, der ihn sah, aber er machte sich vor sich selbst lächerlich. Das genügte.

Manchmal wünschte er sich sogar, er wäre Emily nie begegnet. Ihm war genau das passiert, was er immer versucht hatte zu vermeiden. Er war angerührt worden. Jemand war in sein Inneres gedrungen und hatte in einer Windeseile von ihm Besitz ergriffen. Schneller, als er es sich je vorstellen konnte, und er hatte diesem Gefühl nichts entgegenzusetzen. Er war ihm hilflos ausgeliefert und er spürte einen Verlust, den er nie verspürt hätte, hätte er vorher nichts besessen. Diese anderen Ichs in der Doppelbelichtung, die in dem Bild um ihn herumwuselten, sie hatten nichts mehr mit ihm zu tun. Er war anders geworden und er wusste nicht, ob ihm das gefiel.

Der einzige Platz, den er betreten konnte und der ihn nicht an Emily erinnerte, war das hintere Zimmer, in dem sein Computer stand. Hier war nichts von ihr. Kein Bild, das mit ihr verknüpft war, keine Handbewegung, kein Blick. So ging Zafer morgens schnell in die Küche, um sich einen Kaffee zu kochen. (Die Kaffeedose, die eckigen Kaffeekrümel, der Dampf, der aus dem Wasserkocher stieg und an dem Wasserrohr an der Wand nach oben zog, all das schmerzte, es tat weh.) Er vermied es, aus dem Fenster zu sehen, nahm sich schnell seine Tasse mit in das Arbeitszimmer und schaltete seinen Rechner an.

Er hatte Aufträge. Viele Aufträge. Sie lenkten ihn von seiner Sehnsucht ab und beschäftigten die Oberfläche seines Geistes. Innen, dort, wo er seine Seele vermutete, tat es weh, aber die Arbeit hielt seinen Geist gefangen und hinderte ihn daran herumzuwandern, sich in die Küche zu stehlen und dort über die Zeit nachzudenken. In manchen Augenblicken aber, zwischen zwei Arbeitsschritten, hatte der Geist es geschafft zu entkommen, und Zafer ertappte sich dabei, wie er eine halbe Stunde nur vor sich hinstarrte. Dann holte er den flüchtigen Geist rasch zurück und zwang ihn zurück zu den Gesichtern, die auf dem Monitor auftauchten.

Die Aufträge kamen von Argos, auch wenn die E-Mails, die Zafer empfing, nie einen Argos-Absender hatten. Es war jener mysteriöse Laurin, der sie schickte, kurze kryptische Zeilen, Links zu Sequenzen, die sich Zafer auf seinen Rechner lud.

Es waren Aufnahmen von Überwachungskameras. Menschen. Gesichter.

Zunächst musste er nur die Gesichter vermessen. Dazu nahm er sich eine Aufnahme vor, bei der man das Gesicht am besten erkennen konnte. Er zog ein Gitternetz aus grünen

Linien darüber und baute es nach. Das Ergebnis verglich er mit anderen Aufnahmen des gleichen Gesichts und perfektionierte es, indem er noch ein paar Linien nachzog. Hier eine kleine Korrektur an der Nase, dort das Zurechtziehen der Wangenknochen, bis schließlich ein perfektes Gittermodell des Gesichts entstand. Den Menschen in dem Bild gab es nun doppelt. Einmal in der Realität und einmal als Nachbau in der virtuellen Welt.

So weit, so bekannt. Nur das, was folgte, war neu für Zafer. Er hatte eigentlich erwartet, dass er nun diese Menschen in unterschiedliche Hintergründe einsetzen sollte, so wie er es bei seinem ersten Auftrag schon getan hatte. Aber das war es nicht. Es ging um etwas anderes. Etwas, das ihn überraschte, und je mehr Gesichter er bearbeitete, desto mehr glaubte er, Wellers Plan zu verstehen. Er veränderte die Modelle und gab ihnen ein anderes Aussehen. Es gab neben dem Nachbau auch noch ein verändertes Modell des Menschen, das ganz anders aussah als die Realität. Wenn Zafer seine grünen Linien zog und sie dann in ein Modell überführte, rieb er sich die Schulter und hatte das Gefühl, Weller würde neben ihm sitzen. Es war Wellers Blick, der auf ihm ruhte, seine Hand, die auf seiner Schulter lastete. Sie war schwer wie ein Stein. Sie drückte Zafer auf seinen Stuhl, ließ ihn auf den Monitor starren und neue Menschen formen. Er war dabei. Er gehörte dazu. Sie hatten ihn gekauft. Er hatte keine Lust, seine Geldeingänge zu überprüfen, ahnte aber, dass er gut bezahlt wurde. 30 Silberlinge für eine Arbeit, die ihm früher einmal Spaß gemacht hatte und sich nun wie eine lästige Pflicht anfühlte. Alles kam Zafer schal vor, er war ein Rädchen in einem Getriebe, das er nicht überblicken konnte. Er machte seine Arbeit an der Peripherie, er war in einem äußeren Kreis und hatte keinen Kontakt zu den anderen, die auch noch für Argos arbeiten mussten. Es mussten mehrere sein. Idioten wie er selbst, die aus welchen Gründen auch immer Bilder bearbeiteten. Ein ganzes Heer von Retuscheuren, die dabei waren, die Wirklichkeit zu verändern. Während er die Gesichter modellierte, verbannte er immer wieder jeden Gedanken, der sich damit beschäftigte, wer die Menschen waren, die zu den Gesichtern gehörten, und warum Argos sie bearbeiten ließ.

Doch die 30 Silberlinge waren nicht der einzige Grund, warum Zafer weitermachte. Gäbe es nicht noch etwas anderes, er hätte Argos sie längst vor die Füße geworfen.

Es war Dominik gewesen im Schneegestöber. Er hatte den Boten mit der Pizza abgepasst und nach ihm geschickt. Er wartete auf Zafer in der Kälte vor dem Haus. Das aufregende schöne Gefühl, das Zafer zuvor in der Küche empfunden hatte, verlosch bei seinem Anblick wie die Flamme einer Kerze, die leise zischend von zwei großen Fingern ausgedrückt wurde. Dominik wirkte riesig, sein Schatten legte sich über Zafer, als er ihm ein Foto überreichte. Zafer betrachtete es im Licht der Straßenlaterne. Es zeigte Charis mit einem Lächeln, das frech und herausfordernd sein sollte, aber eigentlich schüchtern war. Sie hatte ihre neongelbe Schultasche auf der Schulter und fuhr auf einem alten weißen Herrenrennrad, das – Zafer erinnerte sich – einmal ihm gehört hatte. Es war federleicht, wackelig, hatte wimmernde Bremsen und ließ Charis noch schutzloser aussehen, als sie ohnehin schon war.

»Wir passen auf sie auf!«, sagte Domink zu ihm, als würde er Zafers Gedanken weiterspinnen. »Solange du bei uns bist, passen wir auf sie auf!« Zafer sah zu Dominik auf und hätte ihn am liebsten geschlagen. Doch Dominik lachte, drehte sich um und verschwand wie ein böser Geist.

Zafer hielt das Bild in seinen eiskalten Händen. Er überlegte, ob er Dominik folgen sollte, ging dann aber wieder zurück in die Wohnung. Zurück zu Emily, die dort zu seiner Verwunderung immer noch saß. Nichts hatte sich verändert und doch war alles anders.

Zafer fühlte sich wie ein Gefangener und die Wut begann in ihm zu gären. Er sehnte sich nach seiner Freiheit. Nach der Zeit, in der er weder mit seinen Gefühlen zu kämpfen hatte noch eine Arbeit tun musste, die er hasste.

Zwischendrin, wenn er einen Auftrag abgearbeitet und die Daten auf den Server hochgeladen hatte – ein Link von Laurin, immer ein anderer –, fing er an zu recherchieren. Er holte sich den Livestream der Fernsehsender auf seinen Monitor. Der Mord, über den tagelang in hektischer Aufmerksamkeit berichtet wurde, war von anderen Nachrichten verdrängt worden. Zafer fand aber trotzdem noch Bilder einer Beerdigung im strahlenden Sonnenschein. Der Ermordete, *der Mann hinter der Tür 903*, wie Zafer mit einem Schauer bemerkte, war Journalist gewesen. Er schrieb vor allem über digitale Themen. Es waren Aufsätze und Essays, die Zafer nie gelesen hatte – er hatte sich nie für Politik interessiert –, jetzt scrollte er die Artikel durch und blieb ab und zu an bestimmten Worten hängen. *Überwachungstechnik, biometrische Daten.* Kahane hätte auch gut über Zafer schreiben können, einen empörten klugen Artikel über das, was Zafer gerade machte. Wahrscheinlich hatte er genau das vorgehabt.

Zafer holte sich das Bild des Tatverdächtigen auf den Schirm, *Prospero*, wie Weller sagte. Er googelte *Prospero*. Doch außer einem Verweis auf Shakespeare konnte er nichts finden. Es war nicht sein richtiger Name, die Presse nannte ihn Martin

P. Zafer zog sein Handy vom Ladekabel, das sich unter seinem Tisch befand, und sah sich die Aufnahmen durch, die er in jener Nacht von dem Haus gemacht hatte, in dem Prospero wohnte. Er wischte sich durch die Bilder, bis er das fand, was er suchte. Das Klingelschild. Er zog das Bild mit den Fingern auseinander. Prohasca, Martin. Die dritte goldene Klingel von oben. Er googelte den Namen und erstarrte. Martin Prohasca, Mitarbeiter von Argos. Genau wie er. Würde ihm, Zafer, das Gleiche blühen wie Prospero? Würden sie ihn eine Weile benutzen, ihn für sich arbeiten lassen und dann unschädlich machen?

Prospero hatte geschafft, dass Zafer einen Moment lang nicht an Emily dachte. Er hatte sie einen Moment lang nicht in seinem Kopf.

Sie war so lange aus seinem Gedächtnis verschwunden, bis er das Haar sah, während er sein Handy wieder an das Ladekabel anschloss, das ihm beim Abstecken unter den Tisch gerutscht war. Es hing an einem Kabel unter dem Tisch neben einem Adapater, der ihm komisch vorkam. Genau wie das Haar. Es war vielleicht 10 cm lang und leuchtete rot, als Zafer es gegen das Licht seiner Schreibtischlampe hielt.

30

Ich bekam nicht mehr aus Claire heraus, denn sie sagte, dass sie sich hinlegen müsse. Sie sah tatsächlich müde aus und musste mehrmals anhalten und sich am Geländer abstützen, während wir die Wendeltreppe nach oben gingen und Snark im Keller wieder alleine ließen. Nachdem Claire alles von Weller erzählt hatte, war sie verschlossen und einsilbig geworden. Die Vergangenheit schien sie erschöpft zu haben und sie wollte nicht mehr, dass ich weiter mit Fragen in sie drang. Claires Wunsch, nun ruhen zu müssen, erschien mir auf eigentümliche Weise verlockend. Es war die einfachste Form, jemanden aus seiner Wohnung zu werfen, wenn man keine Lust auf weitere Gesellschaft hatte, und ich begriff, dass es zu den Dingen gehörte, die man sich im Alter leisten konnte.

Claire hatte auf meine Bitte hin das Foto eingescannt und ich hatte nun Weller auf meinem Handy. Den jungen, schlanken Schlaghosen-Vollbart-Weller, der mit dem heutigen Weller außer seiner Körpergröße kaum etwas gemein zu haben schien. Sein anderes jüngeres Ich, das seine Zeit mit einer jüngeren Version von Claire in geometrischen Kleidern verbracht hatte, zusammen mit Snark, dem damaligen Nonplusultra der modernen Computertechnik.

Als ich das Bild sah, bemerkte ich, dass jemand versucht hatte, mich anzurufen. Es war eine mir ganz unbekannte Nummer und der- oder diejenige hatte mir auch nichts auf die Mailbox gesprochen.

Ich beschloss, zurück zur Zentrale zu gehen. Ich würde von dort zurückrufen und vor allem meine Gedanken ordnen, die sich wie ein irrer Kreisel in meinem Kopf drehten. Es gab abgerissene Fäden, Dinge, die nicht zusammenpassten, ein Puzzle, dessen letztes Stück ich noch nicht kannte. Ich wusste, es gab ein Bild, aber mir fehlte noch etwas. Etwas, das mit Weller und Prospero zu tun hatte.

Während ich Claires Hinterhof verließ und wieder an der Bäckerei vorbeiging, fühlte ich mich beobachtet. Nicht durch die Kameras, an deren Präsenz hatte ich mich längst gewöhnt. Seit ich aus Prosperos Haus geflohen war, traf ich Vorsichtsmaßnahmen und kam mir dabei total paranoid vor. Ich kannte die Laternen, in denen Argos seine Anlagen aufgebaut hatte. Bei bestimmten Straßen, durch die ich immer ging, hatte ich sie mir gemerkt. Ich hatte mir in Gedanken ein Netz gemacht durch die Stadtteile, die ich kannte, und mir überlegt, wie ich der Überwachung Haken schlagen konnte. Ich wusste, dass es tote Winkel gab. Wo es die nicht gab oder wo ich die Straßen nicht kannte, senkte ich den Kopf und tat so, als würde ich telefonieren.

Doch es waren diesmal nicht die Kameras, die mich beunruhigten.

Für einen kurzen Moment hatte ich das Gefühl, dass einer der Studenten aus der Bäckerei trat und mich verfolgte. Als ich meine Schritte beschleunigte, glaubte ich, hinter mir auch schnellere Schritte zu hören. Doch jedes Mal, wenn ich mich umdrehte, starrte ich in die Leere. Da war niemand. Oder verschwand da jemand hinter der Mauer? Rührte sich etwas hinter dem Baum? Jemand war hinter mir her und wollte nicht, dass ich ihn entdecke.

Ich fürchtete, irre zu werden. Meine Schritte wurden schneller und schneller, kurz vor der Grenze zum Laufen, ich hörte den eiligen Rhythmus meines Atmens. Endlich tauchte das U-Bahn-Schild vor mir auf. Es versprach so etwas wie ein Zuhause. Ich nahm die U-Bahn zum Hauptbahnhof und konnte auch da das Gefühl, verfolgt zu werden, nicht abschütteln. Neben mir saß ein Junge und spielte einen Shooter auf einem Tablet, das er auf seinen Schulranzen gelegt hatte. Ich sah die Explosionen und das Blut, das hinter den Spielfiguren auf den Schnee spritzte, und ein komisches Prickeln lief mir über den Rücken. Es war, als hätte mich ein Schatten aus der Zukunft gestreift. Eine Zukunft mit einem Geruch aus Metall und Blut. Die Vibration meines Handys riss mich aus diesem komischen Gedanken. Man schickte mir eine Nachricht. Später noch eine und dann vibrierte es ein drittes Mal. Ich rührte mich nicht, hatte keine Lust, mich zu rühren, ich würde nachsehen, später. Am Bahnhof stieg ich aus und hatte Glück. Es gab eine Baustelle vor dem Hohlspiegel und dort guten Sichtschutz vor der Kamera, die in das Gitter über dem Bahnsteig eingelassen war. Ich schlüpfte hinter den Spiegel und war im Untergrund. Alle, die da auf der hellen Oberfläche herumwandelten, hatten keine Ahnung, wie viele unterirdische Verbindungen es gab. Die Stadt war durchlöchert wie Schweizer Käse. Ich folgte den Gleisen, die sich nach einer Weile verzweigten, doch ich blieb rechts und lief den Gang einer größeren stillgelegten Linie entlang – von dort bog ich ab in den Haupttunnel und kam nach 20 Minuten vor die schwere Tür. Ich gab den Code ein und betrat die Zentrale.

Hier war alles angenehm dunkel und leer. Nur Lewis Carroll räkelte sich auf dem großen roten Sofa und sprang mir mit einem leisen Knurren auf den Schoß, als ich mich auf den runden Drehstuhl setzte. Ich kraulte sein zerzaustes Fell und versuchte, mich zu beruhigen. Eine Musik lief in meinem Kopf. Ein Wechselspiel zwischen zwei Tönen, das immer lauter wurde. Prospero und Weller. Weller und Prospero.

Ich dachte an Claire und ihren Gesichtsausdruck, als sie das Foto ihrer Arbeitsgruppe wieder zurück an die Wand im Keller pinnte.

»Niemand von uns hätte geahnt, dass ausgerechnet Weller später so erfolgreich sein würde«, bemerkte sie.

»Du siehst immer noch nicht so aus, als würdest du es ihm gönnen«, sagte ich.

Claire zog die Schultern hoch. »Das ist ein bisschen viel verlangt, ja.«

»Du mochtest ihn nicht?«

»Mhmm. Mögen!« Claire drehte die Augen nach oben. »Ich musste eben mit ihm arbeiten.« Sie seufzte. »Er tat so, als wäre er ein junger Idealist. Schwafelte von den Segnungen der Technik für alle. Dabei ging es ihm immer nur um den eigenen Vorteil. Er gehörte zu dem Typ von Leuten, der die Seiten aus den Fachbüchern herausriss, damit die anderen nicht mehr lernen konnten und er die bessere Note hatte.«

»Oh!«

»Ein Kontrollfreak. Selbst als Praktikant. Mischte sich in alles ein. Immer wenn man dachte, jetzt käme man mit ihm aus und er hätte klein beigegeben, hatte er bereits wieder eine kleine Intrige auf Lager. Er verstand es ausgezeichnet, Leute zu manipulieren.«

Sie holte Luft.

»Er war der Einzige, der froh war, als man den Lehrstuhl dichtmachte.«

»Warum?«

»Er hatte seinen Nutzen aus der Sache gezogen und die Grundlagen des neuronalen Netzes verstanden. Alles andere interessierte ihn nicht.«

»Ein Karrierist?«

Claire schnaubte. »Ja, immer auf Kosten anderer.«

»Aber er hat das Netz weiterentwickelt.«

»Er war der Erste, der ein gut funktionierendes Personenerkennungsprogramm auf den Markt brachte. Er hat begriffen, wie man neuronale Netzwerke lukrativ nutzt. Viel schneller als wir.«

»Du meinst deine Forschungsgruppe?«

Claire nickte. »Die meisten von uns saßen erst mal auf der Straße. Weller hatte alle Ergebnisse bekommen, gründete Argos und ließ es zugleich so aussehen, als ob das ganze neuronale Netzwerk nichts taugt. Wir anderen wurden unsichtbar. So als hätte es unsere ganze Arbeit nicht gegeben.«

Es war alter Ärger, der in Claire auffunkelte. Ich konnte sie mir plötzlich als junge Wissenschaftlerin vorstellen. Mit Begeisterung und Leidenschaft. Etwas flackerte davon noch nach in der Wut, die sich in ihrem Gesicht spiegelte.

»Und Prospero?«, fragte ich.

»Es fiel mir schwer, ihm zu trauen.«

Ich zuckte zusammen. »Wie … wie meinst du das?«, fragte ich vorsichtig. »Prospero war schlau. Er hatte Snark nach einiger Zeit begriffen. Es schien ihm Spaß zu machen, mit ihm zu arbeiten.«

»Es war nur …« Sie zögerte.

»Was?«

»Er verriet mir nie, was er vorhatte, er fragte mich nie nach Weller. Aber er wollte immer zurückgehen zu der Zeit, als Weller begann. Bevor er Argos gründete. Etwas, das in Wellers

Vergangenheit lag, in seinen Anfängen. Er wollte ihn verstehen. Das war es.«

»Und um Weller zu verstehen, musste er sich Snark vornehmen«, schloss ich.

Claire nickte.

»Prospero glaubte, dass Weller etwas in Snark versteckt hatte. Er hat mir das nie gesagt, aber …«

Ich sah sie fragend an.

»Er suchte etwas. Ich schloss es aus der Akribie, mit der er den Quellcode von Snark durchging.«

»Aber was könnte das sein?«, fragte ich. »Ein Passwort? Für das Laurin-Projekt?«

»Das habe ich mir auch schon gedacht.« Claire zog die Stirn kraus.

»Ich habe auch zu suchen angefangen. Aber es gab nichts Verwertbares. Weller hat nichts auf Snark hinterlassen, das ich nicht kenne. Und glaube mir, ich kenne ihn in- und auswendig. Das, was Weller mitgenommen hatte, war nicht in Snark gespeichert. Aber es musste mit Snark zu tun haben.«

Claire ging zum Bedienpult und schaltete das Netzwerk an. Es dauerte eine Weile, bis der Computer hochfuhr. Dann konnte ich in einem der Monitore eine Textdatei sehen. Zahlen und Buchstabenbefehle. Seitenlang.

»Das war es, was sich Prospero immer und immer wieder angesehen hatte.« Claire zeigte mir eine Seite nach der anderen.

»Die Logdateien?«, fragte ich.

Claire nickte. »Snarks Protokolldateien, die Aufzeichnung aller Prozesse.«

Ich stellte mich vor den Monitor, zückte mein Handy, filmte die Datei ab und mailte sie an mich selbst. Claire sah mir schweigend zu. Als ich fertig war, schaltete sie den Computer ab. Dann ging sie nach oben. Unter uns surrte das Licht der Neonröhren. Claire drückte auf den Schalter und Snark verschwand wieder in der Dunkelheit.

Es musste etwas mit Snark zu tun haben.

Das Licht der Monitore schmerzte in meinem Hirn. Es war zu grell in der Dunkelheit. Je überreizter meine Nerven waren, desto lichtempfindlicher wurde ich. Ich startete mein E-Mail-Programm und sah mir Snarks Logdatei an, die ich mir geschickt hatte. Die Buchstaben und Zahlen flirrten vor meinen Augen. Ich glaube, ich hörte es, bevor ich es sah. Den Rhythmus. Es gab ein Muster. Eine Fibonacci-Folge, bei der zwei Zahlen immer die nächste ergaben. Man konnte es in jeder dritten Logzeile sehen. War es das, wonach Prospero gesucht hatte? Ein Muster?

Ich loggte mich in das Argos-Netzwerk ein, ließ mir die Protokolldateien der einzelnen Programme anzeigen und verglich sie mit Snarks Daten. Es war eine mühselige Arbeit. Erst suchte ich Zeile für Zeile nach den Wiederholungen, dann ließ ich das ein Suchprogramm für mich erledigen. Kurz bevor ich dabei war aufzugeben, hatte ich die Zahlen gefunden. Es gab tatsächlich ein Programm, das – genau wie Snark – in jeder dritten Zeile die gleiche Fibonacci-Folge im Protokoll hatte:

Boojum. Was für ein seltsames Wort! Boojum … Boojum. Ich gab es als Suchbegriff ein und erhielt …

The Hunting of the Snark. Ein Gedicht in acht Episoden. Von *Lewis Carroll.*

Ich kraulte den zerzausten Kater auf meinem Schoß.

Lewis Carroll bringt uns Glück.

Snark war ein erfundenes Tier, eine Mischung aus Shark und Snail, ein Schneckenhai oder eine Haischnecke, jedenfalls eine dieser Kreaturen, die aus dem genialen Kopf Carrolls entsprungen waren und dann vor allem von den anderen Mathematikern und Forschern begeistert aufgenommen wurden – so ähnlich wie seine Grinsekatze. Das erste neuronale Netzwerk wurde nach diesem Ungeheuer getauft. Aber das erste Netzwerk war nicht das letzte. Es sollte noch viele Nachkommen haben. Nachkommen, die zur Gattung von Snark gehörten. Es gab aber verschiedende Arten. Carroll hatte sogar eine benannt. Eine erfunden.

Sie hieß – Boojum. *The Snark was a Boojum, you see.*

Ein Boojum, ein besonders gefährlicher Snark.

Boojum war ein neuronales Netzwerk von Argos. Nein. Es war *das* neuronale Netzwerk. Es ersetzte die eingehenden Bilder durch andere Bilder aus einer Datenbank. *Boojum veränderte die Realität.*

»Treffer!«, sagte jemand dicht hinter mir.

31

Zafer legte das rote Haar vorsichtig zur Seite zwischen die Maus und seine Tastatur. Sein Herz hatte kurz einen kleinen Sprung gemacht, doch dann klopfte es im gewohnten Rhythmus weiter. Er wunderte sich darüber, wie ruhig er war. Er war nicht nur ruhig, sondern mit einem Schlag ernüchtert. Die Gedanken wanderten nicht mehr herum, sondern zogen sich in seinem Kopf zusammen und fokussierten sich wie unter einem Brennglas auf den schwarzen Adapter, der zwischen Tastatur und Rechner steckte. Zafer krabbelte unter den Tisch, zog den Adapter ab und steckte das Tastaturkabel direkt in den Rechner. Dann tippte er eine Zahl und ein paar Buchstaben ein. Es funktionierte genauso wie vorher. Der Adapter war also völlig überflüssig. Er lag in Zafers Handfläche – rechteckig, schwarz, vielleicht 2,5 Zentimeter lang – und hatte einen USB-Anschluss. Das Komische war, dass Zafer sich überhaupt nicht erinnern konnte, jemals einen Adapter zwischen Tastatur und Rechner gesteckt zu haben. Aber wer sollte es sonst getan haben? Für einen kurzen Moment überlegte er, ob er weiterforschen sollte. Am Ende des Weges lauerte eine Wahrheit auf ihn, die er vielleicht gar nicht wissen wollte. Er verscheuchte den Gedanken, schüttelte ihn eilig ab, um sich zu konzentrieren. Er musste Schritt für Schritt vorgehen.

Also setzte er den Adapter wieder ein, rief die Routerkonfiguration auf und sah nach, wer alles in seinem WLAN-Netz eingeloggt war. Er hatte alle seine Geräte, die im Netz waren, nach Schmetterlingen benannt. Es waren klangvolle, geheimnisvolle Namen: *Bombyx mori* – Seidenspinner, *Aglais io* –

Tagpfauenauge, *Morpho peleides* – Himmelsfalter (Letzterer war der, den er bearbeitet hatte – er hatte ihm einen blauen und einen braunen Flügel gegeben).

Die Schmetterlingsnamen tauchten auf seinem Monitor auf und dazwischen – tatsächlich – ein Fremdkörper – eine bloße IP-Adresse. Er kopierte sie und steckte den Adapter wieder ab. Die Liste war makellos, die IP-Adresse verschwunden.

Ein kurzes Nervenzucken durchlief Zafer. Der Adapter war kein Adapter. Es war ein Ding, das über sein WLAN sendete. Er war zwischen Rechner und Tastatur befestigt. Der vermeintliche Adapter musste seine Tastaturanschläge senden. Alles, was Zafer tippte. Jeden Tastaturbefehl, alles, was er über die Tastatur eingab. Kein Virenscanner hätte ihn je erfassen können, da er nicht auf dem Rechner installiert war. Jemand hatte ihn eingesetzt, um ihn lückenlos zu überwachen.

Ein Überwachungstool. Ein Keylogger.

Zafer gab *Hardware Keylogger* ein und klickte auf Bildersuche. Es gab welche in Lila und Weiß, in Silber und Grau, Modelle, die man abstecken musste, um sie auszuwerten, und welche, die einfach die gewonnenen Daten über WLAN an eine E-Mail-Adresse sendeten. Sie waren nicht einmal besonders teuer, für unter 40 Euro zu haben. Unten rechts auf dem Monitor war ein sendefähiger, rechteckiger schwarzer Keylogger abgebildet. Er sah haargenau so aus wie das Ding, das jetzt auf seinem Schreibtisch lag.

Zafer wurde immer noch nicht unruhig. Er blieb nur verwundert. Er fühlte sich so, als hätte er die ganze Zeit in einem Traum gelebt und nun hätte sich der Traumnebel gelichtet und alles wäre überscharf. Er sah auf das Haar neben der Maus. Es war porös, unten gespalten und schimmerte in einem ganz und gar unrealistischen Rot. Einem leuchtenden chemischen

Rot. Er dachte an Emily in seiner Küche. An ihr Gesicht und die Geste, mit der sie die rote Strähne aus ihrem schmalen Gesicht strich.

Aber – und hier war eine kleine Hoffnung – vielleicht würde die Überprüfung der IP-Adresse auch etwas ganz anderes zutage fördern. Jemand hatte bei ihm unbemerkt eingebrochen, um den Keylogger anzustecken. Argos-Leute, die ihn ausspionierten, Dominik vielleicht. Absurderweise war das genau das, was er sich erhoffte. Er ging mit dem Browser auf die IP-Adresse des Keyloggers. Eine Applikation mit den Konfigurationseinstellungen erschien. Der Keylogger sendete seine Aufzeichnungen per MMS an eine Handynummer. Sie leuchtete ihm vom Monitor entgegen. Zafer starrte auf sein Telefon, nahm es auf. Legte es wieder hin, denn seine Hände zitterten zu sehr, um es zu bedienen. Dann sah er aus dem Fenster. Noch gab es Tageslicht, die Fenster im Hinterhof waren schwarz und uneinsehbar. Die anderen, sie alle lebten geschützt hinter dunklen Fenstern. Nur bei Zafer brannte Licht. Wahrscheinlich war er – trotz der schmutzigen Scheiben – von außen so klar zu sehen wie ein Fisch in einem Aquarium. Es war ein neues, unangenehmes Gefühl. Er nahm sein Handy und setzte sich auf den Boden, auf einen lange nicht gesaugten und mit Krümeln übersäten Teppich, blau mit großen, runden hellblauen Kreisen, den er schon besaß, seit er ein Kind war.

Er bekam das Zittern unter Kontrolle und gab langsam die Nummer ein. Er musste zweimal dazu ansetzen – das erste Mal hatte er sich vertippt –, dann drückte er auf *anrufen*.

Das Herz trommelte in seinem Brustkorb. Es klingelte. Einmal, zweimal … nach dem vierten Mal ein Klick – einen Herzschlag später sprang eine Mailbox an.

»Hallo, ihr könnt mir Nachrichten nach dem Piep schicken!«

Es war ihre Stimme. Er würde sie immer unter allen anderen erkennen. Zafer schloss die Augen, der angekündigte Piep ertönte und er legte schnell auf.

Der Schmerz traf ihn unvorbereitet. Es war ein Brennen in der Brust. Kalt und verzweifelt. Er fiel in eine Leere, die noch nicht einmal dunkel war. Er fiel einfach in das Nichts.

Das schöne schwebende Gefühl, das er empfunden hatte, als sie in der Küche saßen. Es war alles falsch. Alles war falsch. Seine Küche war nur eine trostlose Küche, die Tasse, aus der sie getrunken hatte, nichts weiter als eine hässliche Tasse und das Gitarrenspiel nichts weiter als eine Abfolge von Tönen, wahrscheinlich nicht einmal gut gespielt. Sie hatte sich nie für ihn interessiert. Alles, was er sich gedacht, was er erhofft, erträumt und sich vorgestellt hatte, war lächerlich. Er hatte sich selbst zum Idioten gemacht.

Hatte er vorher etwas gespürt? Doch, wenn er genau nachdachte, dann konnte er sich an ihre Augen erinnern, der Ring um ihre Iris, der sich zusammenzog, was ihren Blick plötzlich hart und berechnend machte. Als hätte sie etwas vor. Die Art und Weise, wie sie sich verabschiedet hatte. Wie schnell sie gegangen war. Er hatte das alles gesehen und eine flüchtige Trauer verspürt, er hatte es gewusst, bevor er die Gewissheit hatte.

Zafer saß lange auf seinem Teppich. Draußen wechselte das Licht und mit der aufkommenden Dämmerung peitschte der Wind den kalten Regen gegen das Fenster. In ihm versank eine Welt, die aus leuchtenden Details bestand. Bestehen blieb etwas, das nüchtern, geradlinig und langweilig war, genau wie die Zeit, die sich nur linear fortbewegte. Sie machte keine

Schleifen mehr, keine Doppelbelichtungen, sondern rann ihm durch die Hand wie Sand oder Asche.

Es wurde dunkel und dunkler um ihn herum. Dann prallte er unten auf. Sein Körper zerschellte, sprang in tausend Stücke und es blieb etwas übrig, das über den Schmerz hinausging. Eine zähe elastische Hülle. Etwas, das er schon einmal gespürt hatte. Damals, als seine Mutter beschlossen hatte, nicht mehr zu leben. Es war das, was überlebte, wenn der Schmerz abebbte. Etwas, das hinter diesem kalten Brennen steckte. In einer anderen tieferen Schicht, tiefer als das, was er Seele nannte.

Die Wut gab ihm die Kraft aufzustehen. Er war nüchtern, enttäuscht und klar. Er setzte sich an seinen Rechner, der ihm in der Dunkelheit entgegenleuchtete, kopierte die Handynummer und rief ein Trackingprogramm auf. Er musste ein Passwort eingeben, um das Handy tracken zu können.

Zafer überlegte.

S-O-U-N-D-O-F-S-I-L-E-N-C-E

Er wartete ein wenig, dann hatte er ihren Standort.

32

Die Stimme war leise und sehr plastisch. Ich drehte mich um, aber hinter mir stand niemand. Sie kam aus der Lautsprecherbox, einem schwarzen Turm in der Ecke neben dem Sofa, auf dem Rat immer schlief. Lewis Carroll knurrte, sprang von meinem Schoß und versteckte sich hinter dem Stuhl. Ich stand auf, schaltete die Stehlampe an und ein wenig Licht ergoss sich auf den roten Stoff des Sofas. Irgendetwas beunruhigte mich außerordentlich. Es war nicht etwas, das da war. Es war etwas, das nicht da war.

»Wer spricht da?«, fragte ich in die Luft.

Niemand antwortete mir.

Etwas fehlte. Es war so leer hier. Leer und aufgeräumt. Keine Papierchen, die achtlos herumlagen. Kein Handtuch, kein Pullover. Ich klickte auf der Maus herum, doch nichts passierte. Ich gab einen Tastaturbefehl ein. Der Rechner reagierte nicht. Er fühlte sich an wie ein nutzloses lebloses Stück Plastik. Ich schmiss die Maus zurück auf den Tisch. Sie prallte von der Platte ab und baumelte am Kabel nach unten, schwang hin und her wie ein Pendel.

»Sprich mit mir!« Meine eigene Stimme klang heiser und gepresst in dem leeren Raum. Ich sah mich um und mit einem Mal wusste ich auch, was fehlte. Rats Schlafsack. Rats Papiere, Rats Rucksack. Nichts davon war mehr da. Ich spürte meinen Herzschlag. Eine Bedrohung kroch auf mich zu wie ein Schatten, ein Schatten mit klaren gezackten Konturen, unheimlich und mit kalter Präzision – wie die Stimme, die jetzt wieder aus dem Lautsprecher kam.

»Es tut mir leid, Emily!«

Die Stimme war anders als vorher. Sie klang nun wie die eines Kindes. Hoch, fast bedauernd. Das war eigentlich das Verwirrendste. Ich brauchte eine Weile, um mir klar zu werden, dass die Stimme nicht menschlich war. Jemand sprach mit mir und jagte seine Stimme durch einen *Voice Changer*. Damit konnte man unter den Einstellungen heraussuchen, mit welcher Art Stimme man gerade sprechen wollte. *Alte Frau*, *Kind*, es gab verschiedene Frauennamen in unterschiedlichen Tonlagen, eine sonore Männerstimme, sogar mehrere Robotervarianten, und soweit ich mich erinnerte, konnte man seine Stimme sogar in Hundegebell übersetzen lassen. Ein *Voice Changer* war die einzig rationale Erklärung für das, was ich hörte, aber mich schauderte trotzdem. Und ich war dabei nicht allein. Lewis Carroll neben mir fauchte und hatte sein zerzaustes Fell gesträubt. Er schien die künstliche Kinderstimme genauso wenig zu mögen wie ich.

»Ich hätte nie gedacht, dass du es finden würdest«, die Stimme gehörte nun einer Frau. Der Monitor wurde schwarz und dann erschien ein Bildprogramm. Es zeigte eine Frau vor neutralem weißem Hintergrund. Sie war jung, nicht viel älter als ich. Ihre Haare waren kupfern, sie hatte Locken und erinnerte mich an jemanden.

»Es war clever von dir, Boojum zu finden, nicht aber, es zu suchen«, sagte sie und sah mich direkt an. Ihre Augen waren viel zu grün, um echt zu sein. Ich zitterte. Das Ganze sollte vielleicht ein Witz sein, aber mir war gar nicht zum Lachen zumute. Das bedrohliche Gefühl schwoll an, wie ein brummender Grundton, knapp unterhalb der Wahrnehmungsschwelle.

»Wer bist du?«, fragte ich.

»Jemand, den du kennst«, sagte die Frau. Sie lächelte ohne Wärme in den Augen und mir wurde übel.

Die Gesichtszüge der Frau veränderten sich. Die Linien zwischen Nase und Mund wurden tiefer, der Kopf zog sich auseinander, die Ohren wurden breit, die Haare, die vorher noch leicht bronzefarben waren, leuchteten nun tiefrot und die Nase wurde zu einem runden Knubbel.

Ein Gnom.

»Was soll das?«, fragte ich.

»Ich zeige dir nur das Laurin-Projekt.« Der Gnom hatte immer noch die sanfte Frauenstimme, was ihn eigentlich nur noch unheimlicher machte.

Durch seine abstehenden Ohren leuchtete rotes Licht.

»So besser?«, fragte er nun mit einer gepressten hohen Männerstimme.

Ich nickte unwillkürlich. Der Zwerg war nun einen Tick echter. *Ein echter Zwerg.* Ich war dabei, verrückt zu werden.

»Was ist das, Laurin?«, fragte ich leise.

»Ein Gestaltwandelprogramm.« Der Gnom verschränkte die Arme. Ein leises Lachen tönte aus dem Lautsprecher. »Es hat ziemlich lange gedauert, bis du draufgekommen bist.«

Das Lachen. Die Art des Lachens. Die Pause zwischen dem Gelächter und dem Beginn des neuen Satzes. Es war wie ein Blitz, der mich durchzuckte. Ein helles Leuchten in meinem Kopf. Grell und schmerzhaft.

»Prospero?«, fragte ich. »Bist du das?«

Das Gesicht des Gnoms zog sich in die Länge, die Ohren wurden länger. Ein alter Mann mit einem Bart sah mich an.

»Das bin alles ich.«

Die Falten des alten Mannes verschwanden, der Bart wuchs rückwärts und das hervorspringende Kinn bildete sich zurück.

Auf der rechten Schläfe war die Pockennarbe zu sehen und die Augen bekamen wieder ihre natürliche grüne Farbe.

Prospero. Er sah mich an. Es war ein aufmerksamer Blick, in dem so etwas wie Mitleid schwang. Ich war verwundert, dass ich nicht erleichtert war, ihn zu sehen. Ich hatte mir nie ausgemalt, wie es wäre, wenn ich ihm wieder begegnete. Warum eigentlich nicht?

»Na, was passt am besten zu mir?« Es war wieder seine eigene Stimme.

»Eindeutig der Zwerg.« Es gelang mir sogar, auf seinen spöttischen Ton einzugehen. Ich wollte nicht zugeben, dass ich plötzlich so etwas wie Angst vor ihm empfand. Angst und Wut. Eigentlich beides und mir war nicht ganz klar, warum.

»Dann zeige ich dir wieder den Gnom!«

»Bleib, wie du bist«, sagte ich. »Ich habe keine Lust mehr auf irgendwelche Spielereien.« *Nicht nachdem ich dich gesucht habe, nicht nachdem ich alles darangesetzt hatte, deine Unschuld zu beweisen,* fügte ich in Gedanken hinzu.

Es waren bittere Gedanken. Sie hingen mit etwas zusammen, das ich Prospero nicht erzählen wollte, und ich wollte sie nicht weiterdenken.

»Wo bist du?«, fragte ich stattdessen.

»Nicht hier«, erklärte Prospero. Er blickte kurz zu Boden, dann zur Seite, als würde er etwas überprüfen. Dann blickte er wieder in die Kamera. Ich versuchte, aus dem Hintergrund herauszufinden, wo er war. Ein Fenster zu einem Balkon war im Hintergrund, daneben an einer Wand ein abstraktes Bild, rote Flecken auf einer hellen Leinwand, als hätte jemand unabsichtlich ein paar Kleckse verteilt, und ich konnte Autogeräusche hören, Rauschen und Hupen. Sie kamen über die geöffnete Balkontür. Draußen schloss ein altmodisches schmiedeeisernes

Gitter den Balkon ab und dahinter leuchtete ein weißer Himmel, der sich leicht ins Rötliche verfärbte. Draußen. Dort, wo er war, war es hell! Es war nicht dunkel wie hier. Prospero war nicht mehr im Land. Wo? Im Süden. Irgendwo, wo sich um diese Zeit der Himmel rötlich verfärbte. Warum sagte er es mir nicht? Warum hatte er so vieles nicht gesagt?

»Ich habe Claire kennengelernt«, sagte ich nach einer Weile. Es war wie der Köder an einer Angelrute, die ich auswarf.

Sein Blick wurde leicht spöttisch. »Ihr habt euch sicher gut verstanden.«

Ich zuckte mit den Achseln.

»Sie war mir sehr nützlich«, sagte Prospero.

Sehr nützlich.

»Sie hat mir gesagt, dass du bei ihr warst, als Kahane getötet wurde.«

Prospero hob die Hände. »Du siehst, ich bin unschuldig!«

»Ich habe nie geglaubt, dass du es warst.«

»Das ehrt dich, Emily. Kahane war tatsächlich so etwas wie ein Kollateralschaden.«

Ein Kollateralschaden? Das Wort klang hässlich. Ein Tod, den man in Kauf nimmt, um andere Dinge zu erreichen.

Welche Dinge?

»Ich musste schneller aufbrechen, als ich dachte.« Prospero seufzte. »Warst du in meiner Wohnung?«

»Die Polizei hat sie durchsucht. Ich wurde vorher abgefangen.«

Prospero sah sich kurz um.

»Weißt du, was ich hier wirklich vermisse?«

Ich schüttelte den Kopf.

»Den Kirschholztisch«, fuhr Prospero fort. »Man konnte sich in ihm spiegeln.«

»Ich lass ihn dir nachschicken!«, sagte ich.

Prospero lächelte. Der Wind bewegte hinter ihm einen Vorhang, der sich leicht bauschte. Für eine Sekunde sah ich mich dort auf der anderen Seite mit Prospero sitzen. Gleich würden wir auf den Balkon treten und auf die geheimnisvolle südliche Stadt unter uns blicken.

Es war nur ein Moment. Dann begriff ich, dass ich nicht auf diese Seite gehörte.

»*Boojum.* Dieses Programm. Wofür ist es?«, fragte ich.

»Was denkst du?« Prospero hatte immer noch die Arme verschränkt und sah mich forschend an.

»Laurin ist ein Projekt, um die Videoaufzeichnungen zu verändern. Boojum ist das Herzstück davon«, versuchte ich mich.

Prospero starrte mich an. Mir war, als rückte er im Bild weiter nach hinten. Sein Gesichtsausdruck blieb verschlossen und beherrscht, aber etwas von ihm entfernte sich jede Sekunde von mir.

»*Boojum* verknüpft die eingehenden Kamerabilder mit Bildern aus einer Datenbank«, setzte ich hinzu. Alles wurde mir klarer, je länger ich sprach.

»Weiter!«, sagte Prospero. Er beugte sich nun nach vorne und schloss die Augen.

»Damit sehen die Menschen in den Aufzeichnungen anders aus als in der Wirklichkeit. Es verändert die Aufzeichnung in der Kamera in Echtzeit. Wie …«, ich suchte nach dem passenden Vergleich. »Wie ein *Voice Changer* das mit der Stimme macht. Boojum tauscht die Menschen aus und bettet sie in die Umgebung ein. Mit Boojum kann man jedem ein neues Gesicht geben.«

Prospero schlug die Augen auf und zwang sich zu einem

Lächeln. »Du weißt viel, Emily!« Es klang nicht wie ein Kompliment. Es klang eher wie eine Feststellung. Prospero sah mich an. Eigentlich sah er durch mich hindurch und ich glaube nicht, dass das nur an der Übertragung lag. Er schien etwas abzuwägen. Etwas, das mit mir zu tun hatte.

»Welche … welche Rolle spielen die Bildbearbeiter?«, fragte ich.

Prospero lächelte herablassend.

»Die ganzen Bildbearbeiter haben keine Ahnung. Sie schaffen die neuen Gesichter für die Datenbank, auf die Boojum zurückgreift. Ein bisschen kreatives Herumgebastel, nichts weiter. Schau mich an! Ich kann das hier sein …« Prosperos Gesicht fiel plötzlich in sich zusammen, bekam Falten und wurde wieder zu dem des alten Mannes. »Oder das …« Der alte Mann morphte sich in die junge Frau, »oder das …« Das Kind erschien. Prospero als Kind. Ein altkluger Junge mit Augen, die mich erschreckten.

»Und keiner wird dich in den Aufzeichnungen mehr finden.« Meine Stimme klang heiser und leise.

»Ein riesiges Geschäftsfeld!«, sagte Prospero. »Du glaubst nicht, wer alles an dem Laurin-Projekt interessiert ist.«

»Doch, ich kann es mir vorstellen. Laurin deckt alle, die verschwinden wollen. Und Weller macht das Geschäft seines Lebens.«

Prospero nickte. Ich fühlte mich plötzlich müde. Da war es also, das Puzzlestück. Ich hatte herausgefunden, was ich wissen wollte, aber es machte mich nicht froher. »Dann ist das, was die Kameras zeigen, eine einzige Lüge. Alle vertrauen auf die Macht der Bilder, aber die werden von denen manipuliert, die genug Geld dafür zahlen.«

»So funktioniert der Markt, ja.«

»Das ist also das, was du Kahane verraten wolltest.« Lag da Hoffnung in meinem Satz? Ich hörte mich zumindest den Satz voller Hoffnung aussprechen. Ich wollte, dass Prospero wieder näher kam.

Er sah mich an. Ein trauriger Zug schlich sich um seinen Mund.

»Das ist das, was du glaubst?«

Ich sah ihn an. »Ich weiß nicht mehr, was ich glauben soll.«

»Nein, Kahane sollte nichts von Boojum erfahren.«

»Warum wolltest du dich dann mit ihm treffen?«

»Ich hatte einiges zu TrackFast gesammelt. Ich wollte ihn mit dieser Sache anfüttern und Argos in Schwierigkeiten bringen. Ein kleiner Skandal um Datenmissbrauch, den die Journalisten begierig aufnehmen, aber für den sich letzten Endes dann doch niemand interessiert. Ein Ablenkungsmanöver. Argos war nicht klar, was ich vorhatte. Weller ahnte aber, dass ich bereits *Boojum* entdeckt hatte.«

»Du wolltest also mit Laurin nie an die Presse gehen, oder?«

»Anfangs ja. Ich habe lange daran gearbeitet, hinter das Laurin-Programm zu kommen. Als mir dann klar wurde, was es bedeutet …«

»… hast du die Seiten gewechselt«, vervollständigte ich seinen Satz.

Prospero schüttelte den Kopf. »Nicht ganz korrekt. Wenn du willst, habe ich meine eigene Seite aufgemacht.«

»Und jetzt verkaufst du Boojum.«

»Sagen wir mal, ich helfe anderen zu verschwinden.«

»Das ist sicher … sehr lukrativ«, sagte ich leise.

Prospero zuckte mit den Schultern. »Warum sollte ich alles Weller überlassen?«

»Und was war mit uns? Mit Dark Noise?«

Prospero seufzte. »Ich hätte nie so viel entschlüsseln können ohne eure Hilfe und euren Idealismus. Ihr wart mir eine große Unterstützung, wirklich!«

Es gelang ihm sogar, mich anzusehen, ohne den Blick zu senken. Die Wut kroch in mir hoch. Sie schwappte in heißen Wellen über den Magen nach oben.

»Wo sind die anderen?«

»Sie haben die Warnung schon bekommen.«

Eine Warnung?

Ich holte mein Handy heraus. Ich hatte Nachrichten. Vielleicht 20 Stück, von Rat, von Natascha, von Sam. Sie mussten verzweifelt versucht haben, mich zu erreichen. Ich dachte an die Vibrationen. Warum hatte ich nicht auf mein Handy gesehen?

Prospero räusperte sich.

»Ich bin eigentlich nur hier, um Lebewohl zu sagen. Wir haben nur noch zwei Minuten, bis alles vernichtet wird.«

»Du vernichtest die Daten?«, fragte ich ungläubig. »Löschst unsere gesamte Arbeit auf den Festplatten?«

Prospero sah mich an. Seine Stimme war sanft. »Das reicht mir leider nicht.«

Mein Herz klopfte, hämmerte in meinem Inneren. »Das reicht dir nicht?«

»Es wird alles zerstört«, sagte er leise.

»Alles zerstört«, wiederholte ich wie eine Idiotin. Was meinte er damit?

»Es gibt eine Bombe.«

Eine Bombe. Eine Bombe? Ich hätte am liebsten gelacht. Es klang so lächerlich. Wie in diesen Filmen. *Das blaue oder das rote Kabel?* Ich sah mich um. Es gab gar kein Kabel. Ich war nicht in einem Film. Die blaue oder die rote Pille?

Ich lief durch den Serverraum zur Tür. Sie war verschlossen. Ich rüttelte an der Klinke. Dann rannte ich zurück zur Zentrale und starrte auf Prospero.

»Lass mich hier raus!«

Prospero sagte nichts. Er sah mich nur an.

»Sag mir den Scheiß-Code!« Die Panik schoss in mir hoch. Sie überflutete mein Gehirn mit grellem roten Licht. Eine heiße verzweifelte Panik.

»Prospero? Das kannst nicht du sein. Unmöglich.«

»Es tut mir leid, Emily. Es ist nicht gegen dich persönlich. Du weißt, ich mochte dich immer. Aber ich kann mir jetzt keine Fehler leisten.«

»Du bist wahnsinnig!«

»Alles ist in dem Computer gespeichert. Nun leider auch in deinem Kopf. Aber … nicht mehr lange … Es geht schnell, Emily. Ganz schnell …«

»Prospero!«

Ich starrte auf die Übertragung. Prospero schien nun ganz nach hinten gerückt zu sein. Er war so weit weg, als würde ich ihn durch ein umgedrehtes Fernrohr sehen. Er sah mich nicht mehr an, sondern stand schnell auf. Hinter ihm vor dem Fenster blähte sich der Vorhang. Ein weißer Vorhang, ein langer Vorhang wie ein weißer Schleier. Mir wurde übel. Dann war das Bild plötzlich schwarz. Prospero hatte die Übertragung beendet und ließ mich in der Dunkelheit zurück. Auf dem Monitor erschienen Zahlen. Argos-Zahlen, Sekunden mit schnell rasenden Zehntelsekunden.

35 Sekunden. Die Zahlen verschwammen vor meinen Augen. Zahlen, die rückwärtsliefen. Die Zeit lief vorwärts, aber die Zahlen rückwärts.

Unter mir fauchte der Kater.

»Prospero!«, schrie ich. »Komm zurück!«

Ich wischte mir die Tränen weg und hatte zugleich das Gefühl zu ersticken.

Ich hörte meinen schnellen Atem und sah auf dem Monitor eine Zahl. Die 29. Sie kam mir riesig vor. Eine Primzahl. 25 Primzahlen bis hundert. Man konnte sie aussieben. Sieben wie den Schnee vor dem dunklen Fenster.

33

Die 29 verschwand und im gleichen Augenblick krachte etwas aus der Wand neben dem Monitor, flog auf den Tisch und begrub den Stuhl unter sich. Ich duckte mich, schützte den Kopf unter den verschränkten Armen und hörte mich selbst schreien. War das – die Explosion?

26 – 25 – 24

Warum liefen die Zahlen dann weiter? Vor mir lag ein verbogenes Gitter und in der Wand klaffte ein Loch.

»Emily! Schnell!«, rief jemand. Die Stimme kam diesmal nicht aus einem Lautsprecher. Sie kam aus der Wand hinter der herausgebrochenen Öffnung.

Meine Gedanken rasten. Dort war der Belüftungsschacht. Jemand war dort. Er musste das Gitter herausgetreten haben.

»Beeil dich!«, schrie die Stimme. »Komm!«

17 – 16 – 15

Ich stieg auf den Tisch, die Tastatur knirschte unter meinen Schuhen und ich lehnte mich an die Mauer und sah hinein. Der Schacht machte hier einen Knick und führte dann vielleicht vier Meter senkrecht nach oben. Ein wenig über mir begann eine Steigleiter mit Eisensprossen. Jemand bewegte sich darauf. Er stand auf der letzten Stufe, ich konnte seine Schuhe sehen, die gerade in der Luft hingen. Hinter mir hörte ich ein Maunzen. Es klang kläglich und verloren.

12 – 11 – 10

»Moment! Warte!«, schrie ich.

»Scheiße, was?«

»Der Kater, der Kater!«, brüllte ich. »Lewis Carroll!«

»Schnell!«

Ich ging zurück in die Hocke und starrte den Kater an.

»Komm her!«, sagte ich leise. Meine Stimme zitterte. Lewis Carroll starrte mich an – und begriff. Er sprang auf meinen Arm, fauchte, aber dann krallte er sich an mir fest.

8 – 7 – 6

»Raus hier!«, brüllte die Stimme über mir.

Die erste Sprosse der Eisenleiter befand sich auf Brusthöhe, dazu der Kater, der an mir hing. Ich stemmte mich hoch. Verzweifelt. Griff mit meiner Hand auf den zweiten Tritt. Ja! Jetzt konnte ich einen Fuß auf die untere Wölbung stellen. Die Silhouette der Gestalt über mir. Ich sah, wie sie aus dem Schacht stieg, dann ein Gesicht, ein Arm, der sich mir entgegenstreckte.

»Komm schon!«

Zafer, es war Zafer.

3 – 2 –

»Los, Emily!«

Ich streckte meine Finger nach oben. Er packte meine Hand. Das zweite Mal.

Er zog mich zu sich, ich drückte mich ab und in diesem Moment zerriss ein Knall die Luft.

34

Es war Zafer, der mich festhielt, als die Welt explodierte. Zafer, der nicht losließ. Alles, woran ich hing, war seine Hand. Die Erde bebte und ich wurde nach oben gezogen, stieß mich mit den Beinen ab und landete mit dem Gesicht nach vorne im Dreck.

Ich habe einmal ein Erdbeben erlebt, als ich ein Kind war. Ich lag im Bett und wachte davon auf. Die Lampe an der Decke schwang hin und her. Der Boden ruckelte, als würde draußen ein riesiger Laster vorbeifahren. Alles schwankte und die Erde, die immer so sicher und zuverlässig war, bot keinen Halt mehr. So wie jetzt. Ich lag auf dem schwankenden Boden, auf der blanken feuchten Erde, den Kater unter mir begraben. Es roch nach verbrannten Haaren und nach etwas, das ich nicht beschreiben kann, ein metallisch beißender Geruch.

Für eine Weile sah ich nichts mehr. Ich war blind. Es würde nicht mehr hell werden, nie wieder. Es gab nur noch die Blitze, die durch mein Gehirn zuckten, und das laute hohe Pfeifen in meinen Ohren. Ich würde nie mehr Musik hören, nie mehr Musik machen können, nie mehr überhaupt etwas hören.

Zafer half mir auf und zog mich weg. Irgendwohin. Meine Füße liefen über schwarzen nassen Rasen. Über uns waren Bäume. Dreiecke von schwarzen Vögeln zogen durch die Luft. Es waren viele, sie gehörten alle zusammen. Misteln hingen an den kahlen Zweigen, oder waren es Rabennester? Der Himmel in einem hellen Samtblau. Noch nicht so dunkel, dass die Bäume nicht noch dunkler waren. Das rechte Bein, das mir gehören musste und das sich mit mir bewegte, spürte nichts von der Kälte oder den Schritten. Es war so taub wie meine Ohren.

Ich hielt den Kater an mich gepresst. Seine Krallen waren in meine Jacke verhakt. Er war wollig und heiß und zitterte genauso wie ich. Dieses Zittern der Erde, es bebte in mir nach. Meine Gliedmaßen zitterten. Jede Faser in mir zitterte.

Wir liefen – nein stolperten eher – an das Ende dieses Parks – war es ein Park? Es musste ein Park sein. Dort musste der U-Bahn-Schacht geendet haben. In einem Park am Ende der aufgegebenen Linie.

Wir mussten trotz allem schnell gelaufen sein oder ich hatte völlig das Zeitgefühl verloren, denn der Park war groß, er zog sich wie eine Mondsichel über die Straßenkarte, auf der ich später und in einem anderen Leben nachsah, wohin wir eigentlich gelaufen waren. Jedenfalls blieb Zafer endlich an einer zerklüfteten Steinmauer stehen, einer künstlichen Grotte mit schillernden Steinen und Wasser, das zwischen ihnen herunterrieselte. Dahinter lag ein See wie ein großer blassblauer Spiegel. Keiner kam nach Einbruch der Dunkelheit in diesen Teil des Parks. Nur die Raben sammelten sich auf den Bäumen und weit weg durch das helle Klingeln in meinen Ohren drangen die Sirenen von Feuerwehrautos in mein Bewusstsein.

»Es ist vorbei«, sagte Zafer immer wieder. Sagte er es oder dachte ich nur, dass er es sagte? Wir blieben stehen und er nahm mich in den Arm. Ich lehnte meinen Kopf gegen seine Schulter. Ich spürte seinen Pulli – es war das orangefarbene Ding, das er schon mal anhatte. Tränen schüttelten mich. Ich konnte nicht mehr aufhören zu heulen. Ich schluchzte und schluchzte vor mich hin, drückte mein Gesicht in seine Schulter und er hielt mich fest. Sein Pullover musste nass geworden sein. Ich weinte, weil ich solche Angst hatte und weil ich aus der Dunkelheit errettet wurde.

Es war ganz still und eine Weile hörte ich auf, in Worten zu denken.

Dann – nach einer langen Weile – löste Zafer die Arme um mich. Ich sah ihn an und etwas war anders. Er stand vor mir und war zugleich weit weg. Sein Gesicht war verschlossen.

»Siehst du die Parkbank dort hinten?«

Ich nickte. Eine Parkbank. Sie schimmerte weiß in der Dunkelheit am Seeufer.

»Dahinter ist ein Pfad und von dort kommst du zur Hauptstraße.«

Er trat einen Schritt zurück und ich verstand plötzlich. Wir würden nicht zusammen in die gleiche Richtung gehen. Es war ein plötzlicher klarer nüchterner Gedanke, der nicht einmal wehtat. Jetzt noch nicht.

Hier würden wir uns trennen.

»Werde ich dich wiedersehen?«, fragte ich.

Zafer sah mich nicht an. Er blickte auf den Boden und schüttelte nur den Kopf. Dann drückte er mir etwas in die Hand, drehte sich um und ging.

Er lief den Kiesweg entlang und bald konnte ich seine dunkle Silhouette nicht mehr sehen.

Langsam öffnete ich die Hand, um sein Abschiedsgeschenk zu sehen.

Es war ein Keylogger.

Die Stadt ist nie schwarz. Warum ist sie nicht schwarz? Eine beständige Lichtglocke ist über ihr, sie wölbt sich orangerot über die Häuser, man kann es sehen, wenn man weit genug weg ist. Oben die Raben, unten die dunklen Gestalten unter einer Laterne. Gelächter. Eine Bierflasche wird zu Boden geworfen und klirrt. Ich werde an ihnen vorbeimüssen. Sie werden mir nichts tun, denn ich bin unverwundbar. Nichts kann mir mehr passieren, denn ich bin schon tot und im Jenseits. Inmitten einer Lichtglocke, zusammen mit den schwarzen Raben in den Bäumen, aber ohne Zafer.

35

Von dem, was dann passierte, habe ich nur noch kurze verdichtete Erinnerungen. Schlaglichter im Kopf. Wie die schnellen Schnitte im Trailer eines Kinofilms. Ich erinnere mich, dass ich die Hauptstraße entlanglief. Es war wie immer. Menschen strömten mir entgegen, der Feierabendverkehr rauschte auf der Straße an mir vorbei, die Scheinwerfer der Autos reihten sich zu einer leuchtenden Kette und das Licht der Laternen glänzte auf den Straßen. Ich zog mir die Kapuze über den Kopf und wischte mir den Schmutz aus dem Gesicht. Ich erinnere mich an ein Stück Eis, das ich von einem parkenden Auto pflückte und wie ich mir damit über die Wange fuhr. Die Kälte tat weh, aber ich war froh, dass ich überhaupt etwas spürte. Ich lief zurück zu meiner Wohnung wie ein Automat, den man hinten mit einer kleinen Kurbel am Rücken in Bewegung gesetzt hatte. Ich lief durch die ganze Stadt. Stundenlang. Ich setzte einfach einen Schritt vor den anderen, denn etwas anderes konnte ich nicht tun. Ich spürte meinen Knöchel nicht, der am nächsten Tag anschwellen sollte. Ich sah die Feuerwehrautos nicht, die mit Sirenengeheul vorbeifuhren. Ich nahm eigentlich nichts wahr. Nur das Summen in den Ohren und meine Füße vor mir auf dem Pflaster. Alles andere um mich herum gehörte nicht zu mir, so wie ich selbst nicht zu mir gehörte.

Zurück in der Wohnung, packte ich ein paar Klamotten ein, steckte meinen Laptop in die Hülle, verstaute ihn im Rucksack und bettete meine beiden Gitarren in ihre Kästen. Ein letztes Mal noch öffnete ich die Tür zum Wandschrank, zwängte mich am Staubsauger und den Putzeimern vorbei und drückte die Hintertür auf. Ich war in dem Zwischenraum und warf meine Handys zu den Kabeln, dem Verstärker und dem Mikrofonständer. Zuvor schickte ich noch eine letzte SMS an das Handy, das mich nur mit Prospero verband. »Ich lebe noch«, tippte ich. Und dann nach einer kurzen Pause: »Nimm es nicht persönlich.« Kaum hatte ich die letzte Zeile weggeschickt, überfiel mich das Gefühl, keine Luft mehr zu bekommen. Eine Welle von blinder Panik überschwemmte mich und ich musste den Wandschrank sofort verlassen.

Oben nahm ich meine Gitarren, schmiss den Schlüssel auf den Tisch und blickte nicht noch einmal zurück, bevor ich die Tür hinter mir schloss und die dunkle Wohnung mit ihren Gitterstäben vor dem Fenster und dem Geheimnis im Wandschrank für immer hinter mir ließ.

Diese und die folgenden Nächte verbrachte ich in einem billigen Hotel. Ich erinnere mich nicht mehr an das Zimmer, weiß aber noch, wie das Bad aussah. Beige Fliesen mit schmutzigen Fugen, darauf lagen die roten, bei der Explosion versengten Haare, die ich mir abgeschnitten hatte. Sie sahen so künstlich aus wie Puppenhaare. In den Ausguss liefen die dunklen Schlieren eines Haarfärbemittels. Ich hatte mir einen Ton ausgesucht, der meiner ursprünglichen Haarfarbe ähnelte. Ich sehe, wie ich mit diesen kurzen braunen Haaren in den Spiegel blickte und versuchte, über mein helleres Auge eine dunklere Kontaktlinse zu schieben. Ich hatte mir mehrere gekauft, um sie durchzuprobieren, und fand schließlich eine, die die Zweifarbigkeit meiner Augen korrigierte – zumindest wenn man mir nicht zu nahe kam. Ich nannte es korrigieren, da es mir wie ein Makel erschien. Eine Fehlhaltung. Etwas, das es galt zu verbessern. Im Spiegel sah ich nun jemanden, der nicht mehr auffallen würde. Klein, mit mausbraunen Haaren und gleichfarbigen Augen, aus denen mir die pure Angst entgegenblickte.

In den nächsten Tagen vermied ich es, meinen Rechner aufzuklappen und in den Nachrichtenseiten zu stöbern, sondern ging zu dem Kiosk, der sich dem Hotel gegenüber befand, und kaufte mir Zeitungen. Die Explosion war der Aufmacher in den Lokalnachrichten. Ich hielt die Blätter in den zitternden Händen, während ich die Zeilen überflog.

Anwohner hätten das Beben wahrgenommen, und da es den Verdacht gab, ein Blindgänger aus dem Zweiten Weltkrieg sei hochgegangen, rückte die Feuerwehr mit einem Sprengmeister aus. Sie fanden den Vorraum, den Serverraum und die Zentrale in Trümmern. Die Wand zwischen Serverraum und Zentrale war eingestürzt und hatte den Monitor und alle Rechner unter sich begraben. Natürlich waren die Räume, ihre Möblierung, ihre gute Ausstattung und die Computer sofort Gegenstand unterschiedlichster Mutmaßungen. Ursprünglich waren sie als Aufenthaltsräume für Gleisarbeiter gedacht und dann einfach zugesperrt worden, als sie keiner mehr benutzte. Man spekulierte darüber, wie viele dieser zweckentfremdeten Räume es wohl noch geben könnte und wer darin lebte. Manche Zeitungen sprachen sogar von einem Unterschlupf für Terroristen und einer fehlgezündeten Bombe. Aber es schien keine Spuren zu geben. Nichts, was auf Sam, Natascha, Rat oder mich hindeutete. Man konnte die Festplatten nicht mehr auswerten, sie waren komplett zerstört. Prospero hatte wirklich ganze Arbeit geleistet. Während ich das alles las, fühlte ich mich völlig unbeteiligt. Als ob das alles nichts mit mir zu tun hatte. Das änderte sich schlagartig, als ich die Fotos sah. Ich fand sie nicht in den Zeitungen, die ich mir in dem Kiosk gekauft hatte, sondern auf einer Seite, die ich mir aus einer Pfütze bei der S-Bahn-Brücke fischte. Jemand hatte den Zeitungsständer eingetreten und die zerfledderten Zeitungen lagen verstreut auf der Straße. Die Seiten hatten die Feuchtigkeit aufgesaugt und ich legte sie auf die Heizung im Hotelzimmer, um sie zu trocknen, bevor ich sie auf meinem Bett ausbreitete.

Explosion auf stillgelegter U-Bahn-Strecke.

Die Bilder waren ein Schock. Große Farbaufnahmen der Zentrale. Verwüstete Rechner. Die Chassis verbogen. Von der Tiffanylampe mit den eckigen roten Blumen konnte man nur noch das Gerüst sehen. Ich stellte mir die Glasscherben vor, rote Scherben wie kleine Edelsteine. Überall lag Staub wie auf einer Mondlandschaft. Die Felle auf den Plüschsesseln waren schwarz und verbrannt, die Gitter verbogen. Es gab Tastaturbuchstaben, die herumlagen. Der Rechner muss in tausend Stücke geflogen sein. Komischerweise war die Maus noch ganz. Ich sah sie immer noch vom Tisch hin- und herbaumeln, als ich die Augen schloss. Dann sah ich mich einen Moment selbst zwischen den Trümmern.

Es sei niemand zu Schaden gekommen, berichtete der Artikel. Behauptete das einfach. Keine Kollateralschäden also.

Es stimmte nicht. Mein anderes Ich lag dort unten. Eingeklemmt unter dem Stück Mauer, das den Schreibtisch unter sich begraben hatte. Ich sah mich mit Staub bedeckt, die Augen weit aufgerissen. Das andere Ich, es hatte an den Schnee gedacht in diesem Moment, als die Bombe explodierte und die Decke es unter einer Schuttwolke begrub. An den Schnee und an Zafer.

Es gab noch jemanden, der überlebt hatte. Lewis Carroll. Er war mein einziger Trost in dieser Zeit. Ich saß auf meinem Hotelbett und kraulte ihn, während ich zusah, wie sich draußen die Welt in gnädiges Weiß hüllte.

Ich weiß nicht mehr, wie viele Tage ich in dem Hotel verbrachte. Vielleicht waren es vier Tage, vielleicht eine Woche. Im Rückblick schienen sie zusammenzuschnurren zu einem einzigen Tag, an dem ich auf dem Bett lag, als wäre es ein Rettungsfloß, und ziellos durch einen trüben Nachmittag trieb, an dem es nicht mehr richtig hell werden wollte. Ich weiß nur, dass ich irgendwann kein Geld mehr hatte, um das Zimmer zu bezahlen, und mit meinen Habseligkeiten auf der Straße stand.

Ich zog zurück zu meinen Eltern. 300 Kilometer weit weg von der Stadt, zurück in ein aufgeräumtes Haus mit einem gepflegten Garten und den hohen dunklen Thujahecken drum herum.

Ich weiß nicht, ob meine Eltern froh waren, dass ich wieder da war, zumindest waren sie über meine Verwandlung sehr erleichtert. Ich sei endlich auf einem guten Weg, sagten sie immer wieder. Dabei wollte ich gar nicht wissen, was für Gründe sie sich für meine Veränderung ausmalten.

Ich verbrachte den Winter in meinem alten Kinderzimmer, das nun andere Vorhänge hatte und auch sonst so aufgeräumt wirkte. Meine Eltern waren so taktvoll und fragten mich weder, was mit mir geschehen war, noch, was ich in Zukunft zu tun gedachte.

Ich war ihnen sehr dankbar dafür, versuchte mich nützlich zu machen, schippte Schnee, half beim Einkaufen und Kochen, las Bücher, an die ich mich gleich nach der letzten Seite nicht mehr erinnerte, und spürte nach ein paar Wochen, dass ich zu groß für das Zimmer geworden war. Zu groß für mein Zimmer und zu sperrig für die Idylle.

Schließlich verkündete ich zu ihrer größten Genugtuung, studieren zu wollen. Es ging mir nicht ums Studieren, eigentlich suchte ich nur einen Grund, wieder wegzukommen. Ich ließ den Kater zurück. Er ist immer noch dort und mittlerweile zum Chef der Familie mutiert, ein launischer Patriarch mit ausgeprägten Macken, er meidet den Keller und alle Orte, die unter der Erde liegen, so wie ich es jetzt tue, aber liebt es, Amseln im Garten zu jagen. Sie nannten ihn *Kantapper* und er nahm den Namen an, auch wenn er für mich immer *Lewis Carroll* blieb.

36

So kam ich nach drei Monaten zurück in die Stadt. Sie erschien mir anders, auf eine neue Art fremd, und ich begriff, dass das, von dem wir glauben, dass es die äußere Wirklichkeit sei, sich zumeist im eigenen Kopf abspielte. Es war die gleiche Stadt und doch sah ich sie mit anderen Augen. Ich hatte ein Apartment in einem Studentenwohnheim ergattert. Das Bad hieß *Nasszelle* und war aus einem einzigen Stück Plastik geschweißt, die Wände waren aus Beton, alles wirkte hell und nüchtern. Ich schlief im 15. Stock und hatte einen Schreibtisch aus Blech vor einem Balkon in Wabenform, den ich mir mit einem Taubenpaar teilte. Hier war es immer hell, ich überblickte die Dächer und die Autobahn unter mir, glaubte nun, die Sonne zu mögen, und war so weit weg, wie man von einer Souterrainwohnung nur sein konnte.

Ich schrieb mich in Informatik ein und lernte dort Dinge, die ich bereits wusste, und bemühte mich, genau das nicht zu zeigen. Ich saß in den Vorlesungen, ging in die Mensa und sogar einmal auf ein Konzert. Aber – ich spielte nie mehr Gitarre. Ich ließ sie liegen und rührte sie nicht mehr an. Jede Saite, jeder Ton würde mich an Zafer erinnern und ich wollte mir den Schmerz ersparen.

Ich redete mir ein, dass ich mich gerettet hatte. Trotzdem fühlte ich mich wie betäubt. Als würde mein Avatar mein Leben führen, während ich mich selbst irgendwo anders befand. Nein, nicht irgendwo. Ich lag im Schutt unter Trümmern und dachte an Zafer.

Dann, der Schnee war getaut und die ersten Blumen schoben sich aus der Erde, sah ich die Graffiti. Sie waren mit roter Farbe auf die Hausmauern gesprüht. Verschnörkelte Buchstaben, wie nur Rat sie sprayen konnte. Ich sah sie auf dem Weg zur Mensa an einer weißen Mauer gegenüber des Instituts. Obwohl ich es nicht wollte, sah ich hin und versuchte, die Buchstaben zu entschlüsseln. *Sound of Silence* hatte Rat gesprüht. *Sound of Silence.* Die Worte hallten in meinem Kopf und ich hörte plötzlich eine Melodie. Zum ersten Mal seit Langem hörte ich in meinem Inneren eine Melodie. Zugleich betete ich darum, Rat nicht zu begegnen. Ich wusste nicht, was ich ihm sagen sollte, und hätte wahrscheinlich bei einer Begegnung so getan, als würde ich ihn nicht kennen. So senkte ich den Kopf, hastete schnell weiter in die Mensa und beschloss, nie mehr hinzusehen.

Sam und Natascha waren völlig verschwunden. Wahrscheinlich hatten sie alle Spuren verwischt. Ich wusste, dass Sam schon seit Jahren nach London wollte. Was Natascha betraf, so vermutete ich, dass sie zurück nach Lodz gegangen war. So wie ich auch erst einmal in meine Heimat zurückzog. Einmal stand eine Frau im Bus neben mir mit blonden kringeligen Locken und einem Tuch im Haar. Mein Herz begann zu klopfen, wie verrückt zu klopfen, aber als sie sich umdrehte, war es eine Fremde.

Sie hatten gewonnen. Argos hatte gewonnen und Prospero hatte gewonnen. Was für ein lächerliches Unterfangen, sie herausfordern zu wollen! Claire hatte recht gehabt. Wir waren Dilettanten. Kleine Ameisen, die sich erdreistet hatten, einen Riesen zu ärgern. Der Riese hatte uns mit einer lässigen Handbewegung weggewischt und fast zerquetscht. Alles, was wir taten, kam einzig Prospero zugute, der einmal genauso werden würde wie Weller. Er war kein Held, er war nur ein Krimineller, der mit Laurin Geschäfte machen wollte. Dark Noise war eine einzige Lüge.

Sie sind stärker als wir. Skrupelloser. Ihnen würde die Welt gehören und nicht uns. Wir mussten sehen, dass wir mit heiler Haut davonkamen. Ich würde mich nicht mehr einmischen. Wozu auch? Man konnte eh nichts ändern. Ich wollte von nun an unauffällig sein wie alle anderen. Ich sah, dass sie jeden Tag neue Kameras in die Laternen einbauten, aber ich beschloss, dass es mich nichts mehr anging. Ich beugte meinen Kopf und fragte mich manchmal, ob mich jemand trackte, aber da nichts passierte, mich keiner ansprach, keiner mich verfolgte, hatte ich das Gefühl, dass niemand einen Verdacht hatte. Ich war nicht interessant. Keiner hatte mich auf dem Schirm.

Und so hoffte ich nach ein paar Monaten, dass man mich einfach vergessen hatte.

Ich hatte nicht nur überlebt, sondern ich beschloss auch weiterzuleben und setzte einen Prozess in Gang, an dessen Ende das Wort *normal* stehen sollte. Ich tat alles, um normal zu werden, wobei ich *normal* als das Naheliegendste definierte, was mir einfiel: *so wie die anderen.* Ich sah mir dabei zu, wie ich jeden Tag normaler wurde, und wertete das als Fortschritt. Ich kleidete mich wie die anderen und gab vor, die gleichen Dinge zu mögen.

Irgendwann dachte ich, dass ich mein Ziel erreicht hatte. Übrig blieben nur Dinge, die ich verzweifelt versuchte abzuschütteln.

Ich konnte nicht mehr U-Bahn fahren und keinen Tunnel

mehr betreten. Ich hatte es einmal versucht, war die Treppen hinuntergegangen und kaum war ich unter der Betondecke verschwunden und hatte keinen Himmel mehr über mir, als meine Knie anfingen zu zittern. Sie zitterten so stark, dass ich umkehren musste, mich eine Weile auf eine Parkbank setzte und wartete, bis ich überhaupt wieder aufstehen konnte.

Und manchmal, ohne dass ich wusste warum, starrte ich auf meine Hände. Sie gehören eigentlich zu mir, aber das war plötzlich nicht mehr selbstverständlich. Irgendetwas bewegte meinen Körper, ließ ihn laufen, stehen, sitzen, doch das war nicht ich. Da war wieder dieses überwältigende Gefühl von Fremdheit. So als ob ich nicht in mich selbst passte.

Hätte mich aber jemand gefragt, hätte ich ihm gesagt, dass mit mir absolut alles in Ordnung sei.

Dieses Gefühl hielt vor, bis ich im Frühjahr Claire begegnete.

37

Ich sah sie auf einem Platz beim Taubenfüttern. Es war mittlerweile warm geworden. Ein angenehmer Frühlingstag nach einer Nacht voller Regen. Die Kastanien schimmerten noch hellgrün, mit frisch entrollten Blättern.

Ich kannte den Platz, hatte früher oft hier gespielt und gesungen, und die Erinnerung daran gab mir einen kleinen Stich, wie immer, wenn ich an solchen Orten vorbeiging. Ich wusste, dass die Akustik hier ausgezeichnet war, und war fast versucht, in die Hände zu klatschen, um den Hall zu prüfen. Der Brunnen in der Mitte schien die Passanten anzuziehen, was ich nie verstanden hatte. Zwei klobige Ziegelfiguren saßen sich gegenüber, ein dickes, in die Jahre gekommenes Ehepaar, das langsam versteinert war und sich nun gegenseitig mit Wasser vollspritzte.

Ich konnte durch den Wasserstrahl Claire erkennen. Sie trug ein pfefferminzgrünes Kostüm und stritt sich gerade mit einem Mann, der ihr verbieten wollte, Kuchenkrümel aus ihrer zerknautschten Bäckereitüte überall auf dem Pflaster zu verteilen. Beide waren umringt von gurrenden Tauben, die empört aufgeflattert waren, als der Mann ihren Kreis betreten hatte.

Eben hatte ich mir überlegt, mich auf eine freie Parkbank zu setzen, um noch ein paar Mitschriften zur nächsten Vorlesung durchzugehen. Doch nun war mein erster Impuls, schleunigst zu verschwinden. Ich war schon ein paar Meter weit gekommen, als ich hinter mir einen Ruf hörte.

»Du musst nicht so tun, als würdest du mich nicht kennen.«

Ein kurzes sarkastisches Lachen folgte.

»Auch wenn ich dir peinlich bin.«

Ich drehte mich um. Claire sah aus wie immer, vielleicht nur eine winzige Spur älter, und eine Strähne ihres grauen Haares hatte sich aus ihrem Pferdeschwanz gelöst und leuchtete weiß im Sonnenlicht.

Ich blieb stehen und sah, wie sie langsam auf mich zukam.

»Das ist nicht wahr«, protestierte ich, als sie vor mir stand. »Mir ist nichts peinlich.« Meine Hände krallten sich in meine Tasche. Eigentlich hatte ich überhaupt keine Zeit für ein Gespräch. Ich würde ihr das höflich klarmachen.

Claire musterte mich und ich schrumpfte plötzlich zusammen. War wieder in der sechsten Klasse und hatte irgendetwas ausgefressen, an das ich mich nicht erinnern konnte.

»Dann bin ich ja beruhigt«, sagte sie.

»Es ist nur … In zehn Minuten beginnt meine Vorlesung«, erklärte ich. Die Zeit verrann und die Tasche in meiner Hand fühlte sich immer schwerer an. Am liebsten wäre ich gleich davongerannt.

»Verstehe«, sagte Claire. »Ich brauche dich also nicht zu fragen, wie es dir geht?«, setzte sie nach einem kurzen Augenblick hinzu.

Ich schüttelte den Kopf und lächelte. Souverän, wie ich meinte.

»Oh, doch, doch. Kein Problem. Du kannst fragen. Mir geht es gut. Wirklich.«

»Wirklich?«, fragte Claire.

Plötzlich konnte ich alles, Claire, den Platz, die Brunnenfiguren, nur noch verschwommen sehen. Hätte Claire die Frage in ihrer üblichen trockenen Art gestellt, dann hätten wir belanglose Konversation machen können und wären dann auseinandergegangen wie Fremde. So aber meinte ich nur für einen kurzen Moment echte Besorgnis in ihrem Blick zu sehen und das war zu viel. Sie hatte mit einer einzigen Nachfrage, einem einzigen Wort, eine Tür aufgestoßen und ich stand hilflos dem gegenüber, was nun passierte. Ich wusste nicht, woher so viele Tränen kamen. Ich, die ich dachte, alles im Griff zu haben, gerade mir entglitt alles. Alles war unscharf von Tränen verschwommen, die flossen und flossen, und ich dachte an Alice im Wunderland, die einen Ozean weinte, in dem sie selbst fast ertrinken sollte.

Claire sagte nichts, sondern zog mich auf die nächstgelegene Parkbank und reichte mir nur ein Taschentuch. Es war ein sauber zusammengefaltetes Stofftaschentuch aus ihrer großen Brokattasche.

Wir saßen eine Weile schweigend und ich sah zwischen den Brunnenfiguren Kinder herumklettern. Menschen mit großen Eisbechern von der nahe gelegenen Eisdiele schlenderten vorbei. Ich wusste nicht, was ich sagen sollte, und schnäuzte mich ab und zu, wobei ich mich fragte, ob und in welchem Zustand ich Claire das Stofftaschentuch wieder zurückgeben sollte.

»Magst du Mohnkuchen?«, fragte Claire. Sie war so freundlich gewesen, mich nicht anzublicken, sondern sie hatte während meiner Gefühlsattacke so getan, als interessiere sie sich brennend für den klobigen Brunnen, der teilnahmslos vor sich hin sprudelte.

Ich nickte, woraufhin sie aufstand, sich ihren Rock glatt strich und zu ihrem Fahrrad ging, das sie an den Pfosten eines Verkehrsschilds gelehnt hatte. Sie schob es weg von dem Platz, die Straßen entlang, und ich folgte ihr, benommen und brav wie ein Schaf, weil ich sonst niemanden hatte, dem ich folgen konnte. Es hatte etwas seltsam Beruhigendes, sie vor mir auf der Straße zu sehen. Sie stützte sich beim Gehen auf den Lenker ihres Fahrrads, eines neongelben Pedelecs, wie ich nach einem Blick auf die Batterie auf dem Gepäckträger feststellte. Sie lief leicht gebückt, aber energisch und drehte sich kein einziges Mal zu mir um.

Ein paar Querstraßen weiter gelangten wir wieder zu der Bäckerei in der Seitenstraße, die für mich allein so schwer zu finden war. Wieder war sie brechend voll, und obwohl ich Claire angeboten hatte, mich in die Schlange zu stellen, bestand sie darauf, es selbst zu tun. Sie vertraute mir das Fahrrad an und so stand ich ein zweites Mal vor dem Schaufenster. Ich wunderte mich darüber, dass ich immer noch nicht zu den Studenten gehörte, die sich an die Theke drängten. Es reichte anscheinend nicht, sich nur äußerlich zu verändern. Ich hatte innerlich noch nicht die Farbe gewechselt und mit einem Mal fing ich an zu zweifeln, ob mir das je gelänge. Ich betrachtete die anderen durch die Scheibe und, wenn ich den Fokus änderte, dann mich selbst in der Spiegelung. Emily. Auffällig unauffällig. Mit zwei gleichen braunen, rot geränderten Augen und einer verquollenen Nase.

Zwei Stunden später hatte ich Claire alles erzählt. Wir saßen in ihrem Wohnzimmer. Claire hatte das Oberlicht der verschmutzten Sprossenfenster gekippt und die Sonne stach draußen zwischen den jungen zarten Blättern der riesigen Buche hervor und warf ihre Strahlen auf das chinesische Porzellan vor uns auf dem runden Tisch. Keiner von uns hatte den Kuchen angerührt, aber der Tee aus der Drachenkanne war fast alle. Staubteilchen blitzten in der Sonne auf. Sie schwebten in der Luft, wie meine Worte. Ich hatte meine Geschichte an den einzig richtigen Ort, zu der einzigen Zuhörerin gebracht, die sie verstehen würde.

Es war eine Befreiung, alles zu erzählen. Und es ordnete meine Gedanken. Vorher hatte ich nur versucht, sie zu verdrängen, und alles, was übrig blieb, war ein nebliges graues Gefühl von Schuld und Scham und Angst sowie der brennende Wunsch, alles zu vergessen. Als ich jetzt aber alles in die richtige Reihenfolge brachte und versuchte, den Ablauf der Geschichte logisch zu schildern, begann ich sie auch zu verstehen. Claire zuckte bei meiner Erzählung kein einziges Mal zusammen. Sie sah mich an mit einem analytischen Blick, einem Mathematiker- oder Naturwissenschaftlerblick, so als wäre ich der Gegenstand ihrer komplexen Forschungen. Es war aber gerade dieser Blick, der es mir ermöglichte, überhaupt zu sprechen. Hätte sie mich so wie vorher angesehen, teilnahmsvoll oder besorgt, ich hätte es nicht über mich gebracht, von meiner Angst zu erzählen, von Prospero, der mich töten wollte, von Zafer, in den ich mich verliebt hatte, und von den Liedzeilen, die ich auf der Mauer gesehen hatte. Von der Musik, die in mir eingesperrt war, von meiner Angst, Rat zu begegnen, und dem Gefühl, in einem lächerlich ungleichen Kampf endgültig verloren zu haben.

Claire war die Erste, der ich alles erzählte, und würde auch für lange Zeit die Einzige bleiben.

Als ich fertig war, war ich ihr unendlich dankbar. Wir schwiegen lange. Ich hörte die Vögel draußen zwitschern und ab und zu einen Hubschrauber oben vorbeifliegen. Claire saß aufrecht in ihrem Sessel mit halb geschlossenen Augen und es dauerte lange, bis sie wieder etwas sagte. Ich dachte sogar einen kurzen irritierenden Moment lang, sie sei eingeschlafen. Doch dann räusperte sie sich. »Was, was deine … Gefühle betrifft, so kann ich dazu nichts sagen. Ich ... ich bin in diesen Sachen nicht besonders gut.«

Ich musste fast lächeln. »Das ist in Ordnung«, sagte ich. Und ich meinte es diesmal so.

Claire sah erleichtert aus. Dann verfinsterte sich ihr Gesicht. »Weller ist also gegangen, um eine Abart von Snark zu erschaffen. Ein neuronales Netz, das dazu angeleitet wird, die Realität zu verbiegen.«

»Nicht die Realität wird verbogen, nur die Wahrnehmung davon«, korrigierte ich leise.

»Andere Menschen zu erkennen als die, die eigentlich zu sehen sind, damit verbiegst du die Realität. Du deckst Verbrecher, Mörder und bringst dafür andere, Unschuldige ins Gefängnis. Laurin hat einen Mord gedeckt und der Mörder läuft immer noch frei herum.«

»Ich weiß«, sagte ich. »Die Aufzeichnungen aus den Argos-Kameras sind ein Witz.«

Claire schüttelte den Kopf. »Nein, kein Witz. Eher ein ziemlich mächtiges Instrument.«

Sie lehnte sich mit halb geschlossenen Augen zurück.

»Ich habe gesehen, dass sie immer mehr Laternen umrüsten.«

»Ich auch«, sagte ich.

Claire beugte sich nach vorne. »Und nun?«

Ich zuckte mit den Schultern. »Sie sind stärker als wir, Claire. Das habe ich nun begriffen.«

»Mhmm.«

»Alles, was ich geschafft habe, ist zu überleben. Zumindest das. Ich habe überlebt und mich gerettet.«

»So siehst du aber nicht aus«, sagte Claire trocken.

»Wie?«, fragte ich. »Wie *überlebt* oder wie *gerettet*?« Es sollte ein Witz sein und ich wunderte mich über mich selbst, dass ich die Worte so herauspresste.

Claire verzog keine Miene. »Wie beides«, sagte sie nur kurz. »Du siehst eher so aus, als wärst du gar nicht du selbst.«

Ich schluckte. »Ich versuche eben, erwachsen zu werden.« Es hatte eine Weile gedauert, bis mir dieser Satz einfiel. Er klang irgendwie vernünftig.

Claire lachte nur kurz auf. Ein schnarrendes trockenes Lachen.

»Na dann, viel Vergnügen!«

Sie stand abrupt auf und räumte das Teegeschirr zusammen, ohne mich anzusehen. Ihre Bewegungen waren schnell und fahrig und sahen so aus, als ob sie damit ihren Ärger verbergen wollte. »Ich glaube, ich muss jetzt meinen Nachmittagsschlaf machen.«

»Oh.« Ich kratzte mich vor Verlegenheit am Kopf. »Dann will ich dich nicht stören.« Ich wäre gerne noch geblieben. Etwas stand zwischen uns und ich wollte es ausräumen, obwohl ich nicht wusste, wie. Widerwillig half ich ihr, die Teetassen zu ihrer provisorischen Spüle zu bringen, die mich immer an ein Chemielabor erinnerte. Wahrscheinlich war sie auch aus einem Chemielabor, schoss es mir durch den Kopf.

Claire schüttelte energisch den Kopf, als ich ihr anbot, das Geschirr zu spülen.

»Es tut mir leid, wenn du nichts anderes von mir zu hören bekommst«, sagte sie, als sie das Wasser in die Spüle laufen ließ, »Ratschläge kannst du nicht von mir erwarten. Ich habe Ratschläge schon immer gehasst.«

Ich nickte, nahm meine Tasche von dem Stuhl neben der Spüle und hängte sie mir um die Schultern. Ich war bereit zu gehen und glaubte, dass ich nie wiederkommen würde.

Claire sah hoch und etwas blitzte in ihren Augen auf.

»Nur eines. Du scheinst das vergessen zu haben. Es geht in der Sache nicht nur um dich.«

Sie ging langsam und gebückt zu einem schmutzig bonbonfarbenen Küchenbuffet. Dort öffnete sie eine der Schubladen unter dem Vitrinenglas. »War verdammt schwer zu knacken, das Ding«, murmelte sie, als sie etwas aus den Tiefen der Lade hervorzog, das aussah wie ein USB-Stick.

Ich starrte es an und war völlig blank.

»Was ist das?«, fragte ich.

»Die dunkle Seite des Mondes.«

Ich schüttelte verwirrt den Kopf.

»Der andere Teil deiner Geschichte«, sagte Claire.

38

Es war der andere Keylogger. Der, den Argos bei Zafer installiert hatte und den ich gefunden hatte, bevor ich meinen eigenen anbrachte, was mich nicht viel besser machte als Argos. Ich hatte ihn ganz vergessen. Oder besser gesagt ihn in einen schwer zugänglichen Teil meines Bewusstseins verbannt. Was ist Vergessen auch anderes?

»Ich habe die Daten darauf gehackt.« Claire legte mir das Ding in die Hand, genauso wie Zafer mir den anderen Keylogger in die Hand gedrückt hatte, was mich unwillkürlich zusammenzucken ließ.

»Wie hast du das geschafft?«

»Ein *Brute-Force*-Angriff. Mit roher Gewalt die Kombinationen durchprobiert. Er war nicht einmal gut gesichert.« Ein Lächeln huschte über ihr Gesicht. Sie ging langsam zu ihrem Schreibtisch unter dem Fenster und zog dort einen Zettel unter dem gläsernen Briefbeschwerer hervor. »Hier, das Passwort.«

Ich starrte auf das Papier in ihrer Hand. Es war der herausgerissene Rand einer Tageszeitung, darauf in klarer steiler Schrift Ziffern und Buchstaben.

»Hast du … dir den Inhalt schon angesehen?«, fragte ich langsam.

Claire schüttelte den Kopf. »Die Auswertung wollte ich eigentlich dir überlassen.«

»Okay«, murmelte ich. *Die Auswertung.* Es klang, als sei das Ganze ein Forschungsauftrag. Zafer und ich in einer großen, komplizierten Versuchsanordnung.

Für einen Moment überlegte ich, ob ich den Keylogger wieder zurückgeben sollte. Warum sollte ich noch einmal an diesem Versuch teilnehmen? Warum? Es würde nicht gut ausgehen. Nicht für mich. Nicht für Zafer und am allerwenigsten für uns beide zusammen. Ich war dafür völlig ungeeignet.

Ich sah hoch zu Claire und sagte das Erste, was mir in den Sinn kam:

»Ich kann das nicht mehr, Claire. Ich habe diese Heldengeschichten satt. Ich will keine Heldin sein für nichts und für niemanden. Ich will endlich normal sein. Ich will endlich ein ganz normales Leben.«

Claire sah mich an. Ihr pfefferminzgrünes Kostüm leuchtete und die Sonnenstrahlen schienen durch ihr weißes Haar, sodass es sie wie einen Schein umgab. Ich konnte ihren Blick nicht deuten. Es lag kein Mitleid in ihm, zum Glück nicht. Der Blick war eher – voller Verständnis, aber auch nicht ohne Härte.

»Du wirst nie normal sein. Und je mehr du es versuchst, desto unglücklicher wirst du werden. Glaub mir, ich weiß, wovon ich spreche.«

Sie drückte die Finger meiner Hand um den Keylogger. Sie hatte raue Hände. Aber sie waren warm, während meine eiskalt waren.

»Tu, was du tun musst.«

Es waren diese Worte, die sich auf dem Nachhauseweg ständig in meinem Kopf drehten wie in einem Karussell, rundherum mit jedem Schritt. Ich dachte an nichts anderes mehr, als ich von Claires Labor zu meinem Hochhausturm lief.

Ich ging an diesem Tag nicht mehr in die Vorlesung. Ich ging auch die nächsten Tage nicht hin. Ich saß in meinem Betonzimmer weit über den Dächern der Stadt und hörte dem Gurren der Tauben zu und dem beharrlichen Rauschen der Stadtautobahn. Die Stadt breitete sich unter mir aus, sie lag unter einer Dunstglocke; der Rauch der Fabrikschlote mischte sich mit den aufziehenden Wolken. Wie gerne wäre ich mit den Tauben geflogen! Sie stießen sich von der Kante des Balkons ab, flatterten kurz hoch und segelten dann über der Stadt. Sie mussten sich um nichts kümmern und vor allem keine Entscheidungen treffen. Sie konnten einfach fliegen und sich dem Wind überlassen, der sie hochtrieb oder nach unten fallen ließ in ein stilles Luftloch.

Ich steckte den Keylogger in die Schnittstelle meines Computers und entschlüsselte die Daten mithilfe des Passworts von dem abgerissenen Zeitungsrand.

Erst fand ich – wie erwartet – einen Wust von Daten. E-Mails, kurze Texte, die immer wieder geändert wurden, Tastaturbewegungen, die zu einem Bildbearbeitungsprogramm gehören mussten, alles, was auf einer Tastatur eben getippt wurde. Es war ein Chaos und würde lange dauern, um es auszuwerten.

Dann sah ich mir an, wohin die Daten geschickt wurden. Es war ein Server. Bei Argos? Vielleicht gab es dort noch mehr? Ich gab den Pfad ein und versuchte es mit der gleichen Verschlüsselung, die auch für den Keylogger benutzt wurde …

Merkwürdigerweise hatte ich dabei zum ersten Mal seit Langem wieder das Gefühl, mich mit der Realität zu verbinden. Mein Ich, das so lange Zeit verschwunden war, kehrte zurück und füllte mich aus. Echtes Blut rauschte in meinen Adern, als ich auf *Enter* drückte.

Es funktionierte. Zafers Dateien waren auf dem Server.

Doch das, was ich dann entdeckte, verstörte mich. Es gab Bilddateien von Zafer. Viele Bilddateien. Sie hatten in Zafers Wohnung zwei Kameras installiert. Eine Kamera in dem Zimmer, in dem Zafer schlief und arbeitete, und eine in seiner Küche. Ich überlegte mir kurz, wo sie sie angebracht haben mussten. Eine war sicher in der Standleuchte in seinem Zimmer. Die grüne Standleuchte, hinter dem Schreibtisch, ich erinnerte mich an sie, weil sie so ähnlich auch hätte bei Prospero stehen können. Ihre einzige Gemeinsamkeit. Die Kamera war so montiert, dass sie Zafer und den Monitor zugleich zeigen konnte. Man sah ihm praktisch beim Arbeiten über die Schulter. Die andere war vermutlich geschickt neben der Glühbirne in der Küche plaziert, denn sie zeigte den Raum in einer verzerrten Weitwinkelaufnahme von oben, einem *Fisheye*.

Ich scrollte die erste Überwachungsdatei ganz an den Anfang. Die erste Aufzeichnung war zwei Tage vor dem Mord an Kahane entstanden. Sie stimmte mit dem Datum der ersten E-Mail überein, die Zafer geschickt hatte. Argos musste kurz darauf in die Wohnung eingebrochen sein und den Keylogger und die Kameras eingesetzt haben.

Ich würde alles sehen können. Alles. Alles, was hier an Daten war, würde mein Bild von Zafer vervollständigen. Ich klickte auf die Bilddateien und beobachtete ihn.

Ich sah Zafer morgens in der Küche; ich sah ihn an seinem Rechner Bilder bearbeiten und die Pizza entgegennehmen. Ich sah den Gang im Hotel auf Zafers Monitor, ich sah, wie er den Mann herausretuschierte, und ich ahnte, fürchtete zu ahnen, was hinter dem Hotelzimmer passiert war. Ich meinte zu spüren, was Zafer fühlte, als er zurückkam von seinen nächtlichen Streifzügen. Oder ich wünschte es mir zumindest.

Ich sah uns beide, verzerrt in einem Superweitwinkel in der

Küche. Aber hier scrollte ich schnell weiter, denn dieses Bild war ein inneres Bild, *nicht für den äußeren Gebrauch bestimmt*, und ich wollte es mir nicht kaputt machen durch das, was ich von außen sah.

Ich begriff, dass Zafer nicht schon immer bei Argos gewesen war, dass er in etwas hineingerutscht war, aus Einsamkeit oder Bequemlichkeit oder aus Angst. Aus welchen Gründen auch immer. So wie ich selbst die Pläne von Prospero stützte, ohne wissen zu können, was er wirklich vorhatte.

Das, was ich nicht sehen konnte, das, was außerhalb dieser Bilder geschah oder hinter den Bildern, hinter Zafers Stirn, die Gedanken, Gefühle, Entscheidungen, all das stellte ich mir vor. Ich konnte Zafer sehen und dachte mir seine Gedanken. Waren es dann meine Gedanken? Oder seine? War es der Zafer, den ich kennengelernt hatte, oder nur der, den ich mir vorstelle?

Woher wissen wir, ob die Menschen, die wir zu kennen glauben, nicht einfach doppelt existieren? Einmal real und einmal in unserem Kopf? Mit allem, was wir denken, dass sie denken?

Es war dunkel geworden. Die Stadt flimmerte unter mir. Ich stand zum ersten Mal seit Stunden auf und zog die Vorhänge zu. Es waren überall die gleichen Vorhänge, in jedem Zimmer dieses Hochhauses gleich, schwer und dunkelblau, und sie sperrten das Licht gänzlich aus.

Dann setzte ich mich hin und schrieb alles auf.

Ich brauchte dazu drei Tage. Ich zog die Vorhänge nicht mehr zurück und ernährte mich von den Pizzen der Firma *Pizza Elegante*. Nie kam der glatzköpfige Bote vorbei, obwohl ich jedes Mal fürchtete, er würde es sein, wenn es an meiner

Tür klingelte. Ich fürchtete es und zugleich hoffte ich darauf. Ich hätte ihn festgehalten und nach seiner Version der Geschichte gefragt. Wie das, was ich von Zafer *nicht* sah, wie der Mann mit der Narbe, Charis und Weller gehörte er zu den blinden Flecken in meiner Erzählung. Ich setzte sie mir aus den Puzzlestücken zusammen, die ich sehen konnte und an die ich mich erinnerte. Ich machte das, wozu auch neuronale Netzwerke trainiert wurden. Ich füllte die Lücken mit dem, was ich für wahrscheinlich hielt.

Dabei ging ich planmäßig und chronologisch vor und sah mir zuerst alles auf dem Stick an, den Argos eingesetzt hatte, und las alle Tastatureingaben auf dem Keylogger, den ich selbst angebracht hatte. Nach der Explosion konnte ich nicht mehr von Zafer, sondern nur noch von mir selbst erzählen.

Ich wusste nichts mehr von ihm. Nichts, was er tat, nichts, was er dachte. Ich konnte es nicht einmal vermuten.

Hier vor den zugezogenen blauen Vorhängen beendete ich meine Version der Geschichte. Dann schickte ich alles, was ich geschrieben hatte, an Zafers Adresse, ohne es noch einmal durchzulesen. Ich zitterte, als ich auf *Senden* drückte.

Danach fühlte ich mich elend. Leicht, aber vor allem elend. Ich hatte die Fäden des Handelns nicht mehr in der Hand. Hatte nur einen Stein ins Wasser geworfen und musste nun warten, welche Wellen er schlägt. Es war ein Risiko. Alles war ein verdammtes Risiko. Ich lief Gefahr, mich komplett lächerlich zu machen. Aber konnte ich noch lächerlicher werden, als ich es ohnehin schon war?

Ich zog die Vorhänge zurück und öffnete das Fenster. Ein kalter Wind schlug mir entgegen. Die Hochhäuser auf der anderen Seite der Stadtautobahn waren grau, verschwommen wie Geister. Nur ein paar vereinzelte Lichter brannten in den

Fenstern. Einzelne helle Vierecke. Es war die lila Stunde, jene Stunde zwischen Dunkelheit und Morgenlicht, in denen die meisten Menschen schlafen. Wolken hingen über der Stadt, deren Horizont ich nicht mehr sehen konnte. Ein paar Schornsteine zeichneten sich in der Ferne ab, schwarze Streben zwischen Himmel und Erde.

Ich ging zurück zu meinem Rechner und wollte den Keylogger gerade wieder auswerfen, als ich bemerkte, dass jemand mir eine E-Mail geschickt hatte. Ich klickte auf den Posteingang. Mein Herz klopfte. Die E-Mail war von Zafer. Er hatte mir sofort zurückgeschrieben. Er war einer von denen, die wach waren.

»Warte auf mich vor den Löwen!«

Dazu hatte er eine Bilddatei geschickt. Ich schob sie verwirrt auf meinem Monitor hin und her.

Es war ein Schmetterling. Er hatte zwei verschiedenfarbige Flügel. Einen blauen und einen braunen. Sie hatten genau die Farbe meiner Augen.

39

Die rote Hausfassade an der Stadtautobahn, die Nummer 12, war in Regen gehüllt. Ein großer dunkler Fleck zog sich längs über das Mauerwerk und auf den rechten der Steinlöwen prasselte in einem fort das Wasser aus einer überlaufenden Dachrinne. An dem Straßengeländer lehnten Fahrräder. Die, die nicht festgekettet waren, hatte der Wind einfach umgeblasen und das schwarz glänzende Papier eines Schokoriegels tanzte vor ihnen in der Luft.

Ich stand in der Hofeinfahrt gegenüber an die dunkle Wand gedrückt und hatte die Eingangstür schon seit einer gefühlten Ewigkeit im Auge. Das Rauschen der Stadtautobahn hinter den Bäumen drang noch gedämpft zu mir und die Dämmerung wich gerade dem grauen Zwielicht eines Regentages. Ich war sofort nach Zafers E-Mail aufgebrochen und hatte fast eine Stunde gebraucht, um hierherzukommen. Seit ich keinen U-Bahn-Schacht mehr betreten konnte, lief ich überallhin zu Fuß. Die Stadt bestand nun nicht mehr aus kleinen Inseln rund um die U-Bahnhöfe, sondern war ein Ganzes mit Straßen, Parks, Nebenwegen und Brücken. Ein Spiegelbild der unteren Welt aus ihren Tunneln und Gängen, die ich als Erstes kennengelernt hatte.

Warte auf mich vor den Löwen. Mir war kalt und ich wünschte mir, die Tür auf der anderen Seite der Straße würde sich endlich öffnen. Dabei wusste ich nicht, ob ich mich auf die Begegnung mit Zafer freuen oder ob ich davor Angst haben sollte. Ich hatte keine Ahnung, was ich ihm sagen sollte, und hoffte auf eine plötzliche Eingebung. Einen Satz, der mir genau dann einfallen würde, wenn er vor mir stand. Ich trat von einem Bein auf das andere. Meine Füße waren nass, meine Haare zerzaust. Ich machte wahrscheinlich einen völlig desolaten Eindruck, beschloss aber, darüber nicht nachzudenken, und schon gar nicht, mein Spiegelbild in der schmalen Fensterscheibe neben mir anzublicken.

Gerade als ich überlegte, auf die andere Straßenseite zu gehen und auf das Klingelschild über dem Löwenkopf zu drücken, kam ein Auto in die Straße geschossen. Es fuhr rasant über die Pfützen, sodass das Wasser hochspritzte, und kam mit einem Ruck am Ende der Sackgasse zu stehen. Ich zog mich in die Hofeinfahrt zurück und stieß dort auf eine Mülltonne, hinter der ich mich verbarg. Es war der weiße Golf. Die Zwillinge schlugen die Autotüren zu, zweimal ein lauter Knall in der morgendlichen Stille, dann gingen sie zu der Eingangstür der 12. Sie besprachen etwas, der eine trank Kaffee aus einem Pappbecher und warf ihn achtlos neben sich, als er auf die Klingel drückte. Der Wind trieb den Becher über das Pflaster, er trudelte klackernd über die Straße, bis er fast vor mir lag. Der Mann blickte dem Becher nach, genau in meine Richtung, und ich duckte mich tiefer. Nein, er hatte mich nicht gesehen. Vielleicht gespürt. Ein komischer Gedanke, den scheinbar auch der Mann wieder verwarf, denn er drehte sich wieder zur Tür und klingelte erneut, diesmal schon wesentlich ungeduldiger. Keiner schien ihm zu öffnen. Ich wollte gerade aufatmen, als ich eine Hand auf meiner Schulter spürte.

»Er ist nicht mehr hier, Emily!«

Ich fuhr zusammen und drehte mich um. Rat, es war Rat! Ich unterdrückte einen überraschten Ausruf. Rat sah mich an und schüttelte den Kopf, dann zog er mich tiefer in den Durchgang, der in einen verwilderten Hinterhof mündete, in dem jemand Gemüse anbaute. Wir liefen an verwaschenen Salatköpfen vorbei geduckt zu einer Mauer, die den Häuserblock von der Stadtautobahn trennte. Rat kletterte geschickt hinauf und reichte mir die Hand, um ihm zu folgen.

»Was machen die Zwillinge hier, Rat?«

»Keine Angst! Wir haben alles im Griff.«

Ich sah ihn verwirrt an, nahm seine Hand und er zog mich nach oben. Ein paar lockere Ziegel fielen herunter und ich schrammte mir meinen Arm auf.

Wir landeten auf der anderen Seite der Mauer in einem Meer von Brennnesseln, die auf einem schmalen Pfad zwischen Mauer und Stadtautobahn wucherten. Nur eine wildwachsende Brombeerhecke trennte uns von dem Fahrstreifen. Ich folgte Rat, der den Weg scheinbar schon öfter gegangen sein musste, denn er wich geschickt den dornigen Zweigen aus. »Was meinst du mit *wir*?« Ich schrie es gegen den Lärm der Autos.

Rat drehte sich um. »Du wirst schon sehen!«

Nach einer Weile machte die Stadtautobahn einen weiten Bogen nach rechts. Ich folgte Rat geradeaus weiter über eine Wiese, die mit Hundehaufen übersät war. Rat rannte und ich hatte Mühe, mit ihm Schritt zu halten. Am anderen Ende der Wiese floss der Stadtkanal, ein breites grünes Band schäumenden Wassers. Rat blieb stehen und es gelang mir endlich, ihn einzuholen. Er deutete unter die Brücke vor uns, die aussah wie ein Tunnel. Etwas Weißes schimmerte darin. Ich sah genauer hin. Es war ein Hausboot.

»Die neue Zentrale«, sagte Rat.

»Die neue Zentrale?«

»Ich hab das klargemacht.« Rat grinste verlegen. »Es wird dir gefallen.«

Ich starrte ihn an.

»Du kannst hingehen und klopfen.«

»Du kommst nicht mit?«

Rat schüttelte nur den Kopf. »Ich muss noch was besorgen.«

Er lief den Weg über die Wiese, über die wir eben gekommen waren, zurück. Dabei machte er nach ein paar Metern einen kleinen Sprung und wandte sich um. »Hey, Emily. Schön, dass du wieder dabei bist!«, schrie er lachend und rannte weiter.

Ich starrte ihm nach, bis er hinter den ersten Häusern am Wiesensaum verschwand.

Dabei? Bei was?

Ein Uferweg aus bemoosten Pflastersteinen führte zur Brücke. An deren Eingang stürzte das Regenwasser aus einem kaputten Rohr nach unten. Ich hielt die Luft an, bevor ich durchging, denn obwohl ich mich nur unter einer Brücke befand, so wirkte sie doch wie ein Tunnel. Einen schrecklichen Atemzug lang fürchtete ich, dass mein Herz sich nicht mehr beruhigen und so schnell klopfen würde, dass ich davon ohnmächtig würde. Doch nichts dergleichen geschah. Ich wurde nur nass, als ich durch den Wasservorhang ging. Innen war es zwar dunkel, aber es half, dass das Licht von *zwei* Seiten hineinfiel. Das Hausboot war mit einem Seil an einem Poller am Uferweg befestigt und schaukelte auf dem schäumenden grünen Wasser.

Die neue Zentrale.

Ich tat einen Schritt auf das Boot zu und klopfte an eine Holztür, von der die Farbe abblätterte.

Es war Zafer, der mir öffnete.

40

Wir sagten nichts, wir umarmten uns nicht. Es war in diesem Moment so, als wären wir zwei Menschen, die sich zum ersten Mal begegneten. Zafer fuhr sich über die Haare und trat einen Schritt zurück. Er war nicht rasiert und ziemlich bleich, wirkte aber ruhig und nicht überrascht.

»Komm rein!«

Im Inneren des Boots war es schummrig und eng. Ein Monitor glimmte blau auf dem Tisch, daneben lag eine Tastatur. Zafer legte ein Kissen auf die altmodische Eckbank neben seinen Platz. Ich zog meine nasse Jacke aus und setzte mich zu ihm. Das Wasser lief mir an den Seiten über die Haare und die Wangen. Ich wischte es mit meinem Halstuch ab und kam mir vor wie ein nasser Hund, der zurück in seine Hütte kam.

Eine Weile sagte niemand etwas. Nur die Strömung des Kanals, die gegen die Wand des Bootes schwappte, und das Plätschern des Regenvorhangs waren zu hören.

Zafers Gesicht lag im Dunklen. Ich hatte ihn so viel zu fragen und ihm so viel zu sagen, dass mir jetzt nichts einfiel.

»Danke für den Schmetterling.« Meine Stimme klang fremd und ein bisschen rau.

Zafer schwieg. Es wäre mir lieber gewesen, er hätte etwas erwidert. Irgendetwas.

»Hast du den Anhang schon gelesen?«, fragte ich schließlich und merkte, dass ich ganz gegen meinen Willen rot wurde.

Zafer schüttelte den Kopf. »Nur die ersten Seiten.«

»Ich weiß nicht, ob du sie weiterlesen solltest. Es ist nur … Es stehen auch Sachen über dich drin.«

»Okay«, sagte Zafer dann nach einer Pause und ich meinte, ein leichtes Lächeln auf seinem Gesicht entdeckt zu haben: »Ich hoffe, nur Gutes.«

Ich nickte und sah vor Verlegenheit nach oben, wo die Reflexion des Wassers, die durch die schmalen Fenster fiel, verschwommene Kreise an die Holzdecke zeichnete.

»Es tut mir leid«, sagte ich schließlich.

»Was genau?«, fragte Zafer. Er blickte mich nicht an, aber ich spürte, dass er sich anspannte.

»Der Keylogger, … dass ich nicht ehrlich zu dir war … Alles.«

Zafer atmete durch. Er fuhr sich mit der Hand durch seine Haare. »Ich weiß jetzt, warum du das getan hast. Rat stand eines Tages vor meiner Tür. Er hat mir alles erzählt.«

Ich starrte ihn an. Es gab also noch eine Version der Geschichte. Rats Version. »Dann war meine Mail eigentlich überflüssig«, sagte ich leise.

»Nein. Ohne deine Mail hätte ich dich nie gefunden. Ich hatte keine Ahnung, wo ich dich suchen sollte.«

»Du hast mich gesucht?« Es gab mir einen kleinen Stich, als ich das fragte.

Zafer nickte. »Prospero hat euch alle ins Laurin-Programm genommen, nachdem er verschwunden war. Dich, Rat, sich selbst.«

Ich schwieg. Deshalb hatte mich nie jemand verfolgt. Ich war unsichtbar. Für alle.

»Rat hat ein paar Versuche gestartet, dich zu finden, aber er kannte deinen echten Nachnamen nicht. Wir haben dann darauf gehofft, dir irgendwann zufällig wieder in der Stadt zu begegnen.«

»Ich war einige Zeit nicht da … nach der Explosion«,

erklärte ich. Wir schwiegen. Dann stellte ich die Frage, die mich schon lange beschäftigte. »Wie hast du diesen Belüftungsschacht gefunden?«

»Euer Versteck?«

Ich nickte.

»Nachdem ich dich geortet hatte, habe ich dich verfolgt und kam bis in den Schacht neben den stillgelegten Gleisen. Du bist hinter dieser Stahltür verschwunden und ich musste einen anderen Zugang finden.«

»Du hast mich geortet?«

»Über deinen Keylogger. Er hat die Daten an dein Handy gesendet.«

»Und wie kamst du an das Passwort?«

Zafer blickte mich an. »Das war nicht schwer.«

Ich schluckte. »Hat … hat Rat deshalb ›Sound of Silence‹ an die Wände gesprüht?«

»Ich habe ihm das vorgschlagen, ja.« Zafer sah mich nicht an, als er weitersprach. »Mir war klar, dass, wenn es einen Raum gab, es irgendwo auch einen Luftschacht dazu geben musste. Ich lief also zum Ende der Strecke, kam im Park raus und fand den Schacht. Er war einfach unter einem Gitter.«

»Aber es gibt dort mehrere Ausgänge von Belüftungsschächten.«

»Nur einen mit einer Mobilfunkverstärker-Antenne. Schließlich musstet ihr ja auch unter der Erde online gehen.«

Die Antenne! »Ich dachte, wir hätten sie unauffällig oben versteckt.«

Auf Zafers Gesicht zeigte sich der Anflug eines Lächelns. »Mir war klar, dass an der Stelle kein Verkehrsschild stehen konnte.«

Ich blickte ihn erstaunt an. Eine schlecht getarnte Antenne

hatte mir das Leben gerettet. Nein, Zafer hatte mir das Leben gerettet. Ich dachte an seine Hand, die mich aus dem Schacht gezogen hatte. Es schien eine Ewigkeit her zu sein. Das Verwirrende war, dass der Zafer, neben dem ich nun saß, mit dem Zafer, den ich die ganze Zeit in meinem Kopf hatte, nichts mehr zu tun hatte. Er war anders. Nun. Er war einfach echt. Die Zeit zwischen dem Augenblick, in dem er mir den Keylogger in die Hand gedrückt hatte, und jetzt. Zafer hatte sie anders gefüllt, als ich es mir je hätte denken können.

»Die Zwillinge standen eben vor deiner Tür«, sagte ich schließlich.

Zafer nickte. Er schien nicht überrascht.

»Du arbeitest nicht mehr für sie?«, fragte ich.

Zafer atmete laut aus. »Doch. In gewisser Weise schon.«

»In gewisser Weise?«

Zafer schwieg. Er sah zu Boden und dann plötzlich hoch.

»Ich brauche deine Hilfe, Emily!«

»Ich dachte, das ist *mein* Satz«, erwiderte ich.

Wir sahen uns an und lächelten beide zum ersten Mal. Dann wurde Zafer wieder ernst.

»Was hast du vor?«, fragte ich.

»Ich … ich will, dass alles aufgedeckt wird.«

Ich seufzte. »Zafer, ich hab das schon alles hinter mir. Und … ich kann nicht mein ganzes Leben vor diesen Typen davonlaufen.«

»Das kann keiner von uns«, sagte Zafer. »Weder du noch Rat. Noch ich. Wir müssen es beenden.«

Ich schüttelte den Kopf. »Zafer, das ist unmöglich. Sie sind zu groß. Wir sind ein Witz.«

Er ging zu einem runden Ofen mit einem Kaminrohr, vor

dem eine ausgebeulte Tasche mit einem kaputten Henkel lag. Er holte aus der Seitentasche eine Festplatte heraus.

»Das sind die Originalaufnahmen vom Hotel und der leeren Tiefgarage.«

Ich starrte ihn an. »Ich wusste, dass du die Aufnahmen nicht gelöscht hast.«

»Du konntest sie nicht finden. Die Festplatte war ... in einer Kaffeedose.« Ich dachte an Zafers Küche und mir fiel die Ablage neben dem Warmwasserboiler ein. Dort, wo die Tasse mit den Rentieren stand.

»Ich werde sie an die Polizei schicken. Zusammen mit einem Protokoll, wie ich sie manipuliert habe.«

»Bist du dir sicher, dass du das tun willst?«

Zafer nickte.

»Was ist mit deiner Schwester?«

»Ich werde sie anrufen. Sie kann sicher die nächsten Tage bei einer Freundin schlafen.«

»Du wirst sie nicht ewig verstecken können.«

Zafer fuhr sich gequält über die Stirn. »Ihr wird nichts passieren, wenn alles klappt.«

Ich blickte ihn an und beugte mich nach vorne. »Zafer, du wirst Argos nicht vernichten, wenn du die Originalaufnahmen wegschickst. Das wird nicht reichen. Dieser Typ mit der Narbe wird vielleicht verurteilt, aber Argos wird behaupten, dass sie nichts damit zu tun haben.«

Zafer schüttelte den Kopf. »Das ist mir auch klar. Deshalb brauche ich auch dich. Du bist die Einzige, die mir helfen kann.«

Ich spürte, wie mir das Blut ins Gesicht schoss. »Ich ... ich weiß nicht, ob ich mich darüber freuen soll oder ob mir das Angst einjagen sollte.«

Zafer schwieg. Ich sah mich in Gedanken weggehen und nicht wiederkommen. Warum stand ich nicht auf?

»Es gibt eine Möglichkeit, wie wir Argos wirklich treffen. Wir müssen zeigen, dass die Aufnahmen dauernd manipuliert werden.«

Zafer deutete auf die schwarze Festplatte. »Da ist alles drauf, was ich für Argos gemacht habe. Lauter Menschen. Ich habe ihr Aussehen verändert.«

Er räusperte sich und holte eine zweite Festplatte aus der kaputten Reisetasche. Sie war quadratisch und hatte einen seltsam schmutzigen Lilaton, Lilametallic.

»Was ist das?«, fragte ich.

»Sie sind hier noch einmal drauf. Ich habe sie ein zweites Mal bearbeitet. Allerdings sehen sie hier nicht aus wie Menschen ...«

»... sondern?«, fragte ich gespannt.

Zafer lächelte. »Anders.«

Ich atmete einmal kurz durch. »Das heißt, du hast die Daten so verändert, dass jeder, der die Aufnahmen sieht, versteht, dass es eine Manipulation ist.«

Zafer nickte.

»Aber wer soll sie sehen?«, fragte ich.

Zafer starrte mich an. »Alle.«

»Du willst die Manipulation veröffentlichen? In der Presse?«

Zafer schüttelte den Kopf. »Hast du deinen Laptop dabei?«, fragte er.

Ich nickte. Was für eine Frage!

Zafer steckte die lila Festplatte in seinen USB-Hub. »Ich habe dein Gespräch mit Prospero mitgehört. Damals im Tunnel.«

Er sah mich an.

»Ich brauche die Zugangsdaten zu Boojum.«

41

Mein Herzschlag pochte in meinen Ohren.

»Ich will, dass Boojum neue Bilder bekommt …« Zafer lehnte sich zurück. »Ich will, dass *wir* die Videoaufzeichnungen manipulieren.«

Ich starrte ihn an. Das Summen in den Ohren wurde lauter.

»Und?«, fragte Zafer.

Ich schluckte. »Wann willst du das machen?«

»Jetzt.«

Ich sog die Luft ein. Ich war zwar noch durchnässt, aber seltsamerweise war mir nicht mehr kalt. Statt einer Antwort holte ich nur meinen Rucksack und zog meinen Laptop aus der Schutzhülle. Die Zugangsdaten zu Boojum … Die Zugangsdaten …

»Ich weiß nicht einmal, ob ich noch bei Argos reinkomme«, sagte ich leise.

Ich klappte den Laptop auf und verband mich mit Zafers WLAN. Ich war froh, dass ich auf dem Rechner die Argos-Daten nicht gelöscht hatte, wie ich es ursprünglich einmal vorgehabt hatte. Und ich betete, dass Argos seine Keys nicht geändert hatte.

Wir sahen uns nicht an, als ich die Zugangsdaten in das Eingabefeld kopierte. Es war ein kurzer atemloser Augenblick. Das Fenster verschwand.

Access accepted.

»Ja«, murmelte Zafer. »Wir sind drin.«

»Boojum hat zwei Eingänge. Einmal den Live-Kamerastream und dann die Ersetzungen aus der Datenbank. Ich hab nun Boojum, aber ich weiß nicht, wie ich die Datenbank finde«, sagte ich vorsichtig.

Ich spürte, dass Zafer neben mir saß, aber eigentlich war ich zu konzentriert, um darüber nachzudenken, worüber ich ganz froh war. Später würde ich sagen, dass ich mich glücklich fühlte, aber in dem Moment spürte ich so viel Aufregung, dass sie schon fast unangenehm war.

Mittlerweile kam Rat zurück und sah mir über die Schulter. Zafer hatte mir eine Tasse Krümelkaffee gekocht, die neben mir ungetrunken kalt wurde.

Mein Nacken schmerzte. »Ich habe jetzt die Datenbank«, sagte ich schließlich.

Draußen gluckerte das Wasser vor sich hin.

»Was machst du jetzt?«, fragte Zafer.

»Ich suche die Sicherungen der Datenbank auf dem Backup-Server und lösche sie.«

»Okay«, sagte Zafer.

»Und dann ändere ich die Zugangsdaten zu Boojum.« Ich lächelte. »Damit sie es nicht einfach abschalten können.«

»Du meinst, Boojum läuft dann ewig?«, fragte Rat aus dem Hintergrund.

Ich schüttelte den Kopf. »Sie werden es irgendwann schaffen, die Verschlüsselungen zu finden. Aber bis dahin macht Boojum, was es will.«

»Oder was wir wollen«, sagte Rat.

Ich zuckte mit den Achseln und arbeitete weiter. Als ich zum ersten Mal nach langer Zeit den Kopf hob, bemerkte ich, dass es im Boot etwas heller war als zuvor. Das gleichmäßige Plätschern aus dem Rohr am Eingang war verstummt. Der Regen hatte nachgelassen.

Ich lehnte mich zurück, rieb mir den Nacken und drehte mich zu Zafer.

»Wir können jetzt die Daten aus deiner Festplatte auf den Argos-Server laden.«

Es war einen Moment lang ganz still, dann musste Rat hinter uns niesen.

Zafer atmete einmal kurz durch und klickte dann die lilafarbene externe Festplatte an.

»Okay, dann …« Seine Stimme klang heiser.

»Warte!« Ich deutete auf den Monitor. »Das … das ist ein neuronales Netzwerk. Es ist eigentlich unberechenbar, was genau passieren wird.«

Zafer sah mich an und grinste.

»Umso besser.«

42

Die Monster tauchten viel schneller auf, als wir dachten. Das erste Video war, bereits zwei Stunden nachdem ich auf *Enter* gedrückt hatte, zu sehen. Wer es wohl online gestellt hatte? Ein Mitarbeiter der Sicherheitsfirma, die die Bankautomaten kontrollierte? Einer der jungen Angestellten in der Filiale? Es gab viele, die Zugang zu den Aufzeichnungen hatten. Ich stellte sie mir vor, wie sie vor dem Monitor standen, Tassen mit komischen Sprüchen in der Hand. Fassungslos, ungläubig, vielleicht belustigt? Einer von ihnen kopierte die Aufzeichnung mit dem Monster und stellte sie auf YouTube ein. »Bankmonster«, schrieb er darüber.

Während es Geld an einem Automaten abhob, sah das Monster mit riesigen seitlichen Augen in die Überwachungskamera, die sich über ihrem Gesicht befinden musste, ein tragischer langer Blick, fuhr sich mit zwei Beinen kurz über die Antennen, steckte das Geld in ein Portemonnaie und lief dann aufrecht mit seinem Insektenkörper, der in einem Anzug steckte, aus dem Bild. Ob es die hyperrealistische Anmutung war, die Art, wie es lässig gegen den Automaten lehnte, oder der fast nachdenkliche Ausdruck in seinem länglichen Gesicht, das Bild wurde jedenfalls innerhalb weniger Stunden fast eine halbe Million Mal angeklickt. Das Video war in fantastischer Qualität. Absolut scharf und in guter Auflösung. Sogar in den tropfenartigen seitlichen Augen spiegelte sich die Ansicht der Bank mitsamt dem Logo. Alle schienen sich dieses perfekte Mischwesen ansehen zu wollen. Es war eindeutig menschlich im Ausdruck, in der Art, sich zu bewegen, und doch konnte keiner sagen, worin dieses Menschliche bestand.

Wir lasen die Posts unter dem Video. Die meisten dachten, es wäre ein gut gemachter Viral, ein Werbespot, der sich wie ein elender Schnupfen in der Wirklichkeit exponenziell im Netz verbreiten sollte und den eigentlich keiner wirklich brauchte. Man erwartete eine Reihe von Insektenspots mit wenig überraschendem Ende. Das Monster würde einen Bausparvertrag abschließen, Geld bei einem Fonds anlegen oder einfach nur ein kostenloses Konto eröffnen und dann vielleicht den Berater verspeisen.

Doch die Bank dementierte umgehend. Tatsächlich war das Monster bereits an anderen Orten zu sehen und online gestellt worden. Einmal kaufte es etwas in einem Sandwichladen, dann besuchte es einen Sexshop, betrat einen Waschsalon und danach einen Supermarkt.

Wenn es kein viraler Spot war, was war es dann? Die Klickzahlen stiegen.

Es dauerte nicht lange, dann überschwemmten andere Videos YouTube. Die Wesen standen an Ampeln und überquerten dicht befahrene Kreuzungen. Ameisen, Käfer und Raupen. Sie hatten Fühler statt Ohren, Beißwerkzeuge statt Münder. Sie lungerten auf Bahnhöfen herum, schleppten schwere Taschen, zogen Rollkoffer hinter sich her, stiegen in Taxis, fuhren Rad, saßen in Cafés. Sie trugen Kapuzenshirts oder teure Mäntel. Sahen aus den spiegelnden Scheiben der Straßenbahnen nach draußen oder streiften die Decken der U-Bahnhöfe mit den Spitzen ihrer Tentakel. Es wurde ein Sport, die lustigsten Mutationen zu finden und hochzuladen.

Die Bilder schafften es bis in die Abendnachrichten. Man berichtete, dass die Videos fast ausschließlich Aufzeichnungen aus Argos-Kameras waren. Etwas, was sich auch die schmale, nervöse Pressesprecherin von *ARGOS Sicherheitstechnik* einfach nicht erklären konnte. Es sei ein Anschlag auf ihre Firma, erklärte sie immer wieder in einem Interview. Eine Cyberattacke.

Der Mann, der anschließend den Kommentar sprach, glaubte hingegen, es sei ein Amok laufendes Computersystem. Eine künstliche Intelligenz, die sich diese Wesen erträumte und die uns nicht mehr zeigt, was wir sehen, sondern was sie selbst sieht.

Ich sah ihn mir auf dem Boot an. In einem uralten Röhrenfernseher, den Rat irgendwie aufgetrieben hatte. »Hey«, hätte ich gesagt, hätte man mich gefragt, was niemand tat. »Hey, es war kein verrückt gewordenes neuronales Netzwerk, es war nur *Boojum.*« Es war *Boojum*, das wir benutzten, um Zafers Monster in die Welt zu setzen.

Das alles wusste der Kommentator nicht. Er stellte weitere Fragen. Wenn ein neuronales Netzwerk die Realität in den Überwachungskameras so verzerrte, konnte man den Bildern überhaupt noch vertrauen? Was, wenn sie schon länger manipuliert wurden? Und wer profitierte davon?

Es waren genau die Fragen, die wir erhofft hatten.

Es gab weitere Kommentare. In Zeitungen. Online. Im Fernsehen.

Ein paar Stunden später schickten wir das Originalvideo mit Dominik im Hotel und das manipulierte Video mit Prospero an mehrere Polizeiserver. Wir suchten uns noch zwei Tageszeitungen aus, die ebenfalls die E-Mail bekamen: die *Tribüne*, die seit Wochen immer wieder über Kahane, seine Arbeit und seinen rätselhaften Tod berichtete, und den *Guardian* in London.

Ob Prospero das alles mitbekam? Prospero, der meinen Tod in Kauf genommen hatte und den ich nun mit dem Video entlastete? Seine Unschuld war bewiesen, er könnte wieder zurückkehren. In seine Wohnung mit den teuren Dingen, die ihm mehr bedeuteten als jeder Mensch. Vielleicht werde ich ihm eines Tages auf der Straße begegnen und er wird an mir vorbeigehen wie ein Schatten aus einem Traum.

Ich werde einen Teufel tun und ihn anzeigen, ich hätte zu viel zu erklären. Ich müsste Zafer verraten und Claire in die Sache mit hineinziehen. Claire, die mir nach der Fernsehsendung eine E-Mail schrieb. »Gratuliere«, schrieb sie. »Du hast getan, was du tun musstest.«

Ja, wir hatten einen Stein ins Wasser geworfen und ich spürte, dass die Wellen größer werden würden, als wir geahnt hatten.

43

Es hat aufgehört zu regnen. Das Hausboot unter der Brücke schaukelt auf den grünen Wellen. Drinnen sitzt Zafer und sieht auf einem komischen alten Fernseher Nachrichten. Daneben Rat und Emily, mein anderes Ich. Die kleinen Ameisen, die den Riesen herausgefordert haben.

Ich verlasse sie jetzt und steige hoch in die Luft, hier kann ich sehen, dass neben dem Fluss Schienen entlangführen. Ich verfolge die Gleise bis zu dem halbmondförmigen Park. Dort unter den Bäumen, unter der Erde liegt die alte zerstörte Zentrale. Die Wolken spiegeln sich in einem See nicht weit weg davon und der Wind kräuselt das Wasser. Höher, noch höher! Ich lasse die Ampeln unter mir, die Laternen mit den Kameras, dann den hellen Würfel unter einem riesigen Baum, Claires Labor, daneben die blau-weiß gestreifte Markise der Bäckerei mit einer Traube Studenten darunter. Einige Straßen weiter komme ich an den beiden Hochhausblöcken vorbei, mit den Hunderten von gleichen Fenstern und ihren blauen Vorhängen. Ich bin auf gleicher Höhe mit einem flachen Kiesdach und wende mich nach rechts. Dominik läuft dort über eine Brücke. Vielleicht ahnt er schon etwas und hat Angst, vielleicht gärt in ihm die Wut, vielleicht ist ihm auch alles gleichgültig. Es ist schwer, in sein dunkles Herz zu schauen.

In der Ferne gibt es einen Turm mit einem Auge, das mich anblickt. Vielleicht sitzt Weller in seinem Büro und fängt an zu begreifen, dass er verloren hat. Ich blinzle nicht zurück. Ich sehe in das Auge ohne Angst. Dann steige ich höher. Wolken legen sich über die Stadt, die so erfunden und so echt ist wie alles hier, ich sehe Straßen, ein Relief aus Straßen, dann verschwindet die Stadt und ich sehe Berge, vielleicht eine Küstenlinie.

Zeit, das Programm abzuschalten. Ich nehme noch einen Schluck Kaffee, klappe dann den Laptop zu und lasse euch zurück im schwarzen Rauschen.